成田守正
わたつみ
附 青木磨崖梵字群——実録・新宿ゴールデン街
彩流社

目次

海がなぜ好きかと聞かれても

1

流れ藻が岩底にひっかかってできたみたいな小さな島だった。

越後の北部沖合三十キロ、江戸時代の北前船が、夕日を背にした島の姿を後光輝く仏の寝姿に似ているとあがめ、立ち寄ったと伝えられる。

いずこから来たとも知れない父祖の血脈は、めぐる磯の幸と、林に繁る山菜と、海が吠える日、耳をかたむければ、いつか波の牙が島を根こそぎさらい、神木の澄んだ梢も、谷の陰りも、虫のすだきも、集落も、水の涯へ引き沈めるにちがいないと肝をすえる島民の太い心根で引き継いできた。

一九九七年。

梅雨の晴れ間にのぞく陽に小さなかげろうがたつ藪の小道を、貴英は北の岬へ向かう。春の陽ざしに淡い色をつむいだ若葉が、いつしか重堅い緑をまとっている。崖ぎわを茅の葉先をたたきながらたどり、小高い岩丘へ折れる。岩の縁にのっと、古びた潮見櫓が現われる。荒く組んだ石土台、軒の突き出た四角錐の屋根、昭和の時代から潮のさざめきに洗われ、いまは朽ち落ちるさだめに耐え、蜃気楼のようにそびえている。櫓の傍らのくぼ地にはこの季節、石くれの陰に風をよけて、可憐な花房を空に立て雨のしずくをあふれるまで汲む姿から島では銀盃草と呼ぶ、イワナシに似た花のひと群らが咲く。

貴英は戸口のかんぬきを抜き、望楼への中梯子に手足をかける。屋根裏じみた暗がりの、でこぼこに歪んでしまった内板の節穴から、櫓の臓腑をつらぬく長槍のように光の刃が大小いく筋も突き抜けている。虹色をおびた太い一撃が、梯子の途中でもたつく貴英のよく日焼けした頬をおそう。わずらわしげに細めたまなじりの下で、光は岩に砕ける滝水の白さではじけ散る。動じない手足の運びに一瞬むっと、漁師の歔くささがにおい立つ。

貴英は、東と西と南の雨戸をはずして風を通す。夏凪のように無表情をしきつめた海面が、底では緩慢な雲の動きにも感応するとばかり、紺青の濃淡模様をめまぐるしく変化させ、ぎらぎらと日を照り返している。水平線には大型のフェリーが一艘、ゆったりとした航跡の帯をただよわせる。

Tシャツを脱ぎ、木目を粗く骨立たせた手摺りに身をのりだし、裸の上体に明々と太陽を浴びる。大きく深呼吸をする。肩でいっぱいに胸をつりあげ、落とす。大きく吸ってゆっくり吐く。繰り返すなかで目をとじると、体中が洗い清められ、細胞という細胞がひとつ残らずほぐれ、鎮まっていく。そして、確実に、また一体にみなぎる。

「気持ちいい」自然に声が出る。

貴英は、この海が好きだった。

2

「中はサウナだぜ」倉庫をのぞきこんだ杉男が熱気に当たり、おおげさに顔をのけぞらせる。

「なんだってこのくそ暑い日に」

朝の漁を中止に追いやった低気圧は、昼近く、前線を日本海まで引き上げ、晴れ間を開いた。その低気圧の渦へ向かって山脈をかけおりた風がフェーン現象を起こし、島がうだっている。

「文句多いよ、杉男は。さっさと始めんべ、俺が奥の窓を開けてくっから。待ってても風は通らないべ」

健次は大きい体をやおら運んで、中へ消える。窓を一カ所二カ所と開けてまわり、真っ赤な顔で飛び出してくる。汗が水疱のように湧き、つぶれて顎から滴っている。肌に張りついた無地のTシャツに、熊のような胸毛が透けて見える。「すげえ、なんでこんなに蒸れる？ 壁や土間に染みた塩が、ぶくぶく噴き出してくるみてえだ。だけど、こんな暑さがつづいてくれるならいいべ。去年みたいに週末ごと雨にたたられ、観光客に見放されるのもきついだで、なあ」

貴英が二人に声をかけたのは、青年部が所持する備品の点検のためだった。海びらきが一週間後に控えている。海水浴客へ貸し出すビニールマット、サーフボード、セールボード、パラソルなど、二台ある水上バイクも、去年から埃をかぶったままだ。

島は漁業で生計をたててきた。むかしはせいぜい一、二トンの磯廻り舟による零細な漁が中心だった。年配者の話では、島ぐるみで中型船を仕立て近海漁業へせめて攻め出ようと図ったこともあったらしいが、石油ショックのあおりで重油が高騰し、実現しなかったという。

世の中がバブルに浮き立った頃、魚価の見込めるタイやヒラメなど高級魚の需要が島にまで寄せてきた。またたくまに小型船のすべてが、百本の仕掛けを持つ延縄船《はえなわせん》に一変した。よい魚礁をめぐっていさかいが絶えなくなったとき、その果てを案じた漁協と村は、出船の解禁時間を取り決めた。合図のチャイムが鳴ると、港で待機していた船団は、舵輪を握る者たちの雄叫びとともに、いっせいにスタートダッシュをかける。みよしを競い、たてがみをなびかせる白馬さながらの勢いで波を切る光景は、おおげさにいえば毎日の生活をかけた戦いの出陣式だが、部外者の目にはのどかな地方風物詩と映るだろう。

島の経済を支えるもう一本の柱が、夏に集中する観光だった。だがここ数年渡ってくる客ののびが見られない。天候不順の昨年は、手ひどいおもわく外れに終わっていた。

備品のあらかたを日の下へさらし、ライフジャケットの数と具合を確かめた後、ビニールマットの空気もれを調べるためふくらませてみる作業にかかったところへ、役場の裕子が自転車で使いに来た。「村長が来てくれと。青年部長の貴英に」

「なんの用だって、ジイちゃん?」

「組合長と真剣な顔で妙案、名案ひねりあっていたから、またみんなのお嫁さんさがしの作戦ね。なんか浮かんだんじゃないの」

「またかよ、よしてほしいな、もう。ほかに考えることあるだろうが、村で」

「ないわよ。暇もてあましてるもの。それとも過疎化のすすむ島をどうしたら活性化できるか考えろとでもいうわけ？　青年部がぶちあげた島の未来像、日本海の海洋レジャー発信基地をめざし、ヨットハーバーを作るんだっけ、それを検討しろとでもいうわけ、うん、貴英？」

同姓が多いため島では名のほうで呼ぶのがふつうだが、村一番の美人に呼び捨てでにらまれると、淳也の女房とわかっていても下半身がとろけそうになる。この裕子が杉男とできていると知ったら淳也はどうするだろう。杉男は裏の木陰に水上バイクを持ち出し、整備のモーター音を響かせている。血を見るか、と貴英は息をのむ。

「なんか、おかしな格好ね、見てると」蛇腹の空気入れを片足で踏み、パッフーパッフーと音をたててリズムをとる姿が格好よいわけない、裕子は口に手を当てる。

「なに想像してんだ？　似てんだべ、亭主に尻ぶっつけられる時の音にさ」と健次が笑ってあからさまに応じる。「いつ遠洋から帰って来るてが。欲求不満だべ」

「よく言うわ、欲求不満はあんたらでしょ。それを解消してやろうって、村長さんはじめ一生懸命なんじゃない」裕子も臆せずに切り返す。「だいたいだらしないわ。この前は全滅ですって、ほんとに一人も？　あれ、全員がどの娘にか必ずラブレター書く決まりだったでしょう。健次はどの娘に書いたの、返事もらえなかったの？」

裕子が蒸し返したのは、五月に村が主催した〝嫁恋い〟キャンペーンのことだ。

「出したよ俺は。滑り止めも合わせれば四人にも出した。返信だって受け取ったさ。一生のよい思い出になりました、皆さまも島の発展のために頑張ってください、とか揃いも揃って肩すかし、よけいなお世話ばかりの中身だったけんど。滑り止めの女なんか追伸まで付けて、優しいお嫁さんが早く見つかるといいですね、だと」

「がっかりしないよう、気をつかってくれたのね、きっと」

「冗談じゃねえべ、やつら、思い出づくりに島に遊びに来たのかってんだ。はっきり言ってブスばっかだったくせに」

「負け惜しみだア、それは」裕子は咎め、健次と貴英をはしゃぐように交互に見た。

〝嫁恋い〟キャンペーンは役場のきもいりで、全国の独身女性によびかけたものだ。ある晩テレビの集団見合い番組を偶然見た祖父で村長の平九郎が、翌日役場へ現われるなりあれだあれだと騒ぎ立て、その計画立案のお鉢が青年部にまわってきた。初めはテレビの猿真似なんかと関心も薄かったが、企画が動きだすと、うまくいけば結婚できる、とげんきんな期待に変わり、さいわい、若い女性十四人の参加が決まった。島側は三十歳以下の独身男性二十八人をえらび、岸壁に垂れ幕や小旗を用意して、未来の花嫁を迎える準備をした。

その日、貴英と杉男は熱烈歓迎のいろどりにと、ボードセーリングでフェリーの前を帆走した。湘南の若者たちと同じといかないまでも、都会からそんなに遅れていない印象を颯爽と演出したつもりだが、波が低すぎて、一週間特訓してせっかくマスターした、空中で一回転してみせる技、ループを披露することはできなかった。

到着してしばらくくつろいでもらった後、小学校の体育館で対面の儀をおこなった。夕方はフリータイムと称して浜辺にテントをはり、篝火《かがりび》をたき、アワビ、サザエ、ウニと、磯料理で精いっぱいもてなし、夜は二人ずつ七軒の家に宿泊してもらった。そこでは家族が島のよさを吹聴し、実際は島での女の役割はかなりあるのだが、楽して暮らせるような話をする手筈だった。

あくる日は参加者全員でサイクリング。島を一周する途中、見晴らしのよい岩磯で役場の人たちが用意したワッパ煮の昼食をとった。ワッパ煮はメバルやカワハギ、タコなど獲れたての魚介を竹串に刺し、流木を使った焚き火であぶる。それを地元の味噌とともに木を曲げて作った器、ワッパに入れて水をそそぐ。焚き火で赤熱させた小石を二個三個と中に落としこみ、瞬時に煮立たせ、ぶつ切りのネギを加える。味噌の香ばしい匂いが浜風に溶けてただよい、これには女たちも喚声を上げた。きそって舌鼓をうち、笑みをあふれさせるその姿に、様子を見にきていた村長平九郎ならずも、島側の関係者はすくなからぬ手応えをおぼえた。

しかし、女たちが午後のフェリーで去り、さっそく各自、心に刻みつけた面影へ向けて書き送ったラブレターへの反応はといえば、無視か冷淡な返事を受け取るばかりだった。やがて破船の残骸は岸壁や居酒屋につぎつぎ流れ着き、誰かいい目を見たとはいっこうに聞こえてこない様子に、おれの返事のほうがひどい、いやおれだって、とまるで自慢しあう始末で、一行には婚約中の女もまじっていたらしい、とまことしやかな噂まで生まれた。なまじ若い娘の体臭を身近で嗅いだぶんの悔しさを、振られた相手の素姓への不信感でまぎらわさずにはおれなかったのだろう。

「民宿の予約はどんな具合かな」貴英は、サドルを跨いだままの裕子の股に目を向けながら訊く。スカートがすこしたくし上がって下半身にはりつき、股の窪みが体の線を集めて艶っぽく見える。そそられて血の潮がさわぎ、あそこに杉男がつっこんでやがるんだ、と嫉妬めいた卑猥な連想が唐突にわき、わくと同時に、そんなことを連想する自分に胸糞が悪くなった。

「集計では、例年なみってとこかな」

「それって釣り客がほとんどだろ？　客がこなきゃこっちは張ったテントでお茶引くだけなのに、なんで海びらきを一週間早めなければならんのかなあ」

「サービスの時代なの。たとえ一人でも一組でも来てくれたら大切にする。それがひいては島の評判を高めることにつながる、とそれが村長の持論。知ってるでしょ？　早めに受け入れ体制を用意、ということでお願いしたわけね」

倉庫の裏のモーター音が消え、「調整、ばっちりやったぜ」とメカには誰よりも強いと自負する杉男が得意げに姿を見せた。裸になった上半身が黒い油の撥ねで汚れている。

「杉男もいたの。ねえ、杉男はどの娘に書いたの？」

いきなり呼びかけられた杉男は、あれっ、と声をもらした。

「〝嫁恋い〟の時に書いたラブレターの相手のことよ」

「ああ」杉男はわざとらしく目をそらして、山積みに投げ出されたオレンジ色の救命具の前で立ちどまる。「俺は出さなかった」

「嘘。それではルール違反。出したんでしょ。どの娘に？　白状しなさい」

「いいじゃねえか、誰にでも。仕事の邪魔しに来たのかよ」杉男は面倒くさそうに見返し、じゃあちょっくら海に浮かべてみっからよ、と貴英に断わって、さっと踵を返した。

「待ちなさい、どういう態度」

汗で褐色にかがやく背中を一瞬楽しげに見送った裕子は、急にむっと頬をふくらませて勢いよくペダルを踏みこむ。追いついた自転車と杉男がもつれて建物の陰に隠れると、健次は、裕子無視されて怒ってやがんの、杉男自転車で轢き殺されとるべ、とうれしそうに言う。健次の鈍さに救われたおもいで貴英は、もっと抑えろよな、と苦虫をかんだ。

山の峰から不意に鴉の鳴き声が聞こえた。雲の流れがまだ猛々しい。最近島に、鴉が増えた気がする。


役場の前庭を小さい熱風が吹きぬけていく。寄り添う手毬のように緑、青紫、紅、と咲きほこった紫陽花《あじさい》が朽ちはじめている。

玄関で、前の青年部長だった国男と出会った。国男は「よう」と手を上げただけで横をすりぬけていったが、一緒に出てきた杉浦土建の杉浦満は駐車場の四輪駆動車に乗りこんだ後、窓から虫酸のはしる猫こびた笑顔とともに、「貴英、ヨットハーバー作ろうな」と一声あびせてきた。庁舎のロビーは冷房が効いていて、裕子が気づいて机の書面から顔をそらし、カウンターごしに、村長室の開いたままのドアを顎で示した。

「なんの用だよ、ジイちゃん」

しかつめらしげに天井をにらんでいた平九郎は、孫に呼ばれて、おう来たか、と応接椅子を指さし、自分も席を立った。「ここでは村長と呼べといっとるだろう」

「国男はなにしに来てた。満はまた港の拡張事業計画の件だろう?」

「おまえらが余計なヴィジョンを持ち出してくれたからな」

島の集落は山の表側と裏側、二つの地区に分かれている。言葉や風俗の微妙なちがいから一方は蝦夷、他方は北九州からと、渡ってきた先祖の系統が異なるとの説がある。二つの集落が対立したことはないが、貴英たちが住む集落の港が、フェリーの着く島の入口となっているのに対し、国男や満の集落には磯廻り舟が出入りできる程度の港しかない。そこでかつて南の岬の灯台建設で味をしめたことのある杉浦は、島の活性化のためそちらもフェリーが入れるぐらいに港を整備してほしいと陳情に余念がなく、しかし土建屋の腹のうちを見透かされて相手にされてはいなかった。

年頭に貴英ら漁協青年部が、古代には日本海側のほうが表日本だったとの見方にあやかり、「二十一世紀・新日本海文化の時代」と題し、島の未来像を会報で発表した。朝鮮半島、ロシアとも一体の海洋文化が花開き、島は海洋レジャーの一大基地となるという内容だった。港にはヨットハーバーが併設され、バースにヨットが幾艘もマストを林立させている。ハイセンスなリゾートホテル、活魚料理のレストラン、グッズショップ、レストハウス……。遊びの企画だったが、その夢物語に杉浦がくらいついた。裏の港にヨットハーバーの機能も付帯させるとし、日頃の再開発の嘆願をまたかまびすしくさせている。

「わしは自然を最大限残したい、残しながら島を豊かにしていきたいと考えている。無用な開発など望みはせん」

「国男はおとも?」

「いや、国男にはわしが来てもらった。〝嫁恋い〟のとき、こちらの参加者は三十歳以下としたろう、それで三十歳以上の者や親から不満が出たのは知ってるな」

「俺たち青年部で決めたこと、役場の責任ではないよ」

「言い出したのはわしだからな、耳にした不満を率直に報告してもらった。ま、根にもつほどの不協和音ではなかろう。それと次の企画についてちょいと意見を聞いた」

「次のって、マジに?」こんどはいったい何を? 聞く気がおきなかった。

「わしの公約はおぼえてるな、貴英?」

「跡取りに嫁を、だろ」

「おまえはばかばかしいとおもったろうが、ここでの過疎問題は嫁問題に集約できる。山村地では酪農など、仕事の厳しさに収入がともなわない面があって、産業そのものからの撤退や後継者が得られぬとの事情で、過疎が進行している例が多い。くらべて島の漁業はほどほどの収入になっているし、さいわい後継者に悩んでもいない。だが、島には女が絶対的に少ない。女は島から働きに出て、それっきり帰ってはこん、都会の男と結婚してしまう。おまえの小学校のときの同年配で島に残っているのは? 美知子ぐらいか」

「うん、まあ」美知子は国男に嫁いだ。他のは、と貴英は指折り名前をおもい浮かべる。衣子、多恵、暁子、そして翠《みどり》も島から出たきりだ。衣子と暁子はときどき子連れで帰省してくる。翠は東京の有名な商社に勤務している。

「跡取りに嫁が来なければ、次の世代はない。過疎はとどめえず、やがて老人だけの島になり、すたれてしまう。それだけではない。この日本海の潮の音に迎えられ、潮の香に送られる島の男の一生にとって、嫁取りは唯一の華やぎだ。華やぎこそが人生の、つまりは島の活力だとわしは信じている。その唯一の華やぎを知らずに、何人もが老い錆びようとしている。そんなうら淋しい島にしたくないのだ。時代のせいにして諦めたくない。どこかまちがってるか」

「まちがってないさ」嫁が得られるのなら略奪をもいとわぬとばかりの気合いに、しかたなく相槌をうつ。「で、何をしようと？」

「結婚相談所への登録を推奨しようとおもう。登録にかかる費用を村が援助する。とりあえず来年度からの予算措置を講じるべく検討したい。これなら誰にも平等だ」どうだというように得意げに鼻をなでる。

「おれには何を？」

「青年部で結婚相談所のシステムや費用、もろもろを調べ、信用できる会社を見つけてほしい。登録希望者がどれぐらいいるか、アンケートもとってみてくれ」

そういうことかと貴英はうなずき、しかし嫁問題の解決だけで島の将来は語られるのかと、もやもやとした雲が胸をよぎる。会報に発表した島の未来像について自由に意見を出し合ったとき、仲間たちはいきいきしていた。まとめた夢の前でうっとり満足げだった何人かの表情は忘れられない。杉浦土建の思惑にくみするつもりはないが、色とりどりに帆をはためかすヨットの横を高速船やフェリーが入ってくる港の風景は捨てがたい。嫁さがしの手段を弄する前に、女たちにとってもうっとりできる島の魅力をつくることから始めるしかないのではないか、最近貴英はそう考えるようになっていた。

「東京の女とイッパツやんだべ、いいなあ貴英は。六本木とかでナンパすんだ」

健次はめったに標準語をしゃべらない。だが大きな体軀や卑猥なものいいに反して、根は清廉で、まちがっても淫らに興じるようなまねはしない。海水浴場で監視に出れば、他の係員がいい女の水着の尻を追いかけるのを横目に、所定の場所にどっしりと腰をすえ、春風駘蕩《しゅんぷうたいとう》と鼻歌など歌いつつ、役目を怠ることがない。

「そんなんじゃないって。インターネットや電話だけでは詳しくわからない。行って、自分の目で見、話を聞いてみないとな。リストアップした五、六社まわるついでに、東京見物はするがさ。おれは、見境なくそんなことはしないんだよ」

「見境なく、なんだって?」飲みすぎてすこし壊れた呂律で杉男が聞き返す。

「結婚相談所の話だろう」こちらはいくら飲んでも酔わない国男が代わりに答えた。

この夏は猛暑だった。九月に入っても衰えを見せなかったが、盆休みの時期を頂点に前年の不調を補ってあまりあった客足もさすがににぶり、青年部としては活動を打ち上げにした。民宿の座敷を借りＯＢ有志にも加わってもらって慰労会を開いた後、港に浮かぶ貴英の船に一升瓶を持ちこんだ。海の上なら蚊に食われる心配はない。空には黄ばんだ半月が膨らみかけた弦を傾け、星々が宝石の色で雨垂れる。その夜空としょっからが肴だった。

青年部員へのアンケートでは、金銭的な援助が村から受けられるのなら結婚相談所への登録を考えたいという意見が半数近くを占めた。国男が動いたＯＢ独身者対象では、賛成者の比率はいっそう高くなった。

「入会金だけで二十万円が相場、登録料と二年間の活動費を合わせると三十数万円はまずかかる、そう説明した上でこの結果だ。村が援助金を出すにしても、そこまで切実なのかと、再認識させられたおもいだよ」

「見合料とかで女性を紹介してもらうたびにまた一万から三万、まとまればさらに成婚料が十万から十五万円。それより安い所ももちろんある。値段の差はどこでつくのかな」

「海士郎の両親には、金はいくらかかってもいいからよろしく頼むと床に頭をすりつけられた。あそこは年とってから生まれた一人っ子だし、老い先考えると心残りなのだろう。海士郎は仕事の腕は確かだが、世間的な甲斐性という面ではからきしだからな」

「四十歳にはまだなってないですよね」名前のかっこよさに反して、背が低くずんぐりした体形、すでに薄くなった頭髪、訥弁、どちらかというと暗い感じの海士郎……。

「ところで、紹介された女性とはどこで見合するのかな？　東京まで行かなきゃならんのかな。脈があれば一回ではすまんだろうし」

「そこも問題ですね」

持ち寄ったアンケート表を前に、新旧の青年部長は溜息をついた。

今年は騒ぎに振りまわされた、と貴英はひと夏を振り返る。

家業の民宿を手伝っていた高校生の由貴が、心配しないで、とメモを残して家出した。いろいろ聞きこんでみると、宿泊していた大学生グループの一人が由貴を口説いて夜中に岸壁に誘い出していた。その大学生の甘い言葉にのせられたにちがいないと、両親は予約の申し込み者に電話で探りをいれたが、知らないととぼけられたという。話はすぐに広まり、血気盛んな男のあいだでは、そうでなくても少ない若い女を都会の男が奪ったと、まるで由貴が拐《かどわ》かされたかのように、不穏な空気がただよいもした。

貴英は家族に代わって再度申し込み者に電話をいれ、なんのためか仲間をかばう相手を根気よく説き伏せ、連れ出した学生の名前と家の電話番号を聞き出した。すぐに電話をかけ替え、たまたま在宅の父親に事情を説明した。初め父親は、まさか自分の子にかぎって、と信じなかった。しかし、伊豆の別荘にいまは別の友人たちといるはず、といったん切った後の折り返しの電話では声をこわばらせていた。父親はその日のうちに別荘へ車をとばし、息子を容赦なく殴ったという。由貴を諭して車に乗せ、一路日本海側へ出、翌朝のフェリーでみずから送りとどけてきた。監督不行届きだった、と由貴の両親に頭を下げた父親の名刺には、誰もが知っている大会社の取締役の肩書があった。肩書の威力と迅速な対応に尻ごむかたちで両親が謝罪を受け入れると、事はそれで収まったのだが、当の由貴はけろりとしたものだった。洋館のような別荘だった、プレジャーボートに乗った、ベンツで送ってくれたと反省なくはしゃぐ姿に、むしろ島の男たちはコンプレックスをあおられた。由貴は遅かれ早かれ島を出て行くだろうと予想したのは貴英だけではなかったろう。

淳也がマグロ漁の南アフリカ基地から空路帰国してきた。突然で妻の裕子を驚かせたものの、久しぶりに夫婦と九歳の娘全員がそろい、近所に久闊《きゅうかつ》を叙《じょ》して、仲むつまじく歩いていた。ところが数日たった夕刻、健次が庭の戸口に駆けこんできた。貴英は通り道の縁石を作り替えていた。花壇にはダリアが赤、橙、黄と、燃え盛っていた。

「淳也と裕子が大喧嘩で手におえん。なにがあったんだべ」

貴英は一瞬、杉男とのことがばれたにちがいないと肝が冷えた。淳也は激しい性格で、若い頃、漁師仲間の諍いから相手を半殺しにした前歴をもつ。杉男にとりあえず島から逃げることを勧めようとおもいついたが、満月の春の夜に廃船の陰で重なりあっているのをたまたま盗み見てしまった後ろめたさと、余計な暴露になりかねない先走りへの警戒とで、安易に動くことはできなかった。

ところが、喧嘩の理由はまったく別にあった。観光客のにぎわいにまぎらわせて、淳也が島に女を連れこんでいた。こっそりのつもりだった逢いびきが島の女の目にとまり、裕子に伝わったのだ。裕子のはげしい追及に、スリルを味合えるとおもったからと女が白状した。パスポートを調べた裕子は、夫がすでに三週間前に帰国していた事実も知った。帰国後女とどこにいたのか、いつからのつきあいか。妻のメンツをこなごなにされた裕子が火山さながらに爆発したとしても、誰もがうなずける話だった。しかしなにがきっかけになるかはわからない。双方の両親も加わって膝をまじえた結果、淳也は女と別れ、この際、遠洋から足をあらって老父の漁船を継ぐことになった。

杉男がその経緯をどのようなおもいで眺めていたかは、このごろの酒の酔いかたを見れば察しがつく。裕子は夫がもう島を出ないと決まって、笑みが絶えない。杉男とは、夫に欠ける若鮎のナイーブさをついばんでみただけとばかり、眼中にもない態度で、貴英はどこかほっとする反面、何なのか裕子のありようにたじろがされる気はした。

海も眠る、と貴英はおもう。夜の潮騒が海の寝息のように聞こえる。その寝息のふところで漁師もまた明日に備えて体を休める。

船上はすっかり口数が減っている。健次は一升瓶を股の間にかかえたまま、いまにも閉じそうな目で舳先に頭を預けている。

「スキューバの客が外国の海に潜ったときに見たっていう話なんだがな」と国男が言う。「仲間の葬式をする魚がいるそうだ」

夏の間だけ国男は、朝の漁を終えてから、同級生の営業するダイビングショップでインストラクターの仕事を手伝う。「ある群れを観察していたら、先頭の一匹がおかしい。ふらふらと平衡が保てない様子なんだそうだ。よく見ると、前後をほかの数匹が励ますように包んで泳いでいる。だけどエラのあおりが弱くなって、とうとう降下し始める。周りは上へ向かえとうながす動きで、しきりに鼻先をかすめるんだが、姿勢は戻らないし、下降も止まらない。二匹だけが介添えみたいにそれを追っていく。だが、ある深さまで行くと、そこでしばらくヒレを振って、訣別の舞いを舞うように旋回して、そのあとでぱっと離れ去った。死神に捕まった魚体は巌のかげの光のない海の底へゆっくりと落ちていったそうだ」

「介添えの二匹は若い魚の代表だな。その深さがその魚にとっての生と死の境界線ということだな」と杉男。

「魚によっては生死を隔てる神聖な深さというのがあるのかもしれないな」貴英は海底に広がる死の世界を想像する。海中に生まれ落ちた魚が生をまっとうし老いて死ぬ。地上の動物にくらべたら、それは奇跡の確率だろう。

「期待してるぞ」杉男がけだるげにまた茶碗を口にはこぶ。

「え、なに？」

「おれだけ結婚できないのは嫌だからな」

「そんなこと、知るか」

「べつに結婚なんかできんでもいいがさ、おれは」健次はやけくそで言っているのではないのかもしれない。

　船が二度三度、上下に揺れた。貴英と国男は顔を見合わせる。杉男も身を起こす。うねりについてきた風に、ついいましがたまでとは明らかに違う秋の先駆けが深くにおったからだった。

全員が見えない水平線に気配をさぐった。

「上がろう」すくと国男が立ち上がった。

3

翌週、貴英は東京へ出発した。

にぎわいが切れ目なくつづく東京の街並も一本裏へまわると車の騒音は薄れ、空気のオアシスのように静寂を蓄えた一画がひそむ。

暗がりばかりを選んで小一時間も歩き、貴英はやっと一息つき、居場所を確かめる理性をとりもどした。しかし電柱の住所表示を読んでもホテルの方角は見当がつかない。一難去ってまた一難か、と空をあおいだ。ひしげた月が天蓋の穴のように浮かんでいる。不揃いなビルの形にぎざぎざ縁取られた夜空は、逆に見れば夜空にはめこまれた大きな歯車のようだった。その歯車の歯のひとつ、十階建ぐらいのマンションの屋上に人影が見える。あそこへ行けばいま自分がどのあたりにいるかわかるかもしれないと気持ちがうごいた。

古い建物だった。ゆがみの出た鉄の非常階段を足音をころして昇る。昇りながら、昨日今日と遭遇した出来事を振り返り、なんだかわけのわからない情ない気分にとらえられた。おれはいったいい何をやっているんだろう……。

前日、上越新幹線で東京駅に降り立つと、その夜にお見合パーティの企画があるという結婚相談所へ、まっすぐ足を向けた。中年の感じのいい女性が応対してくれ、貴英はひととおりの話をした。

「情報の交換、提供は、われわれの情報交換のシステムから十分に可能です。ただ率直にいって、問題がひとつ」

「はあ、見合する場合は、こちらから出かけて行くしかないと考えています。遠いのはこっちのハンディですから」

「ハンディ？　いえ、もっと根本のこと、本人にどれだけ結婚の意志があるか、です」

「それは、みんなあります」

「どうでしょう」唇に疑いの笑みをにじませた。「村や両親よりも、本人がずっと一生懸命だといえますか。周囲の熱心さに甘えて自分は何もしない、嫁に来てくれるなら誰でもよい、では困るんです。紹介する女性は誰も真剣です。自分の人生を賭けています。このような人生を歩みたいと、夢もまじえて考えている。だから、あなたがたにもこのような人生をめざすというのがなければ話にならない。結婚は相性が第一ですが、一方で、未来をどう語り合うかが決め手なのです」

　宿泊先にチェックインをすませ、改めてお見合パーティの席で落ち合わせてもらった。会場は新宿にある超高層ホテルの広間。島の者なら建物の豪華さだけで位負けしそうだが、開始にはまだ早い時刻から、おもいおもいな装いの男女が集まってきた。受付に列ができるころには、なにか得体の知れない熱気が立ちこもった。自己紹介、自由会話、と進行するにつれて、貴英はしだいに怖いような気持ちになった。男も女も目が血走っている。貴英の顔をのぞきこんだショートヘアの女が、胸に参加者のリボンがないと気づくと、時間をむだにしたとばかり眉をひそめ、身をひるがえす。いくつかに分かれたグループからグループへ、茶髪の男が駆け足で渡っていく。〝嫁恋い〟ののどかさ、なごやかさとは、まるで異質の雰囲気だった。

「どうです?」と尋ねられた。

「参加者の意気ごみが凄くて」

「会費が三万円もするから」

「え?」

「こういうパーティは一万二千円とか一万五千円が相場だけど、うちは高くしているの。元を取らなきゃって必死になるでしょ。自分のお金、自腹を切っているからがんばる、それが人間の本性だとつくづくおもうわね」

村が金銭援助するのはあさはかだと批判された気がした。「ここから何組のカップルが生まれるんですか」

「成婚率は一割弱かな。きょうは五十人五十人だから、三組から四組ってところでしょう」

「たったそれだけ、ですか」

貴英は男女の問題は縁なのだと、牧歌的に信じてきた。縁があれば結ばれ、縁がなければ仕方がない……と。村長平九郎とて同じで、だから縁を作ろうと考えたのだ。しかし、結婚相手は、血相を変えてこうして獲得するものだと見せつけられると、なにかしら打ちのめされた。縁を求める以前に持つべき時代感覚があるのか、島の人々にはそれが欠けているのか、いや東京だからこうも欲望がむきだしなのだ、と貴英は頭を混乱させた。

　会を辞してのち、地下道を通って山の手線の線路をくぐり、駅の東口に出、植込みのふちに腰を下ろした。ぼんやりしていて、入れ替わり隣に座る者に注意は向かなかった。テレビ番組で見たことのあるビルの大型スクリーンがめまぐるしく画像を変化させる。

「どこかお具合がよくないのですか?」

　一瞬自分が話しかけられたとはおもわなかった。ＯＬふうの女がにこやかに視線をのぞかせていた。

「おれ、ですか?　病気に見えます?」

「顔色が悪いわ。さっきからじっと動かないでいるし。待ち合わせでもなさそうだし」

「そんな……」日に焼けた漁師面がどうすれば青ざめて見えよう。「顔色は地です。暇つぶししてただけです」

「あら、ごめんなさい、失礼申しました。きっとネオンの反射だったのね」

「謝ってもらうことでもないですから」人なつこく笑う女につられて、貴英も照れ笑いを返していた。

「暇なら、私と軽く飲みに行きません?　一緒に行く約束だった友だちから、仕事がどうしてもおわらない、ごめん、ていまになって」と唇をとがらせ、バッグのサイドポケットに差しこんだ電話帳らしい冊子を抜いて、またしまう。「せっかく出てきたのに。このまま帰るの癪だし、ひとりじゃさみしいし、よかったら」

コケティッシュに目を細められ、貴英は断わることができなかった。女の行きつけというスナックバーで、問われるままに島の暮らしや漁、魚のことを話した。女が楽しそうに耳を傾けてくれ、盛り上がって時間を忘れた。意外に安い勘定書に、自分が払うと貴英がいうと、ここは私の店だからと押し問答になり、結局割り勘にした。一区画歩いて出た広い道路の前で女は、貴英を切なげにみつめた。タクシーで帰宅すると一万円近くかかる、いっそホテルに泊まったほうが安い、一緒に泊まってほしい……。「もちろん、割り勘で」駄目押しの笑みをたたえた。この時はじめて、これが週刊誌が書いていた逆ナンパかもしれないと貴英は合点した。

女はホテルに入るとしかし、自分から誘っておきながら、急に恥じらうような態度に変わった。閉じた扉を背にたたずみ、「痩せてて ちっともおもしろくない体だけど、いい?」と服を脱ぐのをためらうしぐさをする。ベッドで下着になってからも体を固くした。貴英が組み伏すと、「私を捨てない?」とうるんだ目で哀訴する。なんだかよくわからないので「捨てない」といい加減に答え、がむしゃらに体を一つにした。

途中、「私のこと好き?」と薄目で見上げられ、また面食らった。

「うん……」

「どうなの」

「好き」戯れでいいのだろう。

「私もよ」

女は、行為で高まった火照りが冷えかかると、また下腹部を下腹部に押しつけてきて、貴英を眠らせなかった。

朝、服を身に着けてから女は突然泣きはじめた。「私、最初からあなたとこうなりたくて声をかけたの。私、セックスしてないとだめな女なの、病気なの」

「はあ」

「毎晩、誰とでもいいからしないと不安で生きていけないの。だから売春婦みたいなこともする」つらそうに下を向いた。「軽蔑するわよね、こんな女」

「病気だったら、とりあえず仕方ないでしょう」

「やさしいのね。だったら、今夜、また会ってくれる？」上目遣いで見る。

正直、不気味におもえ、ためらいを覚えた。ただ、断わったら、女がもっとわからないことを言い出すような気がした。

「ほんとう？　嬉しい。約束よ」貴英がうなずくと、指切りの格好をした。

「約束だ」指をからめ合った。

女は五時半に会社が終わると言い、「終わったらすぐ電話入れる。お部屋で待ってて」と貴英の宿泊先をたずね、手帳に控えた。別れ際、「着替えに帰る時間はないから、同じ服で出社するしかないなあ。皺くちゃだし、勘ぐられるなあ」とはじかんでみせた。

宿泊先の部屋で一眠りしたあと、結婚相談所をいくつか訪問して説明を聞いた。

ある相談所からは、詳しいアンケートで相性を徹底的に調べて見合を充実させるのだと、人と人より物と物の化合物をつくるのと変わらないような説明を受けた。迷いこんだ顧客を逃がすまいと、情報誌の購読をすすめたり、契約書の束を押しつけてくる所もあった。

夕方、部屋にもどって、女からの電話を待った。待っていると、前夜の快楽の記憶だけがよみがえって、女を不気味におもったことはすっかり忘れた。

しかし五時半を過ぎても、電話のベルは鳴らなかった。六時、七時、八時と、待てど暮らせど音沙汰はない。不意の訪問もなかった。東京の女は嘘つきだった。

捌け口を失った欲望につきうごかされるように、前夜女と出会った場所へ向かった。女の姿はそこにもなかった。がっかりして、どれぐらいか悄然と突っ立っていた。やっと諦めた時こんどは、ミニスカートの二十歳前後の女から声がかかった。髪を一部金色に染め、大きな胸をしていた。

「待ちぼうけ食ったでしょ、もしか」冷やかす口ぶりに愛嬌がにじむ。「きょろきょろして、溜息ついて……。子供にだって察しつく街角の風景じゃん」

「わかる?　おたくもそう?」また逆ナンパだと貴英はおもった。

「私はちがうけど。でも、タイプだから、さっきからずうっと見てたんだ」

「タイプってもしかして、おれのこと?」

「うん。私、レイコ。どっか飲みに連れてってよ?　誘って」

「それはいいけど……」

レイコのきびきびした調子にあっさり乗せられていた。人ごみで溢れる繁華街へ向かうレイコに、上京中で知ってる店などないと正直に告げると、どこでもいいじゃん、じゃ、あそこ、と一つの看板を指さした。チェーン店らしく、中は若者で混んでいた。喧騒に閉口して、そこは一時間足らずで退散し、レイコが友だちに紹介され一度行ってみたいとおもっていたというカクテルバーに行くことにした。風俗店の客引きや肌を露出した女の子が群れる一画を抜け、静かな裏の通りへ出て、いかにもバー・ビルといった建物の前でレイコは足をとめた。

「たしかここ。花の名前だったけど。ああ、あれかな、ヒメジオン」

目立たない立て看板の案内にしたがって地下一階へ降り、扉の店名を確認して中に入った。数々の洋酒が並ぶ棚に面して十席ほどのカウンター、ボックスが三つ、照明は薄暗く演出されていた。

「けっこう、いい店じゃん」レイコは貴英に腕をからめて無邪気にはしゃいだ。

カウンターの中のバーテンにボックス席をすすめられた。密着するように並んで座り、貴英はウイスキーを頼み、何杯かおかわりした。レイコはカクテルをいくつか飲み比べした。気がつくと二時間近くがたっていた。腕時計で時刻を示すとレイコは、うん、そろそろ行こう、と意味ありげに目くばせした。

十三万七千二百円と書かれた勘定書に貴英はおもわず手が震えた。

「どうしてこんなになる?」バーテンに説明をもとめる声も知らずかすれた。横からのぞいたレイコはえええっと口に手をあて、貴英の背中に隠れた。

「どうしてって、あなたがたが飲んだ代金ですよ、明細をご覧になってください」

「ヘネシー八万円なんて頼んでない」

「うちは会員制で、ウイスキーはボトルで入れていただく決まりなんです。お客さまが特に銘柄を指定しない場合はヘネシーをお出ししております」

「会員制で会員でない人間をなんで店に入れるんだよ。断わりもせず、ボトル開けて。それも常識の値段じゃねえ」頭にきた。

「酒の値段は店ごとに自由に付けていいんですよ。どこだってそうです」バーテンは鼻で笑い、急に冷たい目になった。

タイミングをはかったように奥の戸口から屈強そうな男が二人現われた。アロハのような派手な模様のシャツを着ていた。「どうかしたか」「このお客さんが金を払いたくないというんです」「なんだと」とにやけた言葉のやりとりのなかで、一人に背後から羽交い絞めされ、一人に胸倉をつかまれた。店にインネンつけるのか、ナメてるのか、と型どおりに威圧を浴びせられた。

「警察に行こう」貴英は抵抗した。

「警察だと。ああ、行けるものなら行ってみろよ」掌底で顎をしごき上げられた。「食い逃げはそっちだろうが。額面きっちり、黙って払って、さっさと帰りな」

「そんな大金、持ち歩くわけないだろう」

「おや、やっとその気になったか。払うってよ」貴英の内ポケットから財布を抜いて、バーテンに放り投げた。バーテンは中身を調べて、とても足りないとばかり渋面をつくり、肩をすくめた。

「あんた、カードは?」

「持ってない。持ってたってこの時間じゃ引き出せない」

「朝になればATMは開くんだよ。家はどこだ?」マニュアルを踏むように次をくりだしてくる。貴英が県名を言うと、「なんだお上りさんね。だったらホテルにもどれば金はあるんじゃないか。どこに泊まってる、うん?」

貴英は咄嗟に前日お見合パーティがあったホテルの名を告げた。ホテルまで二人がついて来ることになり、ともあれレイコともども店の外にやっと出ることができた。

左に付いたアロハ男が貴英のベルトの背中側を握った。レイコが右腕にしっかりすがって、こんなことになってごめんね、友だちに聞いた店じゃなかったのかな、まちがっちゃったのかな、とすまなそうに言いつづけた。

交差点で靴紐をわざと踏み、つんのめった。アロハ男は一瞬気色ばんだが、ほどけきった靴紐を見て、仕方ないと貴英が屈むのを許した。ベルトから男が手を離した瞬間にすかさず紐を結び、立ち上がりざま、アッパーカットをみまい、返しで、もう一方の男にフックを浴びせた。いずれも手応えがあり、男二人は蛙のようなつぶれた声をもらし、路上に崩れた。レイコを引きずるように逃げ出したが、一緒では捕まると直感した。

「そっちへ逃げろ。さよならだ。きょうはサンキュー。おれはあっちに逃げるから」

そう叫び、交差点に舞い戻った。二人のアロハは立ち上がっていた。走り寄る貴英に、あわててぎょっと身がまえたが、眉は怒りと憎しみで吊り上がっていた。

貴英はかまわず突進した。ぶつかる寸前諸手で突き、それが一人の喉を直撃した。もう一人とは組み合いになった。しかし漁師の腕力でおもいきり掬い飛ばし、頭に蹴りを加えた。顔面にヒップドロップして屁をかました。相手が立ち上がれないのを確かめ、あとはやみくもに走った。振りきったと確信してからも、早足をしばらくゆるめなかった。

非常階段の尽きたフロアで、屋上への通路をさがす。扉が開け放たれたままなのだろう、月明かりが差しこぼれている狭い階段があった。扉の口からのぞく屋上は、額縁に納まった枯山水の庭のようだった。雨風に打たれてきただろうコンクリートの床面が、島の港の岸壁に見え、断ち落ちる向こうに海がつづくようにおもえた。

屋上に一歩出る。十二夜か、十三夜かの月。はかなげな光の静寂。都会の深夜なのにどこかで蜩《ひぐらし》が鳴いていた。手すりの黒い塊りが不意にほぐれ、伸びていた影法師が大きくゆれる。そうだ人影を見てここをめざしたのだった、不審者として詰問されたらどうしようと、後ろ暗い気持ちがわく。「あら」と息を飲む声がしじまを破る。

「なによ。……貴英なの？　どうしたの。どうして、ここにいるの？」

逆光でも、女のたたずまいに見覚えはある。声はなおさら。

「おまえ、翠……か」

車の遠い騒音が、磯辺の引き波にあらがう砂の音に聞こえた。

4

この秋初めて彼岸花を見た。玄関の花瓶に三本、活《い》けてあった。

部屋は１ＬＤＫ、マンションの二階だった。翠とは幼馴染みで、高校卒業まで一緒に遊び、共に学んだ。ものごころつく以前は、翠がお姫さまで貴英が家来みたいだとよく噂になったというから、三つ子の魂は治らないのだろう、成人してからも翠に頭の上がらない感覚はなぜか消えない。

「ぼったくりに引っかかったなんて、貴英らしい」翠はひとしきり大笑いした。「私の所に逃げこんできた偶然も、ね」

「向こうもうまく逃げてればいいけど。捕まったらきっと、ひどい目にあわされる」レイコのことが心配だった。

「グルに決まってるじゃない、彼女も。なに寝ぼけたこと言ってるのよ」

瞬時、貴英の天地が一回転した。「だって、謝って、おれの腕にしがみついて……」

「カモが逃げないように、でしょ」

小学校中学校は島にあるが、対岸の市の高校へは寄宿舎に入って通う。貴英が漁師の家を継ぐために島へもどったのにたいし、翠は東京の女子大へ進学し、大手の商社に就職した。勤めのせいで翠の帰省は盆と正月ぐらいだが、ここ二年ほどは貴英に雑用が多いせいで、ゆっくり歩いて？」


話しこむ機会はなく過ぎていた。

「それで、財布のお金はぜんぶ取られちゃったの？」やかんの火を止めながら振り向く。からっぽにされた財布を逆さに振ってみせると、「でも、じゃ、どうやってホテルに……まさか歩いて？」

「ほかに方法はないだろ。だけどホテルの方角がわからなくて」

翠はまた大笑いした。「交番さがすぐらいの知恵、はたらかせなさい。ごめん、お茶が切れちゃった」茶筒をのぞいてそれさえおかしいというように口に手をあてる。「どうせならビール飲もうか。酒も売ってる遅くまでやってる店が近くにあるから。帰りのタクシー代は私が出してあげる。ちょっと留守番、頼むわね」

わざわざ買いに行くことはないと遠慮する貴英をしりめに、翠はサンダルをひっかけて出て行った。急に屋内がしんとひそまり、貴英はなんとなく身の置き所に困った。トルコ絨毯が敷かれたフローリングの部屋は、窓際に化粧台と肩肘のしゃれた机が置かれ、机にはテレビによく似た何とかいう機材が一台載っている。背の低い箪笥の上にはミニコンポとファクス電話機を納めた四段のラック。瀟洒《しょうしゃ》な家具のささやかな彩りのように、アンティークな人形と民芸品が並べられている。ベッドには草花を織りこんだ紋様のカバーが皺もなく掛かっている。

翠は島で二番目に大きな民宿を営む家の一人娘だった。父親は内地から婿入りした会計士と税理士の資格をもつ人で、島では重宝な存在だが、舅が他界した時点で漁師の部分は廃業した。郷土史や考古学とかに入れこみ、島いちばんのインテリでもある。ただそのインテリぶりのせいかはどうか、翠にはウマが合わない面があるらしく、「PTAの集会でまたどうせ受け売りの教育論をぶったらしいのよ。親が偉そうなことを言う子供の身にもなってほしいわ。窮屈ったらありゃしない。島の人をどこかで馬鹿にしているのよ。所詮あの人はよそ者だから」と口をとがらせ、貴英を驚かせることもあった。

翠は、小さいときから負けるのが嫌いだった。小学校低学年のころ、何人かで海岸に宝さがしに出かけた。ほかの者がきれいな石やガラス片しか見つけられなかったのにたいし、翠と貴英はそれぞれ珊瑚を拾った。制限時間がきて比べ合った結果、鮮やかな桜色をした翠の珊瑚が一番に決まり、貴英の白い珊瑚が二番になった。ところが家へ帰る途中、翠が茫然《ぼうぜん》と立ちつくした。貴英が駆け寄って訊くと、ズボンのポケットに穴が開いていて、さっきの珊瑚を失くしたとべそをかいた。来た道をもどり、一緒にさがしても発見できなかった。貴英は白い珊瑚をとりだし、これをあげる、と言ってなだめた。しかし「私が失くして貴英が一番になれたのに、なんでくれるの」と受け取らない。あげる、いらない、の押し問答の末に、貴英はそれをわざと手から滑らせた。白い珊瑚は足もとの岩の隙間をアニメの兎のように跳ね、奥へ消えた。あわててかがみこむ背中に、「ほら、こんなことになっちゃう、本当にばかなんだから」と翠の怒った声が落ちてきた。そのくせ立ち上がって正面に向き直った時には、「これじゃ二人とも最初から見つけなかったのと同じだね」とけろりと機嫌が変わって、「せっかく貴英が一番になれたのに」ともう一度つぶやき、慰めの微笑をにっと浮かべた。

高校時代、英語弁論大会の学校代表を争って敗れた翠は、つぎの休日、男子寮にいきなりやってきて、どこへ向かうとも言わず貴英を連れ出した。列車とバスを乗り継いで着いたのは、最寄りのスキー場だった。シーズン外れの誰もいない草の斜面をさらに登り、そこでやっと貴英を座らせた。自分は立ったまま、十五分ほど英語をしゃべった。すこし強めの風が吹き、声が流されてとぎれる部分もあったが、そのよどみなさに貴英はうっとりした。終わってすこしすがめで振り返った翠に盛大な拍手を送った。しかし風にも呑まれたたった一人の拍手は、落選の悲哀をかえってつのらせたかもしれない。

「発音がすばらしい」

「赤点とってる貴英に言われたくない」

「だったらなんでおれに聞かせる」

「どうして落ちたとおもう？」

「ああいうのって、地元の有力者とか卒業生とかとのコネが配慮されるんだよ。地元ＰＴＡとの協調ってことで事前に根回しされてんだよ」

「え、そうなの」

口から出まかせだったが、翠が驚くのを見て、自分でもそんなことがあるような気がした。

「おれたち島の人間に配慮したって何の見返りもないしな」

「そうだったんだ」うなずきはしても、それで憂さが完全に晴れたとは見えなかった。

翌週、男子全学年によるマラソン大会が開催された。運動神経抜群で前年も優勝の貴英に敵はなかった。しかしこの日のレースでは途中でペースダウンし、二位に入った。

「負けちゃったんだ。悔しいでしょ?」と翠が慰めに来た。

「べつに。勝ったって、この学校だけでの一位だしな」と貴英はうそぶいた。

「そうだよね。実力があるからいつも勝つとはかぎらない。運もあるしね」

翠はふっきれた表情でやっと笑った。

不意に電話が鳴った。ビールを買いに行った翠からかともおもったが、出るわけにはいかない。呼び出し音はすぐに留守電の受信に切り替わった。じっと電話機をにらんでいると、ピーという信号音のあとに、なにかためらっているような、乱れた息づかいの間があった。そして男の声がとびだしてきた。

「私だ……」心の昂ぶりを無理に押し殺しているかの低いかすれ声。「お願いだから、早まったことはしないでくれ。私もつらい。だがこうするしかない、そう決めたんだ……。私が責められるべきは百も承知だ。だから責めるなら、いくらでも私を責めればいい。自分の始末は自分でつけるなんて考えてはだめだ。死んで、どうなる。死ぬなんて、いわないでくれ。死なないでくれ、翠……。頼むよ、翠……」

瞬時、貴英の思考はかなしばりにあって停止した。島の人間以外で、翠を親しげに呼び捨てにする存在の意味を、問うことができなかった。

受話器を置く音がひびき、いきなり電話はぷつんと切れた。貴英はのんでいた息をはき出した。とんでもない翠の秘密を盗み聞いてしまったと困惑がおそい、だが翠が死ぬとはなんだと、わけもわからず腹が立った。立ったり座ったりを何度も繰り返した。

翠が戻ってきて、玄関口で袋をかざしてみせた。中から冷たそうなアルミ缶を取り出し、「はい、受けとめて」と投げ、貴英があわててキャッチするのを笑って見とどけると、キッチンに寄り、同じ袋の中から乾きものを器に移し替えた。その器を運ぶ目で、電話機を見た。留守電ボタンが赤く点滅している。

「電話、あったんだ」

「う、うん」すこし詰まった。

「誰から、かしら？」貴英の態度のぎごちなさをめざとくとらえ、留守電の声は聞こえるのよねと言い、はっと顔色を変えた。

「機械が勝手に話すから。聞く気はなかったけど……」

貴英の言い訳を無言でおしのけ、翠はボタンを押す。再生が始まると、唇が震えた。眉の根に悶えとも、悦びともつかない曖昧な翳りがはしり、録音が切れた瞬間、どこかしら執着の表情を虚空にさまよわせた。

「この男となにかあったのか」貴英は翠の動揺を憮然《ぶぜん》と見つめた。「翠によからぬことを仕掛けているならただではおかん」

「あいつ、かけてきたんだ……」

「翠に死ぬなと言っていた」

貴英に顔を向けた。なにかいいがかりをつけるときの視線で唇をとがらせ、が、一転して、こみあげるものを人前から隠すかのように伏し目になり、一度二度と首を縦に振った。「あいつに、捨てられたから、手紙出してやった。……死んでやるって書いて」

「なんのためだよ」翠が失恋した！　翠の思いがけない叫びが貴英の胸をゆらし、荒磯に押し寄せた大波のように盛大にしぶきを上げた。しかし、絶望して死のうとする感情までは想像がいたらない。つい口に出た。「男にはらいせしようってのか？」

「はらいせ？」視線がまた宙を泳ぐ。「そうよ。私が死ねばあいつは一生、私を捨てた罪悪感から逃れられない。あいつの心は永久に私の心と結ばれて離れられない」

「なにをばかな。ほっとするかもしれないぞ、うるさくつきまとわれずにすむって、な。相手が罪悪感を持つ保証なんて、どこにもないだろう？」

「そんなことない、彼はそういう人なの」

「死んだ人間は忘れられていくだけだ」事情はつかめないが、言い負かされる場合ではない。

「死んで永久に心が結ばれると本気で考えてるんだったら、どうかしてるぞ」

「私の頭がおかしいって意味、それ？　なんにも知らないくせに」

「変は変だ、あの気が強い翠とはまるでおもえん」

「気が強い？　ああそう、そう見てたんだ、私のことを、貴英は」

「そんなこと言ってるんじゃなく」にらまれるとひるむ癖が貴英にまた出た。

ところが、喧嘩腰に気持ちが移ってかえって平常の理性に返ったのだろう、急に翠はぺたんと床に正座した。「そうね。私、どうかしてる。どうかしてるよ」

「ごめん」

「さっき、私、飛び下りるつもりで屋上にいたんだ。手紙にそう書いたんだし。でも勇気がなくてなかなかできなかった。そこへ貴英が現われた。私が袋小路に入ると決まって助けてくれるいつもの貴英のようにね。もしあのまま屋上にいたら、私、きっと本当に飛び下りていたよ」

瞼にみるみる涙が溢れ、いくつかの玉が頬を伝った。「貴英が来たから、男に捨てられたぐらいで、死なずにすんだ。貴英はきょうは、命の恩人だよね」

「おおげさだよ」

「でもあいつ、電話かけてきたってことは、心配してくれたってことよね。まだ気にかけてるってことよね」

「なにがあったんだよ」

「聞いて、貴英、話すよ。……でも」と翠はまた涙をぼろぼろ落とし、にじり寄って貴英の腕を杖に、自分を支えた。貴英も翠の二の腕をそっとつかみ返した。「いま話すと、もっと取り乱してしまう……。ビール飲もうと言いだしておいて悪いけど、きょうはこのまま一人になりたい、一人にしてほしい。一晩、整理してみるよ……。そのかわり明日、会社が退けたら貴英のホテルを訪ねる。一緒に食事しよう。その時みんな話すから……」上目で哀願する懸命さが、小さいころのべそかき顔をしのばせた。

玄関で靴をはいた貴英は、翠を一人残すことに不安をぬぐえず、半身に振り返った。察しのいい翠は花瓶のそばに立ち、「大丈夫……。死ぬときは私、やっぱり島でがいい。東京なんかでは死なないよ。本当の空も風も星もない東京なんかでは……」と貴英の肩に顔をうずめた。

シャツを通して熱いものが滲みてきた。

彼岸花の花弁が夜に溶け、月明かりの大地に零れ落ちる。その赤い雫のうずきを、貴英は掌に汲む。夏が死んで流した、血の絲の花の……。

5

目覚めたベッドの上で、前日結婚相談所の一つを訪ねた帰りに、最寄り駅前の広場で踊っていた浮浪者をおもい出した。どこで手に入れたか白浪五人男が勢揃いの場で着るような藍地の派手な衣裳、手拭いならぬタオルの頬かぶり、泥で作った白塗りの顔で、カセットレコーダーが流す演歌に合わせ、下手すぎる当て振りを見せていた。異様な大道芸に誰も近寄りがたい様子だったが、物乞い茶碗にはわずかながら小銭が蓄えられてあった。

あの浮浪者にも故郷はあるだろう、とふとおもいがめぐった。しかし故郷があってももう帰ることはできないのかもしれない。故郷を支えに生きる人間と、故郷を捨てて生きることになる人間の違いは何だろう。その境目を決定づける事情、境目にひそむ意識とは何だろう。貴英の島でも、いつしか長く音信が絶えている者も少なくない。そういう出身者にとって自分たちの島は、いつでも遠慮なく帰られる島だろうか。そもそも遠慮なく帰ることができる故郷とは、どんな故郷をいうのだろう。それとも、故郷とは幻想だろうか……。

午前中は、上京後に得ることのできた内容の整理にあてた。村へ経過を報告し、その後、最初に行った相談所をふたたび訪ね、申し込みの手続きや費用などのより具体的な話を聞き、書類の一式を預からせてもらった。団体で入会するケースは前代未聞だが、特別の方法を検討したいと、会社側も前向きな姿勢を示してくれた。街に出た時には夕方近くなっていて、しかしホテルに帰るにはやや半端な時刻だった。

ぶらぶらと皇居のお堀端を歩くうちに、眼前の景色に既視感をおぼえ、ああ、とすぐに記憶がよみがえった。ずいぶん前、商社の池から道路を渡ってお堀へ移動するカルガモの親子が話題をあつめた。警官まで出て車を止め、ヨチヨチと行進する一群をテレビメディアが競って追ったものだった。

カルガモが卵を生む池の商社というのが、翠の会社だった。

「あの行進、まだ続いてる？」

「年中行事だもの。道を渡るとき、警官が車を止めることも。じつは私、池にいる間のカルガモの観察を手伝っているの」

三年前、そんな会話をした。

道路沿いに建ち並ぶビル群に視線をこらすと、前方の一つに、翠の会社名が見えた。近くへ行き、ここが翠の会社か、とすこし興奮を覚えながらつくづくと眺めた。そして、ここで落ち合ってしまえばいいわけだとおもいついた。

受付で翠の名を告げ、面会を求めた。

「お約束ですか？　どちらの部署かおわかりになりますか」受付の女性は訝しげに貴英を見た。

「同郷の者で、たまたま所用で近くへ来たものですから。具合が悪いようなら、電話口にちょっとだけ、出てほしいです」

「お待ちください」女性は相方の女性となにごとか小声で言葉をかわした。それからどこかへ電話を入れた。何度かうなずいて受話器を置き、翠の名前をあらためて確認したうえで言った。「いま人事課に問い合わせましたが、七月いっぱいで退社なさったとのことです」

えっと開いた口がしばらく閉じなかった。「どうして?」

「さあ」と女性は、無駄足を踏んだ来客に気の毒そうにまばたきした。

慌ててホテルへ舞い戻った。貴英が泊まっているホテルは竹芝にあり、十二階建て、浜離宮庭園に面している。宿泊代が安く、対岸のお台場が開発される以前から、役場は出張の際の常宿にしてきた。シャワーを浴び、決めておいた時刻にロビーへ降りた。

翠はちょうど着いたところだった。ただ、一人ではなかった。横に西武ライオンズの野球帽をかぶった十か、十一歳ぐらいの少年がへばりついていた。

「会社の前で待ち伏せされて、この子にデート申し込まれちゃった。先約があると断わったのに、じゃ待ち合わせの場所まででいいからって、強引なんだ……」昨夜の涙が夢だとおもえるほど明るかった。会社とはどこの会社だよと口から出かかる貴英の機先を制するように、「ほら将来のドン・ファン、ご挨拶なさい」

「お姉ちゃんは美人で変な男に痴漢されるかもしれないから、ぼくが付き添ってきたんだよ。村川正午です。セイゴって呼んでいいよ。で、おじさんの名前は?」

翠がお姉ちゃんで、なんで同級生のおれがおじさんなんだと年甲斐もなくむっときたが、抑えて名乗ってやった。

「じゃ、タカでいいか。いや、ヒデにしよう。サッカーの中田ヒデと同じだ」

「勝手に決めるんじゃねえ」

「お姉ちゃん、このおじさん、怖い」生意気な口をきく小僧だった。

せっかくだから夕景のレインボーブリッジを見ようと話がまとまり、ホテルを後にした。埠頭までのわずかな道のり、翠と正午はじゃれあって、しきりに笑い声を上げた。

埠頭は左手に二棟の高層ビル、右手に超高層ホテルがそびえ、内側にコンクリート道の公園が整備されている。公園の中央部には、帆船のマストがそびえ立つ。「ゆりかもめ」竹芝駅の方角からそぞろ歩いてくる若いカップルたち。涼風に波立つ川面。靄の中に、レインボーブリッジは浮かんでいた。橋はときに、美しさより神聖さをまとう。

売店でソフトクリームを買い、三人で一つのベンチを占めた。しばらく黙ってそれぞれに眺望と向かい合う。降りてくる夕闇の深まりとともに、対岸の灯もあでやかに増していく。浜離宮庭園の前にはいつのまにか屋形船が数隻、屋根の軒に連ねた赤提灯をきらきらと水面に揺らめかせて、もやっている。

「セイゴ、おまえ、なんで翠のストーカーやってんだ?」

「だって、ママが帰ってきたらさ、お姉ちゃんが遊びに来てくれなくなっちゃったんだもん。来てくれないなら、こっちから行くしかないじゃん」

「ママ、どこかへ行ってたのか?」

「網走の刑務所だよ」

「そんな軽々しいこと、口にしてはだめ」すかさず翠が母親の口調で叱った。

「どうして? 嘘を言ったり隠し事をしたりしてはいけないって教えてくれたのは、お姉ちゃんでしょ」不思議そうに首をひねる。

「それは。それに網走なんかでないわよ」

「パパも、ママはちゃんと償いをしてきたのだから、こそこそすることはないって言ってるし」

「本当……? パパが、そう言ったの?」どこかぐらついたように見えた。

「ママね」と正午は貴英に顔を向けた。「交通事故で人を轢いちゃったんだ。その人が死んでしまったのに、逃げちゃったから逮捕されたんだ。それで刑務所に入れられた」

「そっか、じゃ、ママがいなくなって寂しいおもいをしてたんだ」

「うん。でも、そうでもない。お姉ちゃんがときどき来てお料理つくったり、ゲームつきあってくれたりしたから。運動会にも弁当持って来てくれたし、パパと三人でドライブにも行ったし。去年なんか一緒にサーフィン、いっぱいやったもの」

「サーフィンか。翠はけっこううまいよ。むかし、おれが手ほどきしたんだ」

「うそ、おじさんが?」

「おれたちの島には、サーフィンでもウインドサーフィンでも、何人かすごいのがいる。日本海の荒波が相手だからな。おれがもちろん一番だが」片目をつぶってみせた。

「意外」素直に瞳を輝かせた。「でも、お姉ちゃん、今年の夏は、誘っても大きい帽子かぶって見ているばかりだった。もう若くないから日焼けから卒業するんだって。女ってほんと考えることがわかんないよ」

夜陰を淡くおびた翠の横顔に目をやると、どこか投げやりな表情を浮かべている。昨夜の電話は、正午の父親からだったのだろう。正午の母親が交通刑務所に収監されている間に関係ができ、刑期を終えて釈放されたことで破局した……正午の饒舌からそんな図式がかいまみえた。

「で、パパとママは、仲よくしてるの？」

翠の問いかけは唐突に聞こえた。

「そりゃあね。やっぱ、久しぶりだからさ。ぼく、見たいテレビも見ないで早く寝て、できるだけ二人っきりにしてあげてるんだ」

少年の無邪気は、翠の心を残酷に踏み荒らしたかもしれなかった。

翠に命じられて正午は自宅に電話をかけた。最寄りの山の手線の駅の券売機に馴れたしぐさでコインを入れ、自動改札を抜け、手を振りながら帰っていった。

おいしくて安いタンシチューを食べに行こうと、銀座に案内された。そのレストランで翠は重い口を開いた。

三年間にわたる翠の恋は、貴英が正午の発言から読み取ったとおりに、正午の父、村川啓二の妻が轢き逃げ事件を起こし、捕まったことに始まっていた。雨中の横断歩道で父子をはね、小学生の子が死亡、父に重度障害を負わせたのだという。村川は翠の会社の直属の上司だった。新聞記事にもなり、当然のごとく社内外での村川の立場は大きくゆらいだ。

「役員に、細君が起こした事件で君が辞めることはないぞ、と声をかけられたというの。でも、それを真に受けていいのか、それとも暗に辞めろと謎かけをされたのか、と悩んで、私にも意見を求めたの。役員に辞めろと言う権利はない……私はそう答えたけど」

社内外の視線を日々感じながら仕事にたずさわらなければならない一方、裁判の傍聴、被害者の遺族との補償交渉、朝夕の食事をはじめ正午の養育にとられる時間のやりくりなど、村川は変化に翻弄されて、しだいにやつれを露わにした。まるで妻の罪をかぶるかのように一人で毎日と戦い、疲弊に耐えるそんな上司に、翠はいつしか手をさしのべていた。同情が愛情に変わるまでに、さしたる時間もいらなかった。

「子供なんてげんきんなもの。母親代わりを一生懸命つとめてきたつもりなのに、実の母親が目の前に現われたら、もののみごとにお払い箱。あげくに父親まで、はしゃいじゃってさ」自嘲するように鼻を鳴らした。「それにしても案外早くに仮釈放って来るものなのね」

「昼間、翠の会社の近くに行ったので受付で面会を頼んだんだ。そしたら、七月いっぱいで辞めたと言われた」

「そうなの……。転職したこと知らせてなかったものね」

人の噂も七十五日で妻の不祥事はいつしか忘れられ、この春、村川の課長昇進が決まった。

翠はこのとき、ここで自分たちの関係があばかれたら、上司と部下の不倫スキャンダルとして、今度こそ村川の出世に障るだろうと考えたのだという。「それだけでなく、私自身が限界だった。同じ職場で秘密を持つ苦しさ、つい体が体にしなだれかかっていきそうになる欲求に耐えられなくなっていた」

「そこまでしてやって……」

「でも結局はあいつ、抱けなくなった女房の代わりに私を抱いていただけだったんだ。女房に面会に行き、金網ガラスの仕切り越しに欲情して、返す刀で私を抱いたんだ。出所したその日に、あいつはきっと、女房を抱いたにちがいない」

「やめろよ、そういう言い方、翠らしくない」転職という犠牲を払ってまで貫こうとしたなにものかの、その果ての空しさが吹雪の荒びの音色でひびき、だからこそ貴英は強く制せずにはいられなかった。

「離婚して私と再婚すると約束もしたのに、あいつ、それも寝物語だったたっていうんだよ。女房は自分の励ましを信じてつらい刑に服してきた。蔑みと冷遇の待つ世間で、頼る者はほかにいない。母親の帰りを、息子が手を取って喜んだ。だから親子三人でもう一度やり直させてくれって、土下座したんだ……。刑に服したのは自業自得じゃないか。出所したって死んだ人は生き返らない。世間から冷たくされる覚悟ぐらいあって当然じゃないか。正午は、……しかたないけど。じゃあ何、私たちの関係は絵空事だったの？　そう言ってやった。別れない、約束どおり早く離婚してほしい、そう言ってやった。人知れぬしのぶ恋、秘める愛が、人に知られなかったからには初めからなかったも同然だってことなら、逃げの方便、卑怯じゃないの」

「翠……」顔の前に掌をかざした。

翠ははっと貴英に目を合わせ、また目をそらして、肩で息を継いだ。「ごめん……」

「別に謝らなくたって……。おもっていること、みんな吐き出していいよ」

「……貴英は優しいね」

「幼馴染みだろ」

「そうだね」やっと口の端が笑み割れた。

貴英は〝嫁恋い〟キャンペーンや上京してから回った結婚相談所の話をした。島の出来事には楽しそうに聞き耳を立てていた。

「それじゃ、だいたい終わったんだ、用事は。明日からはどうするの？」

「健次や杉男には、ついでに東京見物してくると言ったけど、特に行きたい所もないし、江の島に行ってみるかとおもってる。ヨットハーバー見てみたい」

「どうして？」

貴英は年頭に会報で発表した島の未来像のこと、祖父が機嫌を悪くしたこと、杉浦土建が便乗して騒いでいることを説明した。

「そりゃ、村長は怒るわ。環境保全第一の人なんだから。でも、なんか、島らしいのどかさがあっていい話だなあ」遠くをのぞむ眼差しになった。「明日、秋分の日で休みだし、それなら、一緒に私も行ってあげる」

「本当に？」

「島の青年部がめざす島の将来のため、すこしは協力しなくちゃね」

翠は手を付けていなかった料理に急にとりつき、大きめに切った肉片を一口で頰ばり、うんおいしい、というようなことをもぐもぐと言った。

タクシーをひろった翠と別れたあと、貴英は華やかな女性たちがビルの前で客を見送る銀座の通りを歩き抜けて駅へ向かい、ホテルへ帰った。レストランにいる間に通り雨があったらしく、蒸し暑さと涼しさとが混じり合った複雑な空気が、舗道によどんでいた。低くかかった雲が街の明かりを照り返して、空はほのかに色をおびていた。

翠から電話が入ったのは、風呂に浸かっている時だった。バスタオルをつかみ取って素っ裸のまま浴室を出、受話器を耳に当てがうと、声はすでに壊れかかっていた。

「貴英、私、悔やしい。悔やしいよ」

「どうした、ゆっくり話せ。落ち着けよ」

「さっき、あいつの女房から電話があったんだよ」いまにも泣き出しそうだった。

「えっ」と一瞬、不穏ななりゆきを想像した。「何なんだって？　ちゃんと聞くから、整理して。慌てるなよ」

「正午が話したらしいんだ。それで、きょうは正午がお世話になりました、ありがとうございましたって、お礼の電話なんだよ」

「それは、嫌みということか」

「ちがうよ。本心で、お礼なんだ」

「だったら騒ぐことないじゃないか」

「それだけでなく、自分がいない間は主人も並々ならぬご助力をいただいたそうで、言葉に表せないぐらい感謝しています、前から一度、お礼を申し述べなければならないと心からおもっておりましたって、電話の向こうで頭下げてるんだよ」

「わからない。だから嫌みなんだろう？」

「ちがうんだって。嫌みだったら、こっちも言い返せばいいんだから、そのほうがかえっていいんだ。でも、本心から言ってるから、たまらない……」

「どういうことだよ」

「女房のやつは、もともと育ちのいいお嬢さんで、純情で、素直で、疑うことを知らない、いい性格の人なんだよ。それに、きっと会社ってものを勘違いしてるけど、会社の部下が上司の面倒を見るのは当然とおもっている。そういう女なんだ。だから、私とあいつのことをこれっぽっちも疑ってない」

「そんなこと、あるのかな」

「そうだよね。自分がいない間に夫を奪った憎い女って、どうしてわからないんだろう。どうして夫を盗んだ女めって、嫉妬しないんだろう。わかってない相手、最初から土俵に上ってない相手とは、戦うこともできない……。そんなの、つらいよ。私はあいつと寝てるのに……。何度も、何度も、何度も、寝てるのに」

「翠……」こっちだってつらい。

「よっぽど、そう言ってやろうと考えたよ。口をついて出そうにもなった」涙で声がびっしょり濡れている。「でも、言えなかった。どうしてだろう、言えなかった。言えなかったことも、悔やしくてさ」

「言わなくてよかったんだよ」貴英は祈りをこめてさえぎった。さえぎらなければ翠は勝手にどこかへ行ってしまう気がした。

「言わなくて……、どうして？」

「言ってたら、おまえの負けだったから」

「負け？　何が負けなの」水面の浮きがぴくりと震えたように、トーンがうわずる。

「言ってたら、人間として、女として、翠のレベルが低いってことになる」

「……人間のレベル。……そう、最低だね。女のレベルも、最低だね」また声が涙に濡れた。

「好きだった。愛してた……。なのに、あやうく、好きだったことを冒瀆した。愛してたことを汚してた。自分で自分を辱めるようなことをしては、だめだよね」

それからひとしきり、しゃくりあげる気配が続いた。貴英は翠の気持ちの変化をかすかも聞きもらすまいと耳を澄ませていた。

「貴英……」

「うん……何だ？」

「いっぱい醜態、見せちゃった」

「醜態なんかじゃないさ。悲しかったら、みんな泣く。泣くしかないよ」

ははは、と翠はかぼそい笑い声をもらした。そしてわずかな沈黙の後、ありがとう、とぽつりと声があって、電話は切れた。

受話器を置いて、どうやら大丈夫だと緊張が解けた時、貴英はいつのまにか自分も涙を流していたと気づいた。くっそう、おれまで泣いちゃったじゃねえか、と拭ったタオルを壁に投げつけ、ベッドに倒れこんだ。素っ裸のまま大の字になり、大の字のまま、いつか眠りに落ちていた。

6

駅からの細い道は、白く四角い煉瓦ふうの葺き石で化粧されている。左右に隙間なく並ぶ土産物屋。食堂の店舗。倒れ落ちてきそうな高さで建つマンション。そんな世俗の景観に、海は間近さの気配を殺されている。潮の匂いもとどかない。しかし道なりに歩きつづけると、車の騒音とともに突然、前が開ける。江の島は砂嘴《さし》のようにのびる長い橋の先端に、靄をまとって浮かんでいた。

「残念ね」橋の半ばを過ぎた所で翠が足を止め、「晴れてれば富士山が見えるのに」

大型の台風が九州に接近している影響で、雲が厚い。灰色の薄雲が前触れの動きで低空を駆けぬけていく。橋の左側の海面では、絶好の風を得たウインドボーダーが、ここぞとどりどりの色柄の帆を行き交わせる。

ヨットハーバーは、島の東側の岸辺をほぼ占める。陸揚げ用のクレーン施設を擁する広々とした陸置場には、美しいたくさんの艇が安置されていた。艇と艇の間で男たちが、クルーザーを載せた台車を手で押し、移動に汗を流す。泊地のほうは、公園ふうに整備された突堤、センタープロムナードで、二つに仕切られている。規格上大きなヨット用、ディンキー用と使い分けの決まりらしく、すでに台風に備えたのだろう、おおかたの艇は帆をたたみ、小刻みな波が舷側を叩いていた。

貴英と翠はプロムナードの植込みの間に建つ小さな東屋のベンチに座り、停泊するヨットにしばらく視線をあずけた。天を突き、せめぎあうマストが波にあおられ、カシャッ、カシャッと艇具が打ち合い、いったん弾けるように空へ散った金属音が、絶え間なく水辺へ舞い注ぐ。「埋め立てられる前って、どんな景色だったのかな……」翠は想像する目つきで、遠くを見つめた。

貴英は圧倒された。だが気をとりなおして言った。「おれたちの考えるヨットハーバーは、夏場だけ基地として使えればいい。広い陸置場なんて最初から考えてない。埋め立てができるような島ではないのだし」

施設のレベルの高さ、想像を超える規模の現実を目の当たりにしたからといって、仲間たちの夢を見捨てるようなことは言いたくない。島に可能な範囲で夢を追う。追っているうちにどうにかなる。そうおもいたかった。

「島から都会へ出た女の人の何人かでも戻ってきて、島の男と結婚してくれると余分な苦労も減るんだけどな」と呟いたのは、島に魅力が生まれればいずれそうなるという意味からだった。

ところが翠はふいに声を棘立《とげた》てた。「そうね。戻れば、女は島の貴重品だものね」

なにか機嫌を損ねたかといぶかってみつめると、こんどは逆に貴英の知る翠らしくなくどこか抑えた口調で、言い訳のようにことばを継いだ。

「嫁問題で、島の女にも責任の一端があるみたいなこと、あまり簡単に言ってほしくないんだ……。島に女がいないのはどうしてか、誰が女たちを島から出したのか、貴英は考えたことある？　明治、大正、昭和と、稼ぎになる産業はなに一つない島から、女たちは現金収入を得るために出て行った。貧しい親のため、貧しい島のため、ごくつぶしと謗られないため、せっせと働き、仕送りに励んだ。故郷を離れた寂しさと、心細さをじっとかかえてさ……。戦前には身売りされた人だっている。そういうことがしきたりみたいに繰り返され、自分でも当たり前とおもって従ってきたというのが、島の女の歴史なのよ。いまだって名残りがある。なのに、島が少しばかり豊かになったからって、今度は、女に島を出て行かれては困る、島に戻ってこい、だなんて勝手だわよ」

江の島の入口にあたる青銅の鳥居へ引き返し、参道の坂を上り、竜宮を模した門をくぐって、神社に詣でた。江島神社は島内に三つの宮を持ち、海民の守護神、宗像三神をそれぞれに祀るという。翠と並んで手を合わせた辺津《へつ》宮の祭神はタギツヒメということだった。拝んでいるさなか、突風が吹いた。拝殿の横に設けられた絵馬所の絵馬が打ち重なってあおられ、バタバタバタと一度鳴り、二度鳴って、ひびき渡った。蒸し暑く、日は陰ったままの午後だった。

サザエの壺焼きとか、海の幸が売りの料理店ばかりひしめく沿道に、コーヒーの旨そうな店をさがした。「ないわねえ、茅ヶ崎まで行けば一軒知っているけど」と翠が口にして、そういえばマリンスポーツのメッカが近い、とにわかに気が立った。

「行ってみたいって、茅ヶ崎に？」

「サザンオールスターズの、ほら、チャコの海岸物語に出てくる岩。何だっけ」

「烏帽子岩のこと？」

「それそれ」映画で有名になった岩。「その岩を背中にしょって一生一度の大きな波に乗るのが、湘南のボーダーの憧れなんだろう？」

「なにそれ？　映画の中の話でしょ。聞いたことない」にべもなく言い、どこか気乗りしない様子もあったが、せっかくだものね、と額の汗を拭った。

この日、貴英は、翠がのぞかせた悶えを忘れてはいない。翠が負った深傷から、いつまた何が噴きだすかと気が気でなかった。しかしはしばしに貴英がくばる神経をよそに、翠は落ち着いていた。憑きものが落ち、一景一景に澄んだ目を向けているとも感じられた。ひろったタクシーの中でも、翠は無言で海を見つめていた。


茅ヶ崎の海岸線は砂防林の松林で縁取られている。その緑の帯を、国道が割箸を割るように切り裂いて走る。松林は飛砂と塩害から人の営みを守るためにあるはずだが、今はむしろひしめく車の排気ガスと騒音から海を守っているかのようだった。

信号を折れてサーフショップの並びで停めるように、翠は運転手に指示した。人影のない中学校の校庭と向かい合って、白いタイル貼りの建物が三色旗をはためかせている。一階がレストランだった。店内を見通せる草色の枠の窓。窓框《まどかまち》には、淡紅の可憐な花をつけた鉢植えがたくさん置いてあった。

「翠さん、台風の波が着いてますよ」とドアを開けたとたんに食事中の三人組から声がかかった。軽く手を上げたしぐさが、どこかうきうきと明るい。日焼け顔のウェイトレスも親しげに笑みを寄せる。翠は挨拶を返しながら、窓際に席を選んだ。

「みなさん、今朝から集まったみたいです」とウェイトレスは冷水のグラスをテーブルに置き、伏せてあった注文伝票に手をのばした。「なさるんですか?」

「用意、持って来てないわ」

「よかったら私の、お貸しできますけど」

「ありがとう。でも、きょうはいいわ」気のおけない同士の囁きにも聞こえるやりとりの後で翠は、ここの蟹のサラダは最高よ、とメニューを開いた。

先にコーヒーで一息つく間に、お薦めの一品が出た。ほぐした蟹の身に細切りのじゃがいもと香味野菜を加え混ぜ合わせたもので、翠はそれにオリーブオイルとワインビネガーをかけた。烏賊墨スパゲッティが運ばれ、それぞれ適量を皿に取り分けた時、店のドアががらんと鳴った。同時に子供の高い声が耳にひびいた。

「ほら、パパ、だから言ったでしょう、お姉ちゃんがいる気がするって。ぼくの予感は当たるんだ」

驚き半分得意さ半分に丸く眼をみはる子供の後ろに、男が二人立っていた。一人はTシャツ姿で髪に白さのまじる、温和な風貌だった。とっさにベージュのブルゾンをはおったほうが正午の父親だとさとり、おもわず腰が浮きかかった。背を焼くようによぎったのは、翠が突然声を荒らげ罵詈雑言をぶつけて村川にすがりつく、修羅、愁嘆の光景だった。

しかし、村川と翠は、束の間、眼差しを重ね合わせただけだった。どちらからとなく逸れた視線の行く先を翠はウェイトレスに求めた。事情を知ってか知らずかウェイトレスは、唇を一文字に結んでいた。正午の手に引かれるままに三人は隣のテーブルについた。

「元気?」いかにも自然に村川が尋ねた。

「ええ」翠は飼い主の前の猫のようにかしこまった。そしてふっと顎を上げ、奥様もご一緒なの? と怯えるふうに窓の外を見た。

「ママは来ないよ」と父親の横から正午が口をはさんだ。「介護の資格を取るための学校に行き始めたから。もっと償いをするためなんだって」

翠の瞳がゆれるのを見て、貴英は胸をつかれた。この時やっとわかったのだ。翠が江の島へ同行したのは貴英のためではなかった。湘南は終わった恋の思い出の土地なのだ。だから道案内を理由に、あたかも思い出の写真を目に焼き付けてから破り捨てるように、もう一度訪ねようとした。おそらく、訪ねて、別れを受け入れるために。

「それでね、永富のおじさん、このおじさんがさっき言ってた、お姉ちゃんにサーフィンを教えたヒデって人。日本海の島で一番うまいってうぬぼれてた人だよ」

「ほう」と永富というらしい男が興味を示した。

「ヒデ、永富のおじさんはこの地区のウインドサーフィンのグランプリマンなんだ。もっとも三年前までの話だけど……。負けた時、私は波に負けたのではない、寄る年波に勝てなかったのだ、なんて、名セリフ吐いたんだってさ」けけけと目を細める。

永富は少年のように頬を赤らめ、苦笑いして、「じつは日本海にそんな名の島があることも知りませんでした。ところが、島の若い人たちはサーフィンもウインドも自分よりずっとうまいと、ほかならぬ翠さんに聞いていました。で、いつかお手並みに触れたいとおもっていたのです。そうですか」と貴英の漁師焼けした顔をまじまじと見た。

「これから浜へ?」

「ええ。いい波が来てると電話もらって誘い合わせたので、出遅れましたが」

烏賊墨スパゲッティは美味だったが、量がいかにも足りない。追加でアンチョビのピザを頼んだ。隣のテーブルに料理が来て、正午はカレー色のリゾットをかかえこむ。平らげて、すかさず椅子を蹴った。「お姉ちゃん、早く一緒に行こう。最高の波だぜ、きょうは」翠の手をひっぱりながら、ちらり、横目をくれる。「こんな食い気ばかりのおじさん、待ってたら日が暮れてしまうよ」どこまでも口の減らない餓鬼だった。

翠はしかたなげに目配せし、席を立った。扉の前で一度正午を制し、村川を振り返った。ほんの一刹那、力なくだが、刃がひらめいた気がした。村川はまばたきもせず、黙って女子供を見送った。

　こちらへ来ませんかと永富に誘われ、村川の横に席を移した。永富はマリンスポーツの競技者であるだけでなく、大型クルーザーのオーナーでもあるらしく、海の魅力も怖さもよく理解していた。ハワイやメキシコの有名なビッグウェーブに挑戦した経験もあるという。永富の口にする優雅な暮らしはすこしも嫌みでなく、海に親しむ情熱は快かった。こうした人物にこそ島の魅力を喧伝し、来島を願わねばならない。気に入ってもらえれば、口こみでも影響は多大だろう。

「冬の日本海は荒れるでしょう。そんな波でやれたら、すごいだろうね」

　だが、島や海の様子、波の性格をたずねられたとき、貴英は一瞬躊躇した。気おくれしたからではない。こうした人たちが島に押し寄せたらどうなる、とふっとよぎったのだ。仲間が楽しむボードやウインドサーフィンは、仕事の息ぬき、遊びでしかない。ささやかな暮らしの一部で、スポーツとはいえない。もちろんファッションでもない。そのささやかさが速やかに失われることになるのではないか。不意の迷いだった。同時に、そんなことで迷うのは島の未来を観光に期する立場に矛盾する、と面食らった。貴英は島のよさを語ったつもりだが、はじめの躊躇を、話の間中、なにか押しのけきれなかった。

「翠からすべて聞きました。つらい目にあわせてくれたみたいじゃないですか」永富が洗面所に立ったとき、村川に話しかけた。声にどすがこもってしまい、村川は驚いて不安げに身構えた。「責めはしません。男と女の間に他人の出る幕はないでしょう。ただ、これだけは知ってください。彼女は本当に死のうとしていた。深夜、マンションの屋上に立っていたんです。そこに私が、行き合わせた」

村川の表情が瞬時に変わった。視線がゆらぎ、首筋が二度三度と小さく跳ね上がった。そして、そうですか、それでは、あなたが止めてくれたのですか、と勝手に解釈して声をつまらせ、放心して、それはよかった、助かった、と言葉を震わせた。人前もはばからずに行き惑う姿に、肝は小さいが心の冷たい人間ではないらしい、と少し見えたおもいがして、貴英は言い出すべきではなかったかと、かえって後悔した。それ以上追及せずにいると、落ち着きを取り戻した村川のほうが口を開いた。

「清算することは、一度納得してくれたんです。どうあっても私にムシのよい話ですから、改めて許せないというのも、やむをえません。だが、私だってつらい。いまでも私は彼女を愛している」

「そんなずるい言い方はしないほうがいい。奥さんも愛しているのでしょう」

「いや正直、いま私が妻を愛しているかと問われたら、愛しているとは答えられない。結婚生活での夫婦の愛情は、ある時期からは日常生活の持続のなかで保たれるのではないですか。妻が轢き逃げ事故を起こしてから、私たちはガラス越しに月に一度、健康を確かめ合うだけになった。日常がなくなってしまった。妻への愛情は、自分でもうろたえるほど、みるみる冷めていって、残っているのは配偶者としての法的な義務感だけです」

「おっしゃることがよく……。でもそれなら、問題はないでしょう」

「どちらを愛しているか、という点では確かにそうです」

「ほかに何があるのですか」

「わかってください。翠を選ぶことは、妻と息子を捨てることなのです」

「当然です」

村川は口ごもり、目を無意味に泳がせた。「息子にはパパとママは別々に暮らすことにした、とだけ説明してあったんです。小さかったせいか理由を聞く知恵もまだなくて、息子は黙ってそれを受け入れてくれました。仮釈放の通知が届いたとき、今度はどうしたらよいのか、悩みました。結局、偽らずにすべてを明かし、その上で、悪いことをしてしまったママだけど、これから先、一緒に暮らすか、いまのように別々に暮らすか、どちらがいいかと訊くことにしたのです。すると息子は、ママがいないことを本当は気にしていた、これからはパパもママもいる親子揃った暮らしがしたい、と飛び跳ねたのです。私はその喜びかたを見て、胸の裂けるおもいでした。どこかで私は、離婚しておたがいに再出発することを考えていました。しかしここで離婚したら、息子に新しい心の傷を負わせることになる。それは避けなければならない。妻への愛がなくなっていても、息子の願いを実現してやることが親の義務ではないか、そうおもったのです」

「親子水入らずで過ごすうちに、奥さんへの愛もよみがえるかもしれませんね」子供を言い訳にしている、とは言わなかった。

「遺族への賠償金のこともあります。もちろん死亡した子供にも重度障害を負った父親にも自賠責保険で賠償金は出ました。ただ父親に対しては生涯賃金を算定して、上限を超えた分が加害者個人の負担になります。支払い義務は妻ですが、妻には支払い能力はありませんから、私が保証人になりました。それがすごい額なのです。そこに翠を巻きこみたくない」

そのあたりから、貴英は話に耳を傾けることをやめた。村川の言葉は、ただざわざわと頭上を通り過ぎる。

「離婚して翠と一緒になっても、私が補償を続けることは変わらない。その重圧がやがて、二人の間をきっと切り裂く。なぜなら、その重圧は妻に由来するものだからです。私と翠の間に、賠償金の支払いという姿で妻が存在しつづける。そんな三角関係もどきの生活が、いつまでも成り立つとはおもえない。きっと破滅する。翠とそんなどろどろを演じたくない。私は一生、妻から逃げられなくても仕方がない……」

身勝手だ、詭弁だ、打算を排した愛もあるではないか、と村川を非難するのは簡単だった。しかし、村川はもう決めてしまっている。翠を愛していくのではなく、家族と生きていくことを……。翠は負けた。それを翠も知っている。男ともう一度やり直せるとはおもっていない。ただ、あふれる悲しみを、ほとばしる切なさを、どこにどうぶつけていいのかわからないでいる。迷う夜道でうつろに救いの星をさがし、一人立ちつくしているだけなのだ。

戻ってきた永富に、貴英は申し出た。「迷惑でなかったら、ウインドサーフィンで勝負してもらえませんか。私は本当に島では一番といわれている。せっかくここにグランプリマンがおられるのに、テクニックの一つも盗まずに帰ったら悔やまれます」

おっ、と永富は相好をくずした。「願ってもないですよ。レースしましょう。プロの漁師さんが、風をどんなふうに扱うか、見せてもらいます」若々しく目を輝かせた。

サーフショップでウエットスーツを借り、着替えて浜に出ると、パチパチとまばらに拍手が湧いた。見ると、芥子色のライフジャケットを身に着けた豆サーファーが、波のトップをタイミングよくとらえ、テイクオフしたところだった。神妙な腰がまえで途中ターンを決め、その危なっかしさがまた拍手を呼んでいる。しかし後方から迫った波にすくわれ、泡に呑まれた。何秒か見えなくなった後、水際近くに吐き出されて、板もろともごろごろと打ち上げられてきた。

「へえ、永富さんに挑戦したの。勝負になるのかなあ」正午はしこたま飲んだらしい海水をぺっぺっと吐きながら、貴英の介添えについた翠の顔をうかがい見る。翠が肩をすくめると、「よし、永富さんに百円賭けちゃおう」いっぱしの博打打ちの表情で、永富のもとへ駆けて行く。

上空にトビが舞っていた。長い砂浜は、防砂林に沿って遊歩道がはるばると延びる。防砂林の松は前面を高い網で覆われ、竹垣と植樹で根元が保護されている。小川が流れ出る口にコンクリートブロックを積んだ人工島が小高くあって、その沖正面に、水平線を下から突き破る格好で一つの岩が削り立つ。それが烏帽子岩だった。

ルールは簡単だった。ビーチスタートでボードを立ち上げ、烏帽子岩を時計の逆回りに回って二周し、戻ってくる。翠が烏帽子岩の周囲にひそむ岩礁や潮の向きを砂に書いてレクチャーしてくれた。

レースをイメージして沖を望むと、荒い吐息がせめぎあうように雲塊が押し出ている。うねりは予想より高く、波の帯が幾すじもの深い影を従えていた。

若者の一人がスターターをつとめ、フラッグを振り下ろした。

スタートで貴英はいきなりつまずいた。ボードを水中に運び、立ち上げて乗ろうとした瞬間、突風にあおられて頭からチンしてしまった。ビーチスタートなぞ初めてで、練習したこともない。まだ波打ち際に近く、軽蔑のまじった笑い声が聞こえた。やり直してつぎはこなしたが、とたんに高波の腹につっこみ、馬が後ろ脚で立つようにノーズを振られ、横滑りして、ここでも失笑を買ったようだった。永富のセイルはすでに、三つ先のうねりにかかっている。艶やかに舞う蝶さながら、うねりの頂上で帆を翻し、峰に隠れる。ボードの癖に馴染むまでは、差を広げられないでいるのが精一杯だった。

烏帽子岩に近づいてやっと追撃の気分は整ったが、小さな岩礁を避け、海底の地形のせいで複雑に砕ける波に気をとられ、ちらりと見える相手にかけひきを挑むまでにはなかなかなれない。岩を周回する間には風が正反対に変わる。一周目、永富は追い風に押されて大きく膨らんだ。貴英も十分に制御できず、イメージどおりの円を描くことはできなかった。風が反転する瞬間にはバランスを崩され、たたらを踏んだ。

二周目、永富はやはり膨らむ力に抵抗できないでいる。貴英はブームを強く引きつけ、膂力と体重のかぎりを使っておもいきりカーブを切る。セイルが根元で折れんばかりに傾く。ボードの縁端から鞘走る刃のように白いスプレーが飛ぶ。しかし小さく旋回することに集中していて、風と波の向きが複合する地点での操作がすこし遅れ、あっというまに岩に掃き寄せられた。ボードの底に衝撃があった。全身が跳ね上げられたと感じたが、辛うじて平衡を保った。尾てい骨を打ち割られるような激しいリッピングに追いうちされたが、膝をとっさに柔らかくして受け止め、なんとかやりすごした。危機を脱したとき、すぐ側面に永富のセイルが出現した。

ほぼ一線で岸へ向かうかたちになった。波面にノーズをぶつけていった往路とちがって、視界ははるかに広く感じる。風はブロー。みるみる浜は迫ったが、二艇はくつわをならべて譲らない。

最後の最後で不意に風が緩んだ。とおもえたのは、背後から異様に大きな波が来て、風をさえぎったからだった。大波は峰を高々と隆起させ、ぎりぎりまで尖り立つ。遠い洋上ではぐくまれた重い力のみなぎる気配に、貴英は直感した。波の峰は永富を通り過ぎたあと、自分の少し手前で崩れ始める。落ちてくる波頭に叩かれたら、ひとたまりもない。崩落の直撃を避けるには、ターンして水の坂を一気に斜めに滑り降り、先回りするしかない。

だが、貴英は別の衝動にかられた。ノーズを逆にあおって横に走った。波頭がめくれ返る。つぎの瞬間、艇と一つに体をバネに変え、おもいきり、空へ向かって跳んだ。白い豪快な崩落の鼻先で艇は宙に舞い、後方にくるりと回転する。風車になって逆立つセイルの向こうに、江の島の灯台が青くかすむ。一瞬の瀑布、その残光の中に艇は舞い降り、泡立ちの絨毯をずぶりと踏む。尻餅をからくもこらえてチンを防ぎ、そのまま岸へ滑る。永富に半艇身遅れて、ゴールラインへとびこんだ。

　何人か興奮ぎみの若者に腕をかかえられて砂浜に上がった。永富がにこやかに握手を求めた。

「すばらしい。あの風をねじ伏せるんだから、さすが力が強い。私が勝ったのは地元の利です」

「いや、負けは負けです。いろいろと田舎ぶりをさらしてしまって」

「ビーチスタートですか。あれは経験です。そんなことより、ループです。土壇場で、しかもみんなが見守る目の前で、ああも華麗に披露されては、勝負なんてかたなしですよ」いかにも気持ちよさそうに高笑いした。

　入れ替わりに翠がゆっくりと近寄ってくる。急にくつろぎたくなり、砂の上にあぐらをかいた。すこし下から見る翠は、なぜか初めて会う女のように映った。ワンピースから白くのび出た脚、ふっくらと丸みを厚くした腰、なだらかで薄い肩、短めにカットされた黒髪、そして二重瞼、涼やかな額。翠は……美しい女だ、とまぶしくなった。

「どんな気持ち?」見下ろして言う。

「レクチャーしてもらって助かった。そうでなかったら、コースを岩から余分に遠くとるか、岩礁にひっかかるかして、もっとぼろぼろに負けた」

　翠は烏帽子岩に目をやった。それからすこし棘をふくんだ声で言った。「わざと負けたんでしょう?」

「えっ」

「まったく。いつだってなんだから……」ふっと向けてきた顔に、いままで見たこともない優しげな笑みがあった。驚いて見返すと、うっすら頬を染めて肩をすくめ、いつも本当にありがとう、とつぶやき、横に座って裸足の足を開きめにのばした。

永富の近くではね回っていた正午が駆けてきた。「最初はどうなるかとおもったけど、カッコよかったよ、ヒデ。この海岸でループ決めた人はいないらしいから、ねえ、お姉ちゃん、この人、伝説になるよね。少なくとも僕は、忘れないからね」

時には泣かせることもほざいてくれる奴なのだった。


茅ヶ崎の駅で東海道線の急行に乗りこんだ。すいていたが、翠の希望でグリーン車両に席をとった。空模様のせいもあって、夜の帳は早々に下りていた。駅前の和食堂で飲んだビールがきいてうとうとし、その間に列車は多摩川を渡った。目が覚め、横を見ると、翠は外に顔を向けている。窓に写る目の下に、涙の跡が残っていた。翠は振り向いて、とりつくろう笑顔をつくった。

「バカね、私って」

貴英は黙って首を振った。

「貴英にお願いがあるんだ」

「何かな。おれにできることならなんでもするよ」

「頼るばっかりだね」肩に頭をもたせてきた。声はそれなりにしっかりしていた。

「いいから言えよ」

「私の子供の父親になってほしいの」

7

翌日、会社へ二、三日休みの連絡を入れた翠は、貴英と待ち合わせて病院へ行き、手続きと費用の前払いをすませて、夕方には手術にのぞんだ。

この日、西日本に台風が上陸して日本海へ出、北上をつづけた。手術は、東京が風雨のいちばん激しい時間帯にかかった。付き添いで廊下に控えていた貴英は、嵐が翠の心を表しているようで、落ち着けなかった。手術は一時間ほどで終わった。看護師が、支障はないけれども出血が多かったので念のため一晩だけ入院させたいがどうか、と意向を尋ねにきた。明日迎えに来るから、とベッドの横で声をかけると、翠は涙をこらえるかのように目を閉じたまま、幼馴染みの手を強く握った。

深夜、ホテルを出て、埠頭を歩いた。いつしか嵐は嘘のようにおさまり、雲間に満月がのぞいた。雲の切れ間の間だけ、黒い川面にいくつもの分身が踊った。

翌日マンションに帰ると、翠はこんこんと眠った。熱が下がらず苦しいせいもあったろうが、眠ることで何かを忘れようとしているように貴英にはおもえた。貴英は、額の濡れタオルを取り替え、近くのスーパーで買った材料で食事を作り、冷たい飲み物を用意して、日がな一日つきっきりで過ごした。寝顔の表情がしだいに安らいでいくのに安心して、夜は泊まらずに宿所へもどった。

翠はその夜、夢を見た。

「赤ちゃんが会いにきたの」と、朝早くに行くと、その夢の話を貴英に聞かせた。「赤ちゃんといってもの形にはなってなくて、声だけなの。言霊《ことだま》の赤ちゃんなの。お母さんはどんな人なのって赤ちゃんが聞くの。それで私は島で生まれたのよと、島のことをいっぱい話した。青い空。澄んだ梢。広い海。光る波。夏の落日。冬の吹雪。そしたら、行ってみたいって、その子が言うの」

「島へ……、赤ちゃんが?」なにかたじろがされた。

翠は前日とは見違えるほど、体力は回復していた。午前中は起きていて、林檎をむいてくれたりした。午後には一眠りした。そしてどこかうつろに目覚め、また赤ちゃんが会いにきた、と目を細めた。「こんどは、お父さんはどんな人って聞かれたわ」

「……それは、聞くかもな」

「それで、困って、貴英のことにしちゃった」

「いいさ、書類上は父親だし」病院の承諾書には、父親は貴英、理由は翠が未婚の上に仕事で海外赴任が予定されているため、と記入した。「それで、赤ちゃんは、納得してくれたかい?」

「島では若手のリーダー。みんなに尊敬されている。漁師の腕もいい。声を掛け合って大網をたぐりよせる大謀網の勇ましさ。おまけにウインドサーフィンでは、本場湘南になぐりこみをかけた猛者。そう話したの。だから納得も納得。声があっちに出たり、こっちに出たりして、わたしをきょろきょろさせるぐらい、興奮して聞いていたわ。それでね、やっぱり島に行きたい、連れてってほしいって言うの」貴英をじっと見つめた。

貴英はうんうんとうなずいた。「帰るとき、おれが一緒に連れてってやる。おれについてくるよう伝えてくれ」

だが翠は首を横にして断わった。「私が行くわ。私が連れて行く。お母さんの私がそれぐらいしてやらなくちゃ。島の静かな所で眠らせてあげなくちゃ……」下を向き、涙をこらえた。

翠の夢には贖罪《しょくざい》とか祈念とかが投影されているのだろう。心の一つの区切りとなりうる可能性も考えると、翠にとってはそれも好ましいかもしれないと貴英はおもった。

だが翠は、明日すぐに島へ帰る、と言い出し、貴英はあっけにとられた。それには反対しないほうがどうかしている。

「急ぐことはない。完治してから行けばいい」体を気づかい、貴英は真剣に説得した。

しかし翠は聞く耳を持たなかった。「この週末には大事な仕事があって、しばらくは時間がつくれないの。それが一段落するのを待っていたら、そのあいだに、いまなら夢の中にいてくれる赤ちゃんが、待ちくたびれてどこかへ行ってしまう。きっと消えていなくなる。だから、消える前に島を見せてあげたいの」

せめて次の週末にしてくれと、食い下がってみた。しかし翠は、ぷいと不機嫌になり、「いいわよ。私、一人で行くから」と口を尖らせた。一人で行かせられるわけがない。貴英は折れるしかなかった。

翌朝、ホテルのチェックアウトも早々に東京駅へ向かった。なにか不吉なおもいにとりつかれて一睡もできなかった。もし顔が青ざめていたり、歩行がつらそうなら、強引にマンションへ連れ帰ろう、わめくなら好きなだけわめけばいい、絶交されてもしかたがない、そう強気に決心して、荷物をまたいで、待ち合わせ場所に立った。だが、翠はなかなか現われない。もしかすると具合がおもわしくなく取り止めたかもしれないと、好都合を想像する。想像したらしたで、大丈夫だろうかと心配になる。とんとんと、後ろから肩を叩かれた。振り向くと接するほど近くに、ちょっと眉をひそめた、翠の顔があった。

「何やってるの」

「何って、待ってたんじゃないか」

「人と待ち合わせするのに、なんだってそんなに力んでるの。まるで弁慶みたいに突っ立ってるから、通り過ぎる人がくすくす笑ってるわよ」

「え、そ、そう」翠はおもいのほか元気そうだった。「じゃ、行こう」自分からうながしてしまった。

上越新幹線の列車のなかで、翠は何度か手洗いに立った。そのたびに胸に不安がひろがったが、ここまできたら無事にエスコートしていくしかない、と腹をくくった。

新潟駅で乗り継ぎ時間を利用して食事をとったとき、翠は食べたがって注文したカレーライスを、ほとんど残した。乗り継いだ列車では貴英の肩にもたれてすこし眠った。息がどこか苦しげだった。フェリーの港までは駅からタクシーをひろった。十五分ほどの間、薄く目を閉じて口をきかなかった。そんな様子がことごとに気にかかったが、大きな異変の前兆とまでは疑わなかった。

フェリーは白い船体を桟橋に横づけていた。

一時間あれば島の港に入港する。ほっとしたのだろう、翠も頬に血色をとりもどした気がした。いったん一等の船室に落ち着き、船が動きだしてからデッキへ出た。空は高く薄曇りで、潮風が匂った。海岸がみるみる遠ざかり、かわりに奥羽の山並がゆっくりと眼界を占める。港のはずれに群れていたカモメの声がまだ聞こえた。

「私はここで海を見ながら行くわ」翠は言った。貴英が眉をひそめると、「だって私、海が好きなのだもの」と笑みを浮かべた。

「海はおれだって好きだ」

「そうでしょう。なぜ?」

なぜ? 言葉につまった。「なぜって、海はおれたちの生活の……」

ふんとばかり翠は鼻にしわを寄せた。そして後を言わせず、「もっとほかの理由を」と貴英をにらんだ。

翠は、言霊のわが子に海の魅力を語りながら行くのだろう。波のはざまに島が見えたら、あれがそうよ、と指をさすだろう。ここがいいと、翠はデッキのフロアに直接腰を下ろした。そこは内部構造が滑らかな突起形を作っていて、ちょうどよい寄りかかりになる。フロアの縁は上がり框《かまち》のような段差が付いていて、足を投げ出すことができた。貴英は船室の荷物から夕オルと麦藁帽子を取ってきて、翠に渡した。

荷物は置きっ放しにできないので、貴英は船室から、ときどき様子を見に往復した。初め、タオルは腰の下に敷かれた。いつのまにかそれは腹に抱えこまれていた。戻りがけを呼び止められたのは、航海も半ばあたりにきたころだった。なに？　と振り返った。

「私さ、ファイナンシャル・プランナーになる」

「なに？　それ。え、翠の会社ってなんなの？」

翠が口にした転職先の会社は新興の有名なＩＴ企業で、貴英は目を丸くした。「すげえじゃない。そんなとこ入ったんだ」

「こんどの会社はいくつもの職種でグループをつくっているんだけど、私の所属はそこのファイナンシャル部門、つまり金融ね、その部門を受け持っていて、たまたま前の会社での仕事とかさなるところがあったから、採用してもらえたんだとおもう」

「翠は頭がいいからな」

「そんなことは関係ない」軽く眉をしかめられた。「それで、こんどの会社では、自分のがんばり一つでいろんなことに挑戦できるってことがわかったの」

「ＩＴ企業は実力主義だってぐらいは知っている」

「前にいた商社はやはりどうしても古くからの組織のもとに動いているから、私なんか結局のところ、歯車の一つとしてしか動けなかった。なんか役所みたいな権威主義が組織にしみついていて、それが結果的に男社会をかたちづくってもいた。女は言われたことしかできない、うかつなことは言ってはいけないって雰囲気があったんだ。でも転職したら、同じような仕事なのに、自由っていうか、社内でなんでも言い合えるし、男も女も関係ない、良い仕事のためにはなんでもあり、の雰囲気で、大ちがい。それなら私も何かをめざしてやっていこうって」

「それがファイナンなんとか」

「ファイナンシャル・プランナー。ＩＴの金融はまだ歴史が浅いから、未熟な段階ともいえるの。日本では一般の銀行もプライベート・バンキングなどは世界よりかなり遅れているから、もちろん急には安易に手は出せないけど、やがてはＩＴの金融における資産運用のスペシャリストというのがきっと求められる。そういう仕事」

「よくわからないけど、大変そうだな」

「一歩一歩向かっていく。何だって一足とびに実現はしないのだから、現実の自分をよく見きわめて、そのなかでめざすということ。向かっていけば、それが実現するかもしれないし、その過程でまったく別の新しい目標が現われて、そっちへ向かうこともあるかもしれない。いずれにしろそうしていつか、自分の人生の納得できる充実を見つけたい」

「人生の充実か。それって金持ちになる、有名になる、とかではないだろうけど」軽口をたたいたつもりだった。

「貴英にはあるでしょ。人生の充実」

「なんのこと?」

「大漁で港に帰ってきたときにきっと感じているはずよ」

「ああ、そういう意味なら」

海に出れば板子一枚下は地獄の仕事だ。島の墓地には海難に遭った先祖の慰霊碑も立つ。誰もが日々、海上安全を願いつつ、そのうえで時に大漁に恵まれれば、喜びと満足はひとしお大きい。

「それが私にはない。いえ、島の女たちにはないとずっとおもっていた。いまはお嫁さんが来ないと言っているけれども、島の男たちには漁を通じて、そうした充実がある。島の女はそれを眺めているだけで、いつも味噌っかす。だから私は島を離れて、自分の充実をさがそうと決めたんだ。貴英の人生の充実に負けない、私の人生の充実を見つけたかった」

「おれなんかと比較するなよ」

「見つけて貴英に自慢したかった。でも、いつしか初志を忘れていた」

「翠ならきっと翠なりの充実を見つけられるさ。なんたって翠の性格はおれがいちばん知っている。がんばれよ。翠なら、がんばればなんだって可能さ。太鼓判」

翠はまっすぐに貴英に目を向け、「太鼓判?」と疑わしげににらみ、一つ長く弱い溜息をつく。「もし見つけられたら、本当に自慢していい? 聞いてくれる?」

「もちろんだよ。そのときは、翠がどんな遠くにいたって飛んでいって、聞くさ」

「飛んでこなくたっていい」はにかむように笑って静かに首を振った。そしてまぶしげに沖の白雲へ視線を細めた。「そのときは自分で来る。だって私には、美しい海に囲まれた、かけがいのない帰るべき場所があるのだもの。貴英の島、そして私の島が……」

それが、貴英が聞いた翠の最後の言葉だった。きっぱりと、海風に溶け入るような清々しい声だった。貴英は翠の肩をぽんと叩き、それからまた船室にもどったのだった。

デッキからはいつしか誰もいなくなっていた。船室ではほとんどの乗客が眠っていた。船上の、光明のしたたる、平和な午後だった。

貴英も前夜の不眠がたたって睡魔にひきこまれた。夢らしい夢を見たわけでもなく、貴英にすればそれはあたかも意識の一瞬の断絶にすぎなかった。しかしはっと身を起こしたときには、時計の針がずいぶん先に進んでいた。

慌ててデッキへとびだした。薄雲の破れ目から強い陽射しが降りそそいだ。

一人、翠は海を見ていた。しかし、姿勢がどこか不自然だった。体をねじり、寄りかかりに背中ではなく、頭をすりつける形でうなだれている。麦藁帽子が肩に落ち、青いリボンが揺れている。眠っているのだと念じながら、貴英は走り、息をのんで、立ちすくんだ。投げ出した翠の足の間が、床へ太く流れる赤い液体で、べっとりと濡れていた。

貴英は手を差しこんで、翠のうつぶせの上体を起こした。ぐらりと首が重く返った。顔から血の色がそげ落ちている。胸に耳を押し当て、心音を探った。聞こえない。なにも聞こえてこない。目は大きく見開いていた。頬を打った。冷たい音。もう一度打つ。反応はかすかも返ってこない。だめだよ、うそだよ。腕を、手の甲を、しごくようにこする。冷たく、皮膚がこわばっている。

貴英は、つよくつよく抱きしめる。掌でそっと瞼を閉じてやりながら、天を仰いで、声をかぎりに翠の名を呼んだ。

8

貴英は国男がスキューバの客から聞いた話をおもい出す。海の底へ沈んでいく魚を二匹の仲間が見送っていたという。はるか暗黒の国へ旅立つ命と見送る二匹との間でかわされたという訣別の舞いが、見えない剣のひらめきのように、しきりに目の前にゆらぎ立った。

翠は誰にも見送られずに息を引き取っていた。自分がすぐそばにいたというのに、たったひとりで、何ごとかにさらわれるように逝ってしまった。翠は死ぬために島に帰ってきたようなものだった。完治していない体での無理な帰郷が、死を招いた。

だが、と貴英はおもう。無理をすれば死ぬかもしれないと、翠には予感はあったのではないか。翠はその予感の克服に賭けていたのではないか。中絶してのちの、夢に現われた言霊のわが子を島に眠らせ、無事にまた東京へ帰ることができたら、恋の未練をきっぱりと振り払い、仕事に生きる女をめざすと、仕切り直しの決断を賭けに託していたのではないか。それほどにも深い悲しみのわずらいゆえの、避けられない賭けだったのではなかったか。

出来事だけを追っていえば、船上でつくしえた手立ては、島に緊急の通信を入れるのみだった。島の医者は入港前に内地に救急ヘリの派遣を要請していたが、翠はやはりこと切れていて、飛来したヘリコプターは爆音むなしく帰還していった。

翠の遺体は実家の奥の間に運びこまれ、横たえられた。両親と祖母、医者の前で、貴英は知るかぎりの事情と出来事を隠さずに語り、翠の無理な帰郷を延期させることができなかった非力を、ひれ伏して詫びた。医者は術後になにか問題が生じ、突発的な出血にみまわれ、ショック死したのだろうと推測した。祖母と母親は涙にくれるばかりで、父親はいま聞いた話は口外しないでほしいと貴英と医者に頼み、親族へ連絡をとらなければならないといって、掌を握ったり開いたりしながら腰を上げた。そうした間にも、海上に築かれた蟻塚さながらに、身を寄せ、支えあってきた島人たちであれば、異変を聞きつけ、しきたりどおり、一人二人と手伝いが門につどった。

一夜が明けて通夜の準備が粛然とすすんだ。いつ来たのか国男に肩を叩かれた。何があったか詮索のそぶりはおくびにも出さず、代わろう、と促してくれた。後ろに国夫の女房になった美知子がついていて、何があったの？　と半べそ顔の目でまっすぐに問いかけてきた。美知子も本土の同じ高校に通った同級生で、翠と仲よしだった。貴英は一瞬抑えている堰が切れそうになったが、小さい声で「あとで」と言って美知子の二の腕をそっと叩いた。美知子はうんうんというように顎を大きくたてに振り、こらえきれずにあふれさせた涙を袖でぬぐった。家へいったんもどり、健次と杉男に電話をして青年部なりの対応を確認した。その後で、貴英は一人、北の岬へ向かった。

いわし雲が往き、崖のススキはもう白い穂を飛ばしている。潮見櫓の下に立って、じっと風に吹かれた。

中学生になって間もなかった。翠と二人、櫓の軒に巣をつくったツバメの子育てを観察に来た。朝までの雨を銀杯草がその花房にまだ蓄えていた。観察に飽きると、教員一年生の英語の先生の教えぶりや音楽の話をした。翠はユーミンや中島みゆきが好きだといい、気にいってい る歌詞のいくつかを挙げた。うなずくだけの貴英に退屈してか、そのうちに急に眠いといいだし、ジャージを枕に本当に寝てしまった。

ふといたずら心が起こったのは、目覚めを待つしかない取り残された気分からだった。銀杯草の花を一つ、雨がこぼれないように摘み取った。寝顔の上へ運び、唇に傾けた。予想に反し、雨の雫は唇の端にあふれて、首へ流れた。目がぱっと開き、おおいかぶさっている貴英の顔を瞳に映して、怪訝げにまばたいた。押しのけるように立ち上がって手の甲で口を拭い、首をひねった。そして、貴英をにらんだ。

「貴英、いま、キスしたでしょう」

貴英はびっくりした。キスという言葉にもたじろいだ。「そんなことしないよ。してないよ」

「私が眠っているのをいいことに。なんて人なの」決めつけて、怒った。

「してないって」

翠は貴英の否定を無視してそっぽを向いた。怒った勢いというように、磯への急斜面の道を降りはじめた。雨上がりで危険なので、貴英も慌てて後を追った。途中手をさしのべると、唇を尖らせながらも握り返してきた。

引き潮で波はおだやかだった。翠は磯の突端まで行き、しばらく黙って沖を見ていた。機嫌をおもんばかりながら貴英は、磯だまりで小魚の泳ぎをながめていた。

「さっきのことだけど」と不意に呼びかけられた。「私の言うとおりのことをしてくれたら、許してあげる」

　許すもなにも無実なんだから、とおもいつつも、「どういうこと？」と顔を上げ、聞き返した。

「劇をしてほしいの」と翠は足元に目を落とした。「私がそこに立って、いいよと合図したら、貴英はそこで、愛してる、って言ってほしいの」

「えっ」

「だから劇よ。劇。変に誤解しないで」眉を険しくつり上げ、言いつくろった。

「そうだからって」

「やらないっていうの？」

「わかったよ」

　翠は貴英からすこし離れて、また沖に遠目を投げた。何を考えているのか想像できなかった。ただ、さっきまでの翠が急に大人っぽく見えた。翠が合図するまで、さざ波が岩の間を何度も往復した。

「言ってみて……」

「アイシテル」意を決して口にしたが、照れて、ぎこちなくなった。

「もう一回」と翠は咎めず、うながした。

「うん……」貴英はこんどは、本当に劇をするつもりで、気持ちをこめて言い直した。「……愛してる」

静けさが翠を包んだ気がした。磯風が小さく翠の髪をなぶり、海はいくつもの塵のきらめきといくつもの砕ける陰りとで、ひそかだった。翠は耳を澄ませ、おそらく、言葉のひびきを漏らさず受け止めようとしていた。空とひとつに澄み透って、何かに出会おうとしていた。

しばらく経って、翠は言った。

「もう一回……」

磯へ降り、淡い茜色の巻貝を拾った。中をすすぎ、海の水をすくって、親指を蓋にして翠のもとへ戻った。ちょうど人のとぎれた枕元にあぐらで座った。顔の布をとり、とじこめてきた海を、ひとしずく唇に落とした。

からいじゃないの。

声が聞こえた。声は空へ抜け、森へ流れ、島のいずこへか吸い込まれていく。

あたりまえだ……。

貴英は笑ってうなずく。死化粧で生気のよみがえった翠を、きれいだとおもった。

海底地形学の伝説

1

二〇〇六年――

島の二本の波消し堤防に囲われた港に横づけしたフェリーから、浮袋を抱えた親子連れや若者グループが下船し、日の照りつけるコンクリートに染みた潮の香を軽やかに蹴る。ほとんどが勝手知る足どりで右手の坂を越えた海水浴場へ急ぎ、幾組かは迎えの者に伴われて民宿へ向かう。港には平屋の簡素な乗船待合所が一棟あるだけで、フェリーが接岸した場所より奥に設けられた船溜りに、漁船数隻と観光船が一艘もやっている。

二つの区域を仕切る短い突堤の先端で腕組みして立っていた平九郎は、「なにか見えるんですか」と背後から声をかけられ、「おっ」と振り向き、最後に船を降りたらしい若者に笑みを返した。観光は島の資源、来客には笑顔で接するよう村民を指導してきた。

「船を待っている」正直に答えた。

「漁船が帰ってくるのですか」若者の背に大きなザックがかぶさっている。

「漁ではなく、ちょっと調べに行ってもらった孫たちの船の帰りをな」

「全体が森みたいに見える島ですね」

なにを調べに行ったかと聞き返してはこない。学生の一人旅らしい。

「島の東側は樹木がよく繁って鬱蒼と見える。見えない西側は冬の強風で木々はあまり育たん。どっち側にせよ、農業には向かん島で、ジャガイモぐらいしかできん。むかしは水田もあったが」

「稲作やる人、いなくなったのですか」高齢化した農家に跡継ぎがなく、各地で水田が放棄されたと報じられている。

「いや、水がなくなったからだ」

「干ばつですか」

「ではない。昭和三十九年だったか、新潟地震というのがあった。そのとき島が一メートル隆起して、それで島全体の水脈が狂い、水田が干上がってしまった。以来、水稲耕作がむずかしくなった」

「一メートルも隆起ですか。すごいですね」

「呼びに来た者がいて、港まで行ってみると、島民が集まって騒いでいた。島が浮いた、そうじゃない海が沈んだ、とバカを言い合っていたが、シャレではすまなかった」

「災難だったですね」

平九郎は眉を寄せてうなずき、「あ、来たな」と体を反転させる。漁船の機関音が波消し堤防の端を曲がってくる。「じゃあ、島を楽しんでくれよ」と若者に言い、船溜りへ向かう。若者は一礼して乗船待合所へ足をはこぶ。観光案内所を兼ねる乗船待合所で、キャンプ地の場所を尋ねるのだろう。

接岸した漁船から日焼けした男性四人が下り、一人が舫い綱をくくる間に、三人が平九郎のもとへ歩み寄る。カーキ色の作業服の男が平九郎に会釈をして、「打ち上げられた船のほかに漂流物は見つかりません。遺体もなしです。漁船であることは間違いないですが、古く汚い木造船なので日本のものではないとおもいます。どうしますか、村長」

村長と呼ばれて、平九郎はすこし不機嫌に言い返す。「村長は国男、おまえだろう。わしのことは平九郎と呼べと言ったはずだ。処理の判断はおまえがするんだ」

「すいません。ついクセで」国男が頭をかく。

「そういったって、三十二年も村長と呼んできたんだからさ」と頭にねじり鉢巻き、鼻筋の通った男前の杉男が弁護する。

「そうだア。無投票当選ばかりで、最後に村長選挙があったのはいつだったかも記憶にないべ。村長が平九郎って名だと、国男が新村長に就任してはじめて知ったぐれいだし」丸く太めの健次がもっともだと加勢する。

「それは国男に新村長の自覚が足りないからだぞ」平九郎は故意に憮然と鼻にしわを寄せた。

「肝に銘じっす」国男はかしこまって受け、「この件は、警察に知らせます。北朝鮮の工作員が上陸した可能性もありますから」と対応した。

小泉首相が北朝鮮による日本人拉致を認めさせた二〇〇二年の九月につづき、二〇〇四年の五月にも二度目の訪朝をおこない、蓮池夫妻と地村夫妻の子どもたちを連れ帰り、七月にも曽我ひとみさんの子どもたちをインドネシア経由で帰国させていた。曽我ひとみさんの拉致は島の南西、佐渡島でのことだ。

「ジイちゃん、念のため、東側もパトロールしたほうがよくないか」舫い綱を杭に結わえ終えたジーパン長靴の貴英が追いつく。Tシャツに汗が滲んで褐色の肌が透ける。

「それには及ばん。こっち側は淳也に車で見回らせている。何かあれば連絡がくる手筈だ。いまのところない」

村長を引退して二か月となる平九郎が今回漂着船の確認作業を仕切ったのは行きがかり上のこと。西側の岩礁に異変を見つけたのがほかでもなく自分だったからだ。

平九郎は毎朝、自転車で島を一周することが日課だ。島観光の目玉は夏の海水浴だが、平九郎は村長時代に、四季を通しての来客を見込んでサイクリングとウォーキングの普及に取り組んだ。島の海沿いに一周ルート、山越え半周ルートの道路を整備、レンタサイクルを島全体で六十台用意し、島外に発信した。その折、村長自らやってみせたらどうかと職員にけしかけられたパフォーマンスで始めたサイクリングが高じて、いつしか習慣になった。

平九郎の服装はパフォーマンスの際に女子職員が見つくろった一式が踏襲され、渋いグリーンのサイクルジャージ、カーキ色の半ズボンに黒いインナーパンツとソックス、ビンディングシューズ。むろんヘルメットは欠かさず、日差ししだいでサングラスも忘れない。初めて身にまとったときはこんな派手な格好はいやだと渋りに渋ったが、馴れというか、いまでは愛用のロードバイクとともに、「お世辞でなく決まっているよ」と言ってくれる孫貴英の世辞を信じてもいる。

この朝も、逆時計回りに北へ向けて出発した。潮くさい風がいきなり顔を打つ。朝一のフェリーが着けば色とりどりの浮輪やビニールボールではしゃぐ子どもの声で埋まる砂浜。少し先の岬の陰から低い岩丘に挟まれた入り江が開け、こちらでは早くからウインドサーフィンの帆が揺れていた。二つの海水浴場を過ぎるとひたすら右手は海、左手は草木の緑が匂い立つなだらかな崖で、朝の光をまぶしく跳ね返している。タニウツギの散りかける紅色の花、アマサギがザッと羽音を立てて前方をよぎる。島の北端で停車、彼方に内地の連峰が空と海に挟まれ、かすんでたなびいている。

西側へ回ると景色が一変し、強風で枝をくねらせたエノキの群生が崖の急斜面をなだれ落ちる。海が視界から外れるなだらかな起伏の道を縫い、ほぼ半周が過ぎた小高い一画に、旅行ガイドが島いちばんの景観と書く小広場へ着き、そこで休憩をとる。昼になれば自転車と乗り手たち、歩いてきた人たちが、ベンチや草の斜面に腰をおろし、子ども連れが弁当を開く場所だ。

道の縁、柵越しの下には、荒い奇岩の連なり、風が吹けば倒れそうに薄い屏風岩、恐龍が頭部をもたげた形の岩塊など、岩々が競う奇景が広がる。左のほうに突き出したドングリの実みたいな小島はオオミズナギドリの繁殖地で天然記念物に指定されている。地中に穴を掘って営巣するオオミズナギドリは、夏に抱卵して繁殖する。

見慣れた景色を前に、村長を務めた三十二年間がつくづくおもい返される。無投票当選でも、そのたび公約を提示した。どれだけ村民のためになれたのか。初当選からバブルの頃までは、リゾートホテルを誘致しよう、山を切り開いてゴルフ場を造成しようと、熱心に誘いかける者が絶えなかった。ゴルフ・アイランド構想なる企画書を持ちこんだディベロッパーもいた。人口はどんどん減り、漁業者の若手にヨメは来ない。なんとかしなければならないにせよ、不確かな計画に乗せられて、島の自然が壊されたら島民に未来はない。エーゲ文明とかの島の文明は島の森を伐り尽くして表土を失い、滅びたと聞いた。平九郎はかけがえのない森を壊さず、守ることを基盤に施策を講じた。何もしない村長と誹《そし》られても、無視した。すると近年、島の手つかずの自然が素晴らしいと評判が立ち、観光客が来るようになった。手つかずとはいえ、研究者からは数年前に比べ、タンポポのほか草本類は外来種に侵食されて、在来種の消滅が急速だと報告を受けているのだが。

十五分ほど休んで南へと出発、西側の中心の港である集落を過ぎ、南端へいたる途中で汚い漂着船を見つけた。

漂着船の様子を確認した国男が貴英たちを連れて役場へ向かうのを見送りながら、平九郎は安堵をおぼえる。国男は西側の港の漁師で、夏はダイビングショップも手伝う。礼儀正しく、ものの是非がわかる実直な男で、青年部長時代にも年下の貴英たちから一目置かれた。貴英にも参議で手伝わせる条件で後を継がせた。国男なら従来の路線をしっかり踏襲するだろう。もう老人の出る幕ではない。国男たちとは方角をたがえて、裏山の中腹にある墓地へ歩をはこんだ。

墓地は島の東側と西側に二か所あり、東側を千年前に上陸してきて東側を支配した一族、西側を西側に追われた一族の霊地と分けて、今に至ると伝わっている。小道を林の奥へ登っていくと、小さく開けた岩場にイワユリが数本咲き残って、黄色の花房を空に向ける。ウラジロガシやエゾイタヤ、樹幹の谷間に明るい葉色のブナの木がのぞく。勾配がきつい箇所には古びた石段。墓地は雑木のアーチを抜けた斜面にぽっかりと日に晒されている。雑草がはびこる半面に苔むす古い丸石墓が顔をのぞかせ、もう半面に四角い戦後の墓石が立ち並ぶ。

平九郎は墓地の上端まで登って体を反転させ、遠望する。たなびく本州の陸影のさらに彼方の海へ想いを馳せ、六十一年になるのか、と受け取った恩田久男からの手紙をおもい出す。隔てた年月になんともいえない気持ちになる。いつしか時は過ぎ、一人一人のむかしは死とともに冥界の闇に呑まれていくのだと、おのずたるおもいが湧く。

手紙には「お互いお迎えが来る前に一度会わないか、あの頃の若僧がどんな爺さんになったか、顔を合わせるのも一興ではないかね」と軽口をまじえて来島を誘い、古い切り抜きの新聞記事のコピーが添えてあった。記事はコラムの形態で「『しんかい』が発見？　古代海底遺跡か」の見出しが付いていていた。

――一九七〇年に就航した有人潜水調査艇「しんかい」が七年にわたる活動を終えた。「しんかい」は六九年に川崎重工業が製造、海上保安庁が保有して各研究機関が共同使用してきた。大陸棚など海底地質構造の調査、海底資源の調査、海底サンプリング調査、漁場調査などに従事、多くの成果を上げたが老朽化したため、母船の「乙女丸」ともども七七年一月に廃船が決まった。そうした海底調査のひとつで不思議な光景が目撃されたという。

伊豆七島の南方にベヨネース列岩という岩礁群がある。その北方域で海嶺の地質調査をしたとき、水深一三〇メートルの地点にひしゃげた帽子の格好の海丘が見られた。その海丘は水平方向に階段状の岩が積み上がった構造を持ち、頂き部分には左右対称のテラス風平面、道路や排水溝ともおぼしきものが延びて広がっていた。照明の届く範囲での観察によると、テラス風平面奥の門の土台とも見える狭い部分に仏像のような石の塊が二体、離れて転がっていた。一つは地蔵に似た姿で、もう一つも仏像をうつ伏せにした形だった。報告を受け何枚かの写真を見た研究者の間で、これは神殿跡ではないか、と声が上がり、一万年以前の氷河期には海面がずっと下がっていたので当時の人間が来るなり住むなりしても不思議ではないと、一時本気で海底遺跡かどうかが議論されたという。同地点への再調査はなされず議論にとどまったものの、いまでも酒席などで、「しんかい」が垣間見せた神秘として話題にのぼることがあるという。真偽はどうあれ、深海が秘すロマンを感じさせる話である。

「しんかい」の潜水深度は六〇〇メートル。日本の領海が三海里から一二海里に変わって、より調査深度のある潜水艇の開発、建造が進行中だ。

恩田の手紙には、「この記事にある二体の仏像に似た石の塊が、例の消えた二体ではないかと気になっていた。いま、テレビ局が『追跡！　古代海底神殿伝説』という企画を立て、孫が現地調査に加わっている。可能なら本当に仏像かどうか確認してほしいと頼んで、報告を待っているところだ。行方をくらませた佐藤克利の謎を解くカギになるかもしれない」と綴られていた。

例の消えた二体の石像。石像とともに姿を消した精神病者の佐藤克利。そういえばそんなことがあったと懐旧の念が湧き出て、お迎えが来る前に行ってみるか、とにわかにわが身を自由に解き放つような衝動にかられた。

2

都内の娘の嫁ぎ先に一泊した翌日、羽田空港を飛び立ったＡＮＡ、全日空機の窓の下に紺碧の海面が広がる。座席の関係で伊豆諸島の島影は目にできなかったが、目指す島に近づくあたりで色が濃淡にくっきりと分かれて延びる黒潮との境目が見えた。終戦となる年の二月、平九郎の所属する海軍設営隊が便船で一昼夜かけて島へ渡ったさいは、内地の空襲へ向かう敵機編隊から攻撃を受けるかもしれない警戒のなか、突然船が大きく波にもまれて揺れ、だれかが「黒潮だ」と声を上げた。日本海しか知らない駆け出し漁師の平九郎は、おもわず身を固くしたものだった。

東山と西山、二つの火山が裾野を交える島の瓢箪型の全体を空から眺望できると漠然とおもい込んでいた。だがＡＮＡ機は上昇しきるや緩い放物線のように高度を下げはじめ、左手に本島と離れた小島の三角の頂きが目に入って眺めていると、いきなり西山の山腹の深緑色に目をさえぎられ、あっというまに瓢箪のくびれに敷かれた滑走路へ着地していた。空からの眺望へつよい期待があったわけではないが、当てが外れた余韻を引きずっての島への再訪となった。

空港からは寄り道せず、予約してある大賀郷《おおかごう》の旅館へ向かった。大賀郷はくびれ部南西の地区で、西山の裾野に位置する。綺麗に舗装された道路の左右はどこまでもヤシの並木で、タクシーの開いた窓から裏日本の島とは違う匂いの湿った風がぶるぶると吹き込んできた。繁茂する樹木越しに海がのぞく二階の部屋で荷を解き、椅子に腰を沈めてしばしくつろぐ。夕食まで二時間ある退屈しのぎに散歩に出ようと考え、仲居さんに「赦免花」というカフェの所在を聞いた。下の一周道路沿いに左へ歩いて二十分ほど、と仲居さんが愛想よく教えてくれた。恩田久男へは明日行くと手紙を出したが、何年前かの手紙に末娘が夫とともに始めた店がその名と知らされていて、足を向けた。

海辺にしては意外なログハウス風の建物のガラス扉を押して入ると、客はなく、閑寂な空気に阻まれて立ち止まった。カウンター内で皿を磨いている男性が、「どうぞ、カウンターでもテーブルでも。ただ、あと三十分で閉店ですけど」と言う。ああ、と生返事でカウンターに着き、食事も出すらしいと壁に貼られたメニューを眺め、ホットコーヒーを、と告げて意味もなく息を深く吐いた。男性は手早く準備にかかり、今夜どちらにお泊まりですか、と今日内地へ帰る観光客でないと見越して問いかける。ホテルの名を答えてから、日没までしばらくあるようなのに店仕舞いですか、と腕時計を見て質した。

すると、「観光客が相手なので、夕方開けていても無駄です。すでに島を離れたかホテルに入ったかですから。うちは五時まで開けていますけど飲食店や土産店のほとんどは四時に、三時に閉める店もありますよ」と決まりきった時間割とばかりの口調で肩をすくめた。

「恩田久男さんは、この店に来られますよね」

「えっ」と男性は漉し袋からのドリップを凝視していた顔をぐるりと平九郎に振って、年齢風体を探る動きでまばたきを一つ二つした。「もしかして、日本海の島の人ですか。女房のおやじさんの友人という」おずおずとつぶやき、平九郎がうなずくと、「明日って聞きましたが」と首をひねった。

「一日早く、さっき着いたばかりです。散歩がてら来てみました。久男さん、皆さんに私のことしゃべったのですか」

「おやじさん、ちょいちょいここへ顔出しますから。いや日課みたいなものだな。六十一年ぶりの再会だぞ、真似できねえだろって、なんだか得意げに話していましたよ。真似できるわけない。こっちはそんなに長く生きていないんだから」

「そりゃそうだ」得意げだったという恩田の爺むさい振る舞いに頰がゆるむ。

「六十一年間一度も会わないで、手紙のやり取りだけで続く交友関係のほうが、奇跡っておもえますけれど」改めてまじまじと平九郎の顔をのぞき、「今日はおやじさん、ここには現われないとおもいますよ」とシュガースティックとミルク壺を添えたカップをカウンター前の台に置いた。平九郎は皿ごと下におろしてスティックの先端をちぎった。

「いやいや、お構いなく。明日、こちらからご自宅に電話を入れます。久男さんは独り暮らしなのでしょう」八年前に奥さんを亡くしたこと、所帯をもった女ばかり三人の子どもは、末娘夫婦を除いて内地で暮らしていると知らされていた。

「おやじさんはいま、行方がわからない友だちを探しに行っています。見つからなければ暗くなるまで家にもどらないかもしれません」男は話を継いだ。

「友だちが行方知れずになったのですか」かきまぜるスプーンの手が止まった。

「徘徊というんですか。去年、帰る家がわからないとぼんやり突っ立っているところを警察の厄介になったんです。その後も三回ばかりあって、どうしてか西山に入って、出てきたときにどこかわからなくなるのだとか。今日も家を空けたきり姿が見えないとかで、おやじさんら年寄りが探しに。その人、おやじさんの親しい知人で、島では有名なカメラマン。年はもう八十五、六なはずです」ボケてきた老人の行動を心配し合う年寄りらの対応が、いかにも離島民らしい。

カメラマンの名は磯貝伸宏。元は交通公社の契約カメラマンで、観光用の写真撮影に日本中を撮り歩いていたという。一九六〇年前後にこの島の南国風自然を喧伝する写真が雑誌に掲載され、それがきっかけでにわかに新婚旅行先として脚光を浴び、島の観光課と親交をもつようになった。島の古い民家を借りて活動の拠点としたのはその三、四年後のことで、そのまま住み着き、島の公的な写真は大概彼が請け負ってきた。頼まれれば島民の結婚式や学校の行事にも出かけて撮影したが、生活スナップは自分の仕事ではないからと、料金は受け取らなかった。

しかし十年前ごろから仕事が激減し、おのずと悠々自適へと暮らしが落ち着いていた。「赦免花」の主人はそんな話をして、「若い人は、彼がそんなに活躍した人とは知りません。ただの老人としか見ていないでしょう」とひと言加えた。

ホテルにもどって夕食を済ませ、敷かれた布団を横目に籐椅子に腰かけて遠い波音を聞いていると、恩田久男から電話が入った。末娘夫婦から連絡が行ったらしい。声を交えるのも六十一年ぶりだった。挨拶だけで、明日十時に「赦免花」で落ち合う約束をした。受話器を置いたあとも平九郎は遅くまで暗い海のさざめきに記憶をなぞった。

昭和二十年の二月初めに島に到着した部隊はさっそく作業を割り振られた。

島は硫黄島を主陣とする小笠原諸島の防衛線が破られた場合を想定、すでに要塞化が進んでいた。南側の八重根港付近からの敵軍上陸に備える東山西側山腹に位置する鴨川山と、北側の底土《そこど》港から神湊《かみなと》港、イデサリヶ鼻へ至る一帯からの敵上陸に備える西山東側山腹の神止山《かんどやま》に、地下壕の構築と、主要火器の重点配備がなされていた。鴨川山は軍の名称として鉄壁山と改名、そこに司令部を置いた。さらに二つの山の周りや瓢簞のくびれ部分にある飛行場の周囲に多数の陣地壕を築いて地下坑道でつなぎ、野砲や山砲、榴弾砲や高射砲などの洞窟砲座を整備。東山と西山の海に臨む斜面にも陸海の部隊が地下壕の陣地をつらね、防御態勢の堅固がはかられていた。

平九郎たち最初の任務は、底土港近くに設置された特攻兵器・回天の格納壕を仕上げる作業だった。平九郎の部隊が来る前に洞窟の掘削工事を進め、入れ替わりに内地へ戻った設営部隊にはツルハシやスコップ、古い削岩機ぐらいしかなく、装備に乏しかった。だが削岩機の歯がたたない部分は人力で克服、湾に接する河口につづく発進路を造り上げていた。二本穿たれた格納壕はともに奥行三十七メートル、高さ三・五メートル、横幅三メートル。まだ配備はされていなかったが、回天二基を縦に並べて都合四基を揚収可能という。壕のもっとも奥に格納し、出撃のさいに台車で河口に移動させるレールの敷設も終わっていた。のちに耳にした話では、回天は全長十五メートルほど、直径一メートルで、海軍の超大型九三式魚雷を一人乗り小型潜水艦に改造した自爆兵器で、頭部に一・五トンの爆薬を積むことができる。

前任部隊と入れ替わった平九郎らの部隊は、ブルドーザーをはじめ土木機械を多数所持していた。壕内を狭めていた岩盤を破砕、砂利で不安定だったレールの下を川底までコンクリートで固めるなど補修工事をおこなった。

終了と同時に島の東端、石積《いしづみ》という地域へ移動した。溶岩流出最先端部の石積ヶ鼻は太平洋の荒々しい波が固い岩々に砕けて波しぶきを高く跳ね上げているが、溶岩の下には十メートルほどの火砕流堆積層があった。そこにもう一つ、回天四基を揚収させうる五十メートル、三十メートル、二十五メートルの格納壕三本を掘る。続けてすぐ南側の洞輪沢《ぼらわざわ》の入り江そばに別の特攻兵器・震洋の洞窟基地を構築せよとの指令だった。震洋は木造一人乗り、艇首に爆薬を仕込み、敵艦へ集団で突撃自爆する兵船とのこと。何隻も収容できる三層構造の格納壕を掘り、斜路を設けてそこからトレーナーに乗せて海面に下ろして発船させると聞かされた。

島では二月半ばに敵機三十機あまりが来襲、飛行場と八重根港へ重爆撃、周辺の陣地へ機銃掃射をあびせ、対して守備隊は初めて銃砲を全開して応戦、何機かのグラマンを撃墜する一戦があった。ところが以来、内地空襲へと向かう敵飛行編隊は島の対空砲火を警戒した様子で、島の上空を高々度で往来するようになっていた。それでも偵察目的らしい一機か二機、せいぜい三機が、牽制球のように襲い来ることはあった。

震洋の格納壕造成に取りかかって、六月に入ったばかりの昼下がりだった。

敵機来襲のサイレンが鳴り響くと、地上の作業員たちが慌てて壕に飛び込んできた。その折、だれかが自家発電機のコードに足を引っ掛け、立てかけてあった削岩機が高く跳ね上がって平九郎を直撃した。気づいた平九郎は素早く身をかわしたものの、左下肢を薙《な》がれ跳ね飛ばされた。激痛に見舞われ、見ると折れた脛骨の一方の端が突き破るとばかりに皮膚を盛り上げていた。助け起こされての幸いは、整骨院に勤めていたという柔道有段者の隊員がいて、手早く処置にあたってくれたことだった。近くにいた猛者に指示して膝側と踵側から引っ張らせて骨をまっすぐに接ぐと、適当な長さの板二枚を使って添え木に代え、曲がらないように何重もの包帯で巻き、固定を図った。

島民用の診療所へ運ばれたのは、部隊長の配慮だった。地元の有力者たちとの会合があったとき、診療所の恩田久男という若い医者が、「近くでやっているので怪我人が出たら引き受ける」と受け合ってくれたのだという。陸海軍共用の野戦病院は底土港近くにあって、陸軍が差配を担当していた。「野戦病院は陸軍の怪我人、病人ばかりだ。怪我などするのはたるんでいるからだと軽蔑され、規律もうるさいと聞く。そんな所に収容されて、肩身の狭い思いをするのはいやだろう」と部隊長なりに気をつかってくれたようでもあった。平九郎は、痛みをこらえ上体を起こして敬礼で応えた。

診療所は東山の南西部、樫立《かしたて》地区にあった。元は機織りの作業場を兼ねた民家。それに多少手を加えた建物で、家族が内地に疎開した空き家を借りたとのことだった。一周道路の海側に繁茂する木々の間をすこし下った平坦地に屋敷林じみたヘゴシダに囲まれた隠れ屋敷ふうたたずまいで、緑濃い叢林の先は崖になっていた。崖の下には小さな港として利用している岩の入り江があって、診療所を裏から周りこむかたちで下るゆるやかな崖道を使えば、汀まで下りることができるという。旧飛行場のそばにもっと長い滑走路をもつ新飛行場の建造が計画され、父親が営む病院が用地にかかって接収され、いっそ軍人の来駐でかまびすしい地域を避けようとの父親の意向で、戦時を忘れたような静謐《せいひつ》な当地に移転したという。

ところが当の父親が召集されてしまい、恩田は父親の跡を継ぐべく、都内の病院での研修を切り上げて急きょ帰島し、その簡易な診療所の唯一の医者に収まったということだった。診療所は診察室のほか、診察中だけ引かれて仕切られる白いカーテンの隣が病室で、寝台が三つ並んでいた。布団が置かれていない空きとわかる一つを挟んだ寝台を使っていたのが佐藤克利で、余計ないざこざを起こされてはかなわないと用心してか、前もって佐藤は強度の鬱病患者だと説明を受けた。建物にはほかに、病室の裏の廊下を行った突き当たりに恩田用の居室が二間、その先に鉄製の二連竈《かまど》を備えた板敷きの台所が付いていた。居室の一つには機織りの器具が一式、壁際に寄せてあった。

3

翌日、出かける前に孫の貴英に電話を入れた。若い衆に任せた島の様子を気にかけたわけではない。北朝鮮のボロ漂着船を見つけた日に波止場で声をかけてきた若者が、キャンプ場に簡易テントを張ったあと訪ねてきて、貴英の知り合いとわかったのだ。九年前、島の未婚男性の嫁探しに結婚相談所が利用できないかと、可否を探りに青年部長の貴英を東京に派遣したことがあった。貴英は東京で幼馴染みの翠と再会、そのとき翠に茅ヶ崎の海でサーフィンを教えたと紹介された少年がその青年だった。島では島を離れた者が内地で世話になった相手にたいし来島時は歓待するならわしで、かつて民宿も営んだぐらい部屋が多い当家に泊まるよう貴英がうながし、青年も応じて四日目となり、どうしているか気になったのだ。

「昨日、じいちゃんが出発した次の連絡船で島を出ていった」貴英は経過報告の口調で言う。

「じいちゃんによろしくとさ」

「失礼なことでもあったのか」

「夏休みを使って海岸線巡りをしているってじいちゃんも聞いたろ。大学一年の去年は東北の太平洋側で、今年は日本海側。能登半島をぐるり回って若狭まで行く予定だから長逗留はできないと。引き止めるのもはばかられて、弁当やら名物菓子やらを急ぎ用意して持たせて見送った。二十歳の青春、うらやましいってものさ」貴英は三十代の後半だ。

「二十歳の青春ね」なんとなくうなずいていた。

日差しの向きが違うからか、昨夕とはまぶしさが優しい路傍の緑を呼吸しながら「赦免花」へと歩いた。

観光客相手の店は閉めるのも早いが、開けるのも早いと見え、十時を前に駐車場にレンタカーらしい数台が並ぶ。テーブル席でくつろぐカップルやグループのアロハやTシャツが常夏を謳っている。見回すとカウンターにうっすらと頭皮の透ける白髪の老人がいて、ドアの前で突っ立つ平九郎の顔をうかがい、首をひねった。

「六十年前の面影を探ったって無駄。この店にふさわしくない老人が二人もそろえば、ほかでもないさ」平九郎は笑みをつくって手をのばした。

恩田がはにかむような笑みを浮かべて手を握った。ごわとした固い掌の感触が二人の隔てた年月を語るようだった。それでも、「元気そうだ。病気はしてなさそうだな」と恩田が医者らしく平九郎の顔色を見、「そうだな、政治家は頑健な体力がなければ務まらんか」わかったふうに言う声に懐かしい響きが混じった。

「小さな島の村長なんて政治家の部類に入らんよ」

「村長さんなんですか」昨日会話した店主が意外そうに眼をみはる。

「三十二年務めて、最近引退したそうだ」

「すごい長期政権ですね」

恩田はカウンター内の娘夫婦を「森田剛一くんと紬《つむぎ》だ」と紹介した。紹介された気安さで夫婦は老人二人の関わりの始めを問い、六十一年ぶりに会ったおたがいの印象はどうか、顔つきや頭髪が変わっていても相手とわかるものなのか、長くつづいてきた友情は素敵だなどと、ひとしきり愛想口をたたいて、仕事の持ち場へと離れた。

「昨日姿が見えなくなった磯貝とかいうカメラマンの老人は、見つかったのかね」気になったので聞いてみた。

「見つかった。東山の北のほうに登龍峠《のぼりようとうげ》というきつい坂道の峠があって、そこにいた。まあ、見晴らしのよいところではあるのだが」

「それはよかった」

「ただな、これまでは一周道路の西山の麓で見つかったが、今回は東山側。西山は一周道路より下に常緑樹が繁っていても、上はイヌツゲなどの疎林か草地ばかり。牧場もあって中に入り込んでも迷いにくい。東山は全体がシイやタブノキなど照葉樹林で覆われている。川も滝もあり、谷も深い。いったん入り込んだら、どう迷うとも知れん。年も年だから足腰は当然衰えている。転んで怪我をする可能性は高いし、道路に出てくる前に夜の闇が下りたらどうなるかと か、心配したら切りがない」

「西山と東山はそんなに違う？」二つの山容を頭に浮かべる。

「西山の火山活動は一万年前からで、十七世紀の初めまで噴火の記録があり、新しい。玄武岩質の噴出物ばかりで透水性が高く川もない。植物の生育には適さない。東山は隆起した海底火山が二万五千年前ごろ再噴火して、三千年前には活動を停止した。古いぶん侵食が進み、温暖多雨の気候とあいまって風化火山灰の土壌は草木の生育にこの上ない」

「徘徊というが、なんだって山に入る？」

「身についた習性が出るのかなあ。磯貝は若いころ、撮影ポイントや新たな撮影対象を求めて西山も東山も歩き回っていた。島のだれよりも内部に詳しい。写真を通して島の観光に貢献した自負もあるだろう。気持ちがそのころに舞い戻っているのかもしれない」

「それが医者としての診立てかね」

「おれの専門は内科ってことになっている。ボケの行動パターンなぞよく知らん。人の心の奥底がどうなっているのかなんて、診立てようもない」

「だが、おれが骨折で厄介になった六十一年前、あんたは佐藤克利を診ていたじゃないか。彼は精神病だったのだろう」

「戦時中のことだ。親父が徴兵され、まだ内地の医学校を出たばかりの自分が呼び戻されて診療所を継いだ。医学校では内科だけでなく外科も眼科も耳鼻科も一応のことは習うから、なんでもそこそこ診察はできる。佐藤克利はおれが帰島する前から入院していた。というか流人だったんだよ、彼は」

「流人？　江戸時代じゃあるまいし」

「来てもらったのはそれとも関係がある。店を出よう。平九郎さんと因縁の場所を案内する。どう変わったか見たいだろう」

「それは見たい。だが因縁なんて大げさな」

「話は別の場所でもできるから。さあ」

促されて外へ出ると、恩田は店裏の関係者用駐車場へ行き、ワンボックスカーのドアを開けた。うっすらと薬臭い。小さく息をすると、「医院を閉めるまで往診に使っていた。過去を消せないなかなかなやつで、健気やら哀れやら」キーを差し込む手を止めて笑う。「ああ、それから夜はこの店で歓迎会だ。娘夫婦に用意を言いつけてある。旅館に夕食の用意は不用と電話するように言ったので、そっちも心配するな」家族総出でもてなしてくれる気配に、平九郎は黙ってうなずくしかなかった。

車は右手に八重根港を見ながら東山側へ入り一周道路をゆっくり走り、大坂トンネルを抜けた。樫立の郵便局は憶えているだろう？　ああ憶えている、ほらあれだ、と言葉を交わす間に車は既視感のある角を右手に曲がる。

「すっかり舗装されたんだな」経過した歳月がじわりと感慨深い。診療所のあった一画には沖縄にありそうな赤瓦屋根の瀟洒な平屋が建っていた。

「戦後、病院を飛行場近くの元の場所に再建してからずっと空き家だったんだが、もともと住んでいた家族が内地に根を下ろすことになって処分したいというので、おれが買い取り、これを建てた。機織りの機具は歴史民俗博物館に引き取ってもらった」土台部分に玉石垣が組んである。「ヘゴシダの屋敷林も残したかったし。自宅の別棟の意識で、休日、家族で団欒に使ってきたが、いまはおれ一人がたまに来るぐらいだ」

玄関の横に先のとがった葉が青々と茂る植え込みが一本。ブーゲンビリアだ、春先に紅色の花が咲く、と恩田が言い、六十一年前の診療所の面影はさっぱりと消しやられていたが、中に招じられて居間から外を見ると、前庭から海がのぞく景観が懐かしさを運んだ。崖下の小さな港でもあった岩の入り江は海水浴場に整備されていまや観光スポットだ、と後ろからの声が経年の変化を教えた。

恩田がどこかに電話をかけ、つながらない様子で受話器をもどした。「孫がもどっていたら、どうだったか聞こうとしたのだが、まだのようだ。今日中に下田に帰港する予定のはずだが。ほら、調査船に乗り組んだ長女の息子」

「調査船？　手紙に書いてあった？」

「そう。孫らの目的は『しんかい』が見たという海底神殿遺跡が実在するかどうか、テレビの冒険ドキュメント番組の制作のためだ」

テレビ局の下請け制作会社に勤める孫に何年か前、有人潜水艇「しんかい」の関係者たちが古代海底遺跡かと話題にしたとする記事の切り抜きを見せたという。そのさい、記事にあるテラス風平面奥の門の土台とも見える狭い部分に見えた二体の石像ふうの石の塊が、終戦直後に島から消えた二体の石仏かもしれない、と話して孫の興味をさそった。

「恩田さんは二体の石像のような石の塊が、佐藤克利が彫った地蔵菩薩像と手本にした毘沙門天像ではないかと考えたのですか？」

「同じころ、ほら、八重根港から荷を運んできて入り江の岩の港に繋がれてた艀《はしけ》が流失したとかあったじゃないか。だが流失ではなく、佐藤克利がその艀に二体の石像を乗せて海に漕ぎ出したとしたら」恩田は額に皺をよせて遠いむかしをさぐる視線を宙に投げた。

恩田の想像をつきつめれば、佐藤克利が海へ漕ぎ出した艀は、南方はるかベヨネース列岩の北域まで行って、二体の石像を海底に沈めたことになる。いや、その場合、佐藤ももろともに沈んだと考えるべきだろう。だが、なぜそんな突拍子もないことをしたのか？　佐藤は精神を病んでいた。とはいえ何を考えての行動なのか、見当がつかない。恩田の推量は無理ではないのかと頭の中で首をひねったが、口には出さなかった。

恩田の孫は古代海底遺跡の謎にしぼって企画に上げ、会社は本局の了承を取り、小型の無人潜水艇を所有する民間企業と協力して、調査実行のはこびとなったという。

「地質学者に取材して、おそらく火山活動で地下から上昇したマグマが冷えて固まり、割れることで形成された柱状節理が横たわった地形だろうと、ほぼ結論は出ているそうだ。それを番組では前半に『しんかい』の伝説、古代海底神殿の謎とあおり、最後に学者に謎解きさせるシナリオらしい。だが孫が力んでおった。古代海底神殿でないとわかっても、もし石仏が発見されたら、なんでこんな海底に石仏が？　って新たな謎を追う展開が期待できる。精一杯探してもらいますよ、とな」

恩田の診療所に運ばれてから、一週間は身動きもならなかった。折れた部位がずれたり曲がったりしないようにと、足首に牽引具を付けられて終日寝台に横たわって過ごした。油断すると左右の長さが違ってびっこを引く羽目になると脅かされ、服従以外ありえなかった。恩田は既婚で、身ごもった妻を妻の内地の実家に預けての一人暮らし。身の周りの始末にあたる看護婦の荻田菊子は可愛らしく、齢を聞くと「恩田先生と同級生だったから先生に聞いてくださ れ」と白い歯を見せた。菊子は近所の自宅から通ってきて、診療を受けに来る地元の人の世話や院内の雑事をてきぱきとこなしていた。恩田と、平九郎ともう一人の入院患者佐藤克利の朝食と夕食は近所の老婦が賄いに来たが、昼の弁当の用意は菊子が受け持っていた。寝台に縛りつけられたも同然の平九郎は、彼女のかいがいしい働きを目の安らぎとし、崖を這い登る風が鳴らす照葉樹の緑の葉ずれに耳を傾け、動けないもどかしさに耐えて日々を送った。

敵飛行編隊のいつにない爆音が南から北へ上空を通過した夜の翌日、牽引具がようやく外され、傷ついた脚はギブスでしっかり固定された。寝台を離れて立ち上がると、ギブスは重い。荻田菊子から長さ以外は左右不揃いの木の枝で拵えた松葉杖を手渡された。ギブス側の足が地面に触れないよう気を張りつつ建物の外に出る。病室の窓が空しか映していなかった視界に、鬱蒼とした緑色が迫って胸いっぱいに深呼吸した。青空と白雲の下に、海が凪いで水平線へと広がっていた。

「憧れますよね、海の彼方って」横から声がかかった。杖にしがみつくのが精いっぱいで近くに人がいると気づかなかった。

「ああ、そうですね」水平線にぺたりと居座る雲塊から逸らして声の主を細目で見る。「もっとも私は日本海の島育ちで、見ていたのは海をはさんだ本土の山並みです。子どものころはよくその山並みの下や向こうには何があるのかと憧れたのですが」

　佐藤克利と交わした初めての会話だった。佐藤はいつも午前中どこかへ行ってしまい、昼は何をしているのか、夕方にもどって夕食をすませたらすぐに寝る毎日。知らんぷり同然の関係で日を数えていた。

「松葉杖、佐藤さんが作ったんですよ」初めての松葉杖歩行を心配して背後に付き添っていた菊子が言う。

　杖の両脇の二股部分のぴったりな具合をたしかめ、背筋を伸ばした。「それは。私のために？どう礼を申していいのか、ありがとうございます」腰を折ることができず、顎を何度か縦に振って目礼で感謝を伝えた。

「いえいえ、作るのを楽しませてもらいました。楽しませてもらったなんて言うと、なんだか人の不幸に乗じたみたいだが」と佐藤は笑みを浮かべた。軽く頭を下げる仕草は精神を患う人には見えなかった。「片足で立ったままはつらいでしょう。長椅子がありますから、行きませんか」

　背凭れの付いた長椅子は恩田が居室にしている部屋の前庭に据えてあった。建物と長椅子の間には楕円の花壇が作られ、平九郎が見たこともない真っ赤な花が咲き群れている。縁石に玉石が使われている。ハイビスカスが満開ね、春ならフリージアがきれいなのだけど、と花の名を二つ上げて菊子も横に座った。

「私に付き添っていて、診察室のほうはいいんですか」心配になった。

「だれか来れば気配でわかる。診療所に患者が稀なのは、先生と私で村の家々を訪問診療しているから。よほど具合がよくないかぎり、わざわざ来ない。去年の夏に要請があって始まった内地への疎開が今年に入って強制的になり、残った若い島民の召集入営も続いて、島民人口が減っているの。故郷を離れたくないと残った年寄りたちも勤労奉仕に連日駆り出され、昼間はなかなか来院できないんです」

「動員で穴掘りを手伝わされているわけだ」

陸軍は日米開戦後、「防衛召集規則」の「郷土ハ郷土ノ兵ヲ以テ防衛セシメ郷土防衛ノ精神ヲ昂揚ス」の項目にかこつけ、村ごとに特設警備隊を編成、教育訓練をしていた。それを昨年初めに三つの中隊に改編、農耕班と漁撈班以外は内地決戦準備のために島の要塞化要員に当てたという。司令部を設置した鉄壁山陣地をはじめ随所に陣地を構築して坑道でつなぐ作業に就かされ、なお戦車壕とか高射砲壕の増設にも従事させられているとのことだった。

「島中を穴だらけに掘れるだけ掘って、本当に内地が守れるのかしら。このところ敵の飛行機はほとんど連日、大編隊で島のはるか上空を内地に向かう。この島は無視されているみたい。島はすでに戦わずに突破された戦線かもしれないのに無駄な陣地造りに明け暮れている。そんな気がしてならないわ」

菊子が続けた話では、この一年の間に島は島民より軍人の数が多くなった。初めは学校や各種の官公舎を宿所に当てたが間に合わなくなり、民家への寄宿がなしくずしに強行された。将兵と不本意な同居をこうむった住民は食事や風呂など気づかいの生活に耐えきれず、いっそと疎開を決めた一家や山中に安普請して移り住む夫婦も出た。空き家となった住居の内部は好き勝手に変えられ、家具や工具、什器類はあちこちの壕内へ持ち出された。私人の家屋、所有品である事情は一顧だにされない狼藉《ろうぜき》がまかり通っているらしい。

「国が島民に疎開を強要するのは、サイパン島のような玉砕覚悟の作戦からだろう。だが、この島の上空を敵が素通りするほど戦局が動いていると気づかずにいるとしたら、日本軍は大間抜けだな」菊子の話に黙って耳を傾けていた佐藤が表情を変えずに口をはさんだ。さげすみのこもるような声色に、平九郎は恩田から前もって知らされた強度の鬱病という病名をおもい出し、ことばを発さずにいると、「じゃ、おれは仕事に行くので」と佐藤は立ち上がり、庭横の林へ向かい、踏み分け道へ入っていった。

「仕事？」覆いかかる枝葉のつかえに姿が見えなくなってから菊子に尋ねた。

「いま佐藤さん、お地蔵さんを彫りはじめたところなの。私の家は代々石屋で、父が墓石を刻むかたわら、趣味で石像を造ってお寺に寄贈していたの。そんな自慢でもない話を佐藤さんにしたら、自分もやってみたいって。先生にうかがったら、病の治癒に役立つだろうって。それで、この診療所の裏から入り江へくねくねと下りていく道の道端に使われていない小屋が建っているので、そこを作業場にすることに決め、私の家から道具と三尺の御影石、父が作って仕上げるばかりだった同じ三尺の毘沙門天像をリヤカーで運び込んだ。毘沙門天像は彫る手本ね」

「石屋のお父さんも協力してくれたんだ」

「いえ、父と母は……疎開して留守。私は看護婦の仕事があるので残って独り暮らし」

診療所から遠くに作業場を設けたのは、石を鑿《のみ》で打つ音が響くからとか。佐藤が姿を消した林の踏み分け道は作業場への近道だった。

ハイビスカスの花壇の前の長椅子はその後、佐藤との会話の場となった。菊子も、ときには恩田も加わり、戦時とは無縁のよもやま話で時間をつぶした。

佐藤は福島の会津若松生まれ。徴兵される前は、京都帝国大学を出たあと地元で教鞭を執っていた、と話した。あまりにさりげなく京都帝大の名が飛び出て、一介の漁師にすぎない平九郎は驚いたが、佐藤はそんな反応などどうでもよい様子だった。大学では柳田國男に傾倒し、民俗学の研学に勤しんだという。

梅雨前のある日、恩田と菊子も含めた四人が長椅子に横並びに座り、各自背板に背を預けてくつろいでいたとき、佐藤が南方熊楠《みなかたくまぐす》と面会して教えを受けた思い出を口にした。学生時代の最後の夏に、学友と三人で和歌山県田辺の居宅を訪ねたとのこと。

南方熊楠は博物学、粘菌をはじめキノコ、苔、シダ類、小動物など生態学の権威で、民俗学の造詣も深く、柳田國男との交換書簡で知られるそうだが、平九郎は初めて聞く人名だった。

南方は博文館の雑誌「太陽」に連載した「十二支考」でも知られるのだという。干支の動物を題材に古今東西の説話をふまえて比較論考する内容で、例えば龍なら、俵藤太こと藤原秀郷が大蛇に案内されて水中の龍宮へ至り、そこで化け物を退治、お礼に様々な財宝を貰って帰って来たという『太平記』の「田原藤太龍宮入り」の物語から書き起こし、龍とは何かを考察する。龍は日本のみならず中国やインド、ヨーロッパ、北米のインディアンやメキシコの原住民にも古くから語られてきた。世界中に知られるものの、東西の龍を比較すると、東洋の龍は人間に対して好いことをするイメージ、中国では王者のシンボルとされるのにたいし、西洋の龍は「ヨハネの黙示録」で七頭の龍が天使によって退治される話に見られるごとく悪事を働く場合が多い。龍の姿も中国や日本では大蛇に足が生えた姿でイメージされるが、西洋では多くが足のほかに翼をもつ。日本では「龍＝たつ」であって「立つ」と結びついていて「飛ぶ」わけではなく、大蛇が竜巻のように舞い上がっていくと考えられ、翼は必要ない。ヨーロッパのドラゴンはギリシャ語のドラコン、ラテン語のドラコより発して、ギリシャ語の「ドラコマイ＝視る」を語源とする。龍の目の鋭さに着眼したもので、目の鋭さが「イーブルアイ＝邪視」につながり、そこから龍は邪悪なものという考えが強まったと推察される。

そう論じて「田原藤太龍宮入り」の物語にもどり、藤太が入っていった龍宮は水中にあったのだから、藤太が出会った龍とは水蛇のことだろう。そして、南北朝時代のころは、水の底は陸上の諸々が最後に流れ着く場所なのだから、陸上の宝物が埋もれていて不思議はないと考えられていたにちがいない。そんな考えが水中の宝物殿、龍宮のイメージを生んだのではないか。熊楠はそう推論したとのこと。

そんな説明を交えながら、佐藤は南方熊楠との邂逅《かいこう》にどれだけ興奮したかを静かな口調で語った。「巨木に手を押し付けると生命力が伝わってきますよね。じろりとにらまれただけで南方先生の博識と能力がこちらに流れこんでくるようで感激しました」

浅学な平九郎にはわかったようなわからないような数十分間だったが、知識が一つ増えたような気はしたものだった。恩田が「そういえば」と手を打ち、「まだ小学生のときだが、たしか田辺の沖合に神島《かしま》という島があって、その島におこしになった天皇陛下をどなたかが案内したという新聞記事を見た記憶がある」

「そうです。案内したのが南方先生。神島は照葉樹林が島を覆っていて珍しい貴重な植物が繁茂している。先生の自然保護要請が実って、数年後に国の天然記念物指定が実現したんです」

「それで佐藤さんも、地元に帰って民俗資料の収集と自然保護のために力を尽くそうとしたのよね」とたまたま白衣の胸に止まった糸トンボに戸惑いながら、菊子がつぶやきを割り込ませた。

佐藤は、掌ですくうように糸トンボを空へ放つ菊子の所作に優しい眼差しを向けて話を続けた。

南方熊楠と別れたあと、佐藤ら学生三人は熊野古道を歩いて熊野本宮大社に出た。社殿は明治二十二年の大洪水で建物の一部が流失したため高台に移転していたが、熊野川の中洲にあった大斎原《おおゆのはら》と呼ばれる旧社地は白砂利に縁どられて、その地に神を祀る必然の幽邃《ゆうすい》の気をただよわせていたという。そこから川を舟で下って河口の熊野速玉大社、山からせり出す巨大なゴトビキ岩を祭神とする神倉神社、那智の滝が祭神の熊野那智神社をめぐり、最後に、南方熊楠の「ふだらく走り」という論文ともかかわる補陀洛山寺《ふだらくさんじ》に立ち寄った。補陀洛山寺は廃寺となって久しく、屋根が崩れかかったお堂は板戸で締め切られていたが、目の前の宮の浜という砂浜は人けはなく、静けさに時が止まったようだったと佐藤は振り返った。

宮の浜は補陀落渡海の出発地、悟りに達した僧侶が小舟で補陀落なる南方の観音浄土を目指し、いずれ海中に没する覚悟で船出した神聖な場所で、平安時代から江戸時代にかけ二十数人の実行記録が残っているという。佐藤らは多くの信徒に見送られて船出する僧侶たちの必死の行為を想像して、粛然と沖をみつめやったというのだった。


七月に入って雨の日が続いた。佐藤はよほど雨脚がつよくない限り出かけていく。その日は晴れていて当然のように朝から姿を消したが、昼過ぎに陸軍の斥候三人が引き立ててきた。入院中の患者というが病人に見えない、怪しい、島に間諜がひそんでいないか捜査中である、と年長の一人がまくしたて、恩田に確認を求めた。恩田はやれやれという顔で奥へ行き、一通の診療録《カルテ》を見せて説明した。「まだときどき発作が起こるので油断できません。石像を彫らせているのは心の安定化を図る治療の一環です。本人もやりたいと申しましたので」

気ちがいだと、と将兵は疑わし気なつぶやきをもらし、佐藤をにらんで出自や履歴を問いつめ、診療録と突き合わせて、ようやく納得した態度をとり、佐藤の腕を後ろ手にとっていた部下に解放するよう命じた。そのあと、「おまえは何だ」とギブスに松葉杖姿が見苦しいとばかりの目で平九郎に尋問を転じた。刺激しないように畏まって、部隊名と階級、陣地構築中の事故で骨折、入院中であると述べると、「海軍か。たるんでるから怪我をする」とお定まりの訓戒を吐き飛ばして去っていった。

　その日は日曜日で、看護婦菊子の姿は一日中見えなかった。前日ようやくギブスが外され、患部は鉤型の添え木に包帯が巻かれた軽装に改まった。杖がまだ放せないとはいえ、平九郎は何度か建物を出て、石膏の負荷が軽減した歩行を試して過ごした。夕暮れに何度目かの歩行を試し終えてもどると、恩田が診察室の台に腰かけ、検分する視線を向けた。

「杖の扱いがうまくなったな。単純骨折は六週間といわれている。だが脚の場合、歩行機能の回復までは訓練が必要でそれよりも時間がかかる。部隊にもそう知らせた。そのせいかな、だれも見舞いに来ん。冷たいな」

「役立たずは放っておけでしょう。このまま帰隊しても、邪魔扱いが関の山です。ところで、佐藤さんは本当に精神病ですか。まったくそう見えませんね」二人きりの気安さで、前から抱いていた疑問をぶつけてみた。

　恩田は問われて困るでもなく、うーんと考える表情で、「父がいた間はどうだったか知らない。このまえの斥候たちにはときどき発作が起こると嘘を言ったが、私が引き継いでからはない。好転顕著というべきだな」

「だったらなぜ退院させないのですか」

「私には権限がないんだ。父から受け継いだ診療録には、地元福島の陸軍に入営、中国に駐留中発病、帰国させられてのち千葉の精神病院に三年半入院、とある。症状の軽快が認められ、転地療養を当院が請け合ったということだ。元の精神病院と父の関係はよくわからない。当院は前の病院にふた月ごとに経過報告をし、それによって前の病院が退院の可否を下す決まりになっている。だがこのところ報告を入れても梨の礫だ」心外とも困惑ともとれる口ぶりだった。

「ところで、佐藤さんはなかなかの男前だとおもわないかね」急に話をそらした。

「そうですね、言われてみれば」たじろぐふうに答えたのは、佐藤を精神病者という先入観一つで見ていて、ほかは考えていなかった自分に気づいたからだ。

「そうだろう。男といえばほかに妻帯者の私と年下の怪我人だけだ。菊子さんが佐藤にほの字になっても仕方がない」

「二人はそんな関係なのですか」驚いて聞き返した。

「多分な」恩田はどういう意味かわからない溜息をつき、「男女の仲は病気でないので、私にはどうにもできん。自由だよ」

「でもいいんでしょうか」佐藤は精神病なのに、とまた偏見のことばが浮かび、慌てて口をつぐんだ。

「佐藤さんには吐き出しても消えない何かが潜んでいる。じつは菊子さんにも吐き出したくても吐き出せないものが心にひそんでいて、似た心のうごめきが共振したのかもしれない」

「何のことですか?」

「佐藤さんはおそらく戦場体験だろう。戦闘で殺したか身近な者が殺されたか、あるいは血みどろに破壊された死体を見たとか、その恐怖にむしばまれたのではないか。菊子さんは不安、というか信じたくないという抑圧の心理だな」深く息を吸って間を置き、「東光丸という船の名を聞いたことがあるかな」

「いえ」

「たぶんこの島が激戦地になると予想したからだろう、軍の疎開勧奨は厳しく、協力した支庁の総務課に聞くと島民の七割がすでに島を離れたそうだ。東光丸は最後の離島者百六十人を乗せて四月十六日に横浜へ向けて出航した。ところが御蔵島の近海で敵潜水艦の魚雷攻撃を受け沈没したと噂が立った。軍は何も語らないが、本当だろう。その疎開船に石屋の一家、菊子さんの両親と兄が乗っていた」

「被害の状況報告はないのですか。沈没しても、乗船者が他船に救出されたかもしれない」

「随行した海防艦がもどってきたが、救出されたと見られる人は数人しか下船しなかったそうだ。菊子さんの耳にも噂は入ったし、休みの日に村の知り合いと連れ立って、東光丸が出航した神湊の港へ確かめに行ったという話だ」

「じゃあ、菊子さんはもう」

「家族の死を受け止めざるを得ない心境のなかで、沈没は本当か、沈没しても助けられて内地の土を踏んだかもしれないと、絶望と希望のはざまで揺れ動いているのだろうな。もう三か月になる」

「心の鬱屈が佐藤さんの心にひそむ鬱屈と感じ合った？　そんなことあるのかな」

「まあな。二人は単に惚れ合っただけかもしれない。なんたって美男美女だ」

平九郎は菊子の日頃の挙措をおもい浮かべ、心に鬱屈があるとは想像できなかった。いつもかいがいしく、きびきびと作業をこなしている。鬱屈を外に見せまいと振る舞っているのかもしれなかった。

数日後、菊子から佐藤の石像造りを見に行こうと誘いがあった。「晴れ間が四日も続いて近道も乾いた。案内します」

近道と称する高低差のない小径は普通に歩けば五分もかからない距離で、松葉杖でも十二、三分ほどで通り抜けた。木洩れ日が波打つ低い梢の密集をくぐるように行くと、礫石混じりの幅のある道に出る。道は曲がりながら緩やかに下っていて、曲がり目の外の林を拓いた平地に板葺きの小屋が建っていた。リヤカーが無雑作に置いてある。開けっ放しの扉の奥に鑿を小刻みにふるう佐藤が見えた。

「ここへ座ってください」佐藤は平九郎に板製の腰かけを勧めた。

「どこの部分をいま彫っているのですか」座りながら尋ねる。見たところ石の大きなこけしが出来上がっている。

「地蔵菩薩の顔の部分です。菊子さんのお父さんが造った毘沙門天を手本にしていますが、素人なので、なかなか進まない」

前方に据えられた毘沙門天像は遠くをうかがうように左手を額にかざし、右手は脇を締めて拳を突き出している。拳には穴が開いていて、胴体から足元までは鎧や裳の模様が彫り込まれている。

「これは鞍馬寺の毘沙門天さんを真似したのだって父が言っていました。右手拳に戟《げき》という鉾の親戚を握り、平安京を眺め下ろしている国家護持のための毘沙門天」

佐藤は、「左手と頭の間が空洞に彫り抜かれているでしょう。幸い地蔵は突っ立っていればいい。そこまでの技巧は必要ないので」

「でも」と菊子が肩をすくめる。「困ったことに毘沙門天はみんな顔が怖い。顔の優しい地蔵菩薩の手本にはならないの」

「怖い顔の地蔵があってもいいとおもうけれど、菊子さんは優しい顔が望みなので」外の緑を渡る風音に鑿から目を離して言う。

「隣村の御堂に平安時代の天皇さまから賜ったという言い伝えの地蔵尊があるので見せてもらったらと勧めたのだけど、そんな立派なものを見たらきっと彫るのがいやになるって言うの。佐藤克利作の地蔵様はいったいどんな顔になるのかしらね」と菊子がからかい口でにっこり笑みを向けた。

平九郎は数日前恩田が「なんたって美男美女だ」と言ったことをおもい出し、菊子の笑みを手本にしたらいいと口にしかけたが、喉元で押し殺した。菊子が持ってきた干し芋を分け合って食べ、病室に帰った。

夏らしい強い日差しが続くようになり、平九郎はその後も何度か小屋を訪れ、石がだんだん形になっていく変化を楽しませてもらった。佐藤の狂気を見たのはその何度目かのときだった。

顔の表情の仕上げに取りかかるまで進んだ様子を横で眺めたあとの帰り道、海側から突然、敵機の爆音が聞こえてきた。爆音は近道の木々の梢を見上げた隙にも大きく近づき、突然バリバリバリと機銃掃射が始まり、弾丸を撃ち尽くすためとばかりの勢いで途切れなく続き、東山の北の空へと抜けていった。あまりに唐突な一機だけの攻撃だったせいか、高射砲の反撃音は一発も聞こえなかった。平九郎は太いタブノキの根元にうずくまってやりすごし、事後の静寂にそよぎ出た鳥の鳴き声でわれに返った。機銃弾が佐藤のいる小屋の辺りを斬っていったと咄嗟におもい至り、無事の確認にあわてて立ち上がっていた。

機銃弾が小屋をかすめた証拠に道が弾痕の列を刻んでいた。列の横で佐藤は頭をかかえてうずくまり、背中を波打たせていた。恐怖に打ちのめされたかと思わず杖を突きやめ棒立ちになったとき、突然、佐藤はうわあと蜘蛛が目の先に降りてきたとでもいった声をあげ、びくりと立ち上がった。そして鬼ごっこ遊びの鬼を捕まえに行くような仕草で前へ数歩歩き、立ち止まって右へ小走りして、振り返ってよろめき、途方に暮れた素ぶりで空を仰ぐと、膝からくずれて、またうずくまった。声をかけようと一歩踏み出し怯んだのは、鏨の柄を両手に握りしめて腕をぶるぶる震わせていたからだ。鏨は初めから持っていたのか落ちていたのを拾ったのかわからなかった。刃先の向かう先を恐れて、杖を投げ出し片膝立ちでそばへ這いずっていった。佐藤の眼中に自分の姿はない様子に、平九郎はそっと両手を伸ばし手首を一気に扼して鏨の奪取をこころみた。鏨は呆気なくこぼれ落ちた。だが次の瞬間、佐藤の体から固くて強い力が発して、平九郎は跳ね飛ばされていた。折れたほうの脚をかばって転がり、無様に寝そべったあと、上体を起こして見ると、佐藤は激しい痙攣を起こしていた。白目を剝いて空気を全身でひっ掻き、裏返った亀のようにあがいていた。

どうすればよいか困り切っていると、様子を見に飛んで来たにちがいない菊子が間に割って入った。菊子は落ち着いていた。唇に指を立てて平九郎に声を出さないよう命じ、佐藤の体をすこし動かして頭と足の位置を平らに直し、顔を左に向け、着衣の襟元をはだけさせた。それからは一度わずかに吐いたものを拭き取ったぐらいで、黙って付き添っていた。十分もたって痙攣が収まると立ち上がらせて日陰の草むらに寝かせ、平九郎に「先生に見た通りを話して、来てほしいと伝えてください」と、気のきかなさに苛立つ目で指示した。平九郎は慌てて松葉杖を探して立ちあがった。


八月に入ったところで部隊から連絡員が来た。平九郎は鉤型の添え木が外されて靴を履いて杖で歩く許可が下り、細くなった脚をマッサージして毛細血管の復元に努めていた。

「部隊長から二か月はかかるので放っておけといわれておりましたが、震洋壕の目処がつき、陸軍と合同の新たな陣地間連絡坑道造りに取りかかることとなり、そろそろもどれるか伺ってこいとのことです。穴掘りは無理でも、事務を担当してもらえれば、交代した人員を力仕事に回せると」

恩田が連絡員と協議し、八月十五日中に部隊に復帰させると取り決めたのは、偶然というしかない。

八月十五日、起きてすぐ帰隊する準備をすませた平九郎に、「重大発表があるというから、それを聞いてもどるまで待っていてくれ」と恩田が言い置き、ラジオのある村役場へ向かった。帰ってくるなり、「もうしばらく部隊に帰らなくていいみたいだ。様子を見よう」と平九郎の耳元でささやき、「どういうことですか」と聞き返すと、「重大発表とは終戦の詔勅だった。日本は負けたんだよ、戦争に」と驚きの事態を告げた。

島に駐留する陸海軍人は今後、待機して政府の指示を待つことになる。島内での工事はむろん中止だから部隊にもどってする作業もない。部隊から改めて何か言ってくるまで療養を続ければいい。じつは隠れた温泉がある。そこへ通って脚のマッサージに専念しろ、と恩田はどこか愉快げにあおり、平九郎もなんとなく気が抜けて、その日の帰隊はやめてしまった。

そうした間に佐藤克利は地蔵菩薩像を彫り上げ完成させていた。見に行くと、地蔵の顔はどこか怖げな面相に仕上がっている。菊子が「だから賜りものの地蔵尊を見に行きなさいと言ったのに」と不満そうにつぶやくのを、佐藤は申し訳なさそうに突っ立って聞いていた。

その彫り上げたばかりの地蔵菩薩像と手本にした毘沙門天像が、佐藤克利の姿とともに消えたのは、小雨が一日中降り止まず、島の随所が靄に包まれた蒸し暑い日だった。初めは佐藤が二体の像をどこかに運んだのではないかと軽く受け止められた。しかし二日、三日経っても佐藤の姿は島のどこにも現われなかった。菊子に尋ねても、さあどうしたのか知りません、と眉をしかめる。どこか落ち着かない返答ぶりに彼女の不安が感じられた。荷を積んできて入り江に舫《もや》っていた手漕ぎの艀《はしけ》が流失してしまったという話もそのころ聞こえてきた。

数日後、平九郎は部隊へ改めて呼びもどされた。米軍の許可が下りるまで軍は駐留を続けることになり、その間兵隊が勝手に島を出ないよう管理を徹底させるとのことで、部隊長の一存ではすまなくなったからだ。恩田には別れるさい、日本海の島の住所を紙に書いて渡した。

菊子の姿も見えなくなったと聞こえてきたのは帰隊してまもなくだった。平九郎は信じなかったが、最悪、部隊を抜け出した兵隊の誰かが乱暴を目的に襲い、どこかに埋めたか海に投げ込んだにちがいないと村人が疑っているらしい。それよりも、姿を消していた佐藤が現われて、菊子をこっそりどこかへ連れ出したのではないか。平九郎はそんなことを想像した記憶がある。何にせよ恩田や村人が探してくれているだろうと信じたが、手がかりをつかめたかなど、事後の情報はほとんど耳に入らなかった。

十月になって米国の軍艦四隻が武装解除のために八重根港に入って来た。武装解除は底土と石積の回天基地から始まり、回天の爆薬を詰めた頭部は切り離して海中に沈め、胴体は洞窟に集められてダイナマイトで爆砕した。その後も各陣地で貯蔵する爆薬の投棄作業が進められ、港では米兵が吸ったたばこの火が原因で山と積まれた火薬や砲弾が大爆発し、米兵二名と陸軍の兵士十数名が死亡する惨事も起こった。作業が終了した十一月、ようやく軍としての拘束が解かれ、元の部隊ごとつぎつぎ帰還船に荷物のように押し込まれ、島を離れた。

4

恩田の赤瓦の家を出て、車は島の東南部へ向かった。一周道路の山側にはところどころに壕跡と見られる穴が並ぶ。「島にはあんなのがどれだけあるか知れん。観光客は何もないのに覗きたがる。穴を見るとのぞきたくなるのはどういう心理なのかね。道路が狭く車を停められないので実際にのぞく人は稀ではあるが」と恩田が不審がる。「右手に観光名所の裏見ケ滝というのがあるが、行ってみるかい。歩いて十五分ほどだ」

三台ほどは駐められる駐車場に車を入れると、恩田は平九郎の前に立って歩いた。葉末から光がこぼれる原生の森の足元の悪い小道を下り切ったところに小さな滝が水音を奏でていた。道は滝の内側を通り抜け、落ちてくる水の簾《すだれ》が小さな粒をきらめかせる。「迫力にはいささか欠けるが、いまは水量が少ない時期なので仕方がない。この地域は江戸時代から川や溜め池を水源に、木の樋《とい》で水を運び、棚田で米作りをした。だが樋にする木材が枯渇して、明和年間というから江戸時代の後半、山下平右衛門という御船預かり役が滝の裏の溶岩を切り開き、用水路と道を通した」と恩田は説明し、「この滝を見下ろせる裏見ケ滝温泉という温泉施設が十年ほど前にできた」と付け加えたが、案内する気はなさそうだった。

足元に気をつけて駐車場へもどり、隣の地区に入ってすぐ、名古の展望台に着く。右手の断崖下には整備された洞輪沢の港が見え、左手には太平洋がはるばると青く広がっている。かつて特攻船震洋の格納壕を掘った場所がこの展望台真下の断崖だった。震洋隊の隊員数十名は格納壕が完成する前から洞輪沢に来て訓練をしていたが、彼らが出撃の日を迎えることはなかった。

特攻魚雷回天の格納壕を掘った場所は、震洋の格納壕のすぐそばだったと平九郎は記憶していた。だが恩田は「洞輪沢と石積ヶ鼻は直線でも一キロは離れている」と平九郎の記憶を修正し、一周道路に沿う公民館の駐車場に車を停め、「石積ヶ鼻の近くには駐車場がない。歩くのはきついが、まあしかたない」空を仰いで夏の日差しに手をかざした。戦後に建った白堊の円形灯台への道は、片側がコンクリート塀で、もう片側は鬱蒼と繁る低木が続き、日陰はない。昼下がりの太陽はじりじりと照りつけたが、風が爽やかで苦にはならなかった。灯台の裏からさらに草藪の掻き分け道を行くと、崖の突端に出て足元に視界が開けた。

「釣り人が使う崖道があるが、下りてみるかい」恩田が聞く。「メインの洞窟は爆破されて跡形もない。残っている小さい穴もあるにはあるが、釣り人の折れて捨てた竿など、ごみだらけだそうだ」

平九郎は「いや」と首を横に振った。帰りの上りがつらいと腰が引けたわけではない。毎日のサイクリングで脚は丈夫と自負している。自爆兵器のために命令とはいえ働かされた六十一年前の自分に近づくことがなんとなく躊躇《ためら》われた。

骨折する数日前に回天隊が兵器八基と搭乗員八名で島に到着した。到着した翌々日、至急数名を底土港の回天基地に派遣してほしいと要請があり、平九郎も派遣要員に加えられてトラックで向かった。回天隊の隊長に命じられたのは、回天の発進路であるレールを敷いたコンクリートの土台を周辺と同じ色と模様にペンキで塗ることだった。「これでは航空写真までもなく、上空から見ただけで重要設備があるといっぺんにわかってしまう。考えが及ばなかったのかねえ」と隊長は眉をひそめた。ペンキを塗り終えた表面に大小の石を多数置いて、目立たなくした。また壕の入口に緑色のネットを張り、木の枝を挿して偽装をこらした。

驚いたのは、作業に加わった回天隊員がまだ少年の面影も消えないあどけない顔をしていたことだった。自分も二十歳と若いが、十代の一歳二歳の差は表情にも大きな違いが出る。聞くと彼ら十代の六名が予科練の出身、隊長は海軍兵学校、副隊長は海軍予備学生の出で共に大尉。隊長以下八人全員が回天の乗り組み要員だという。不意にこんな少年たちを死に向かわせるため自分は穴掘りに精を出していたのかと、冷静なおもいが芽生えた。少年兵たちの必死覚悟の胸中を想像して、同じ目に会っていない自分が後ろめたく、立ちすくむ感覚に捕らえられた。結局、彼らは出撃せずに終わったものの、立ちすくんだ感覚は帰郷後まで瘤《はれもの》のように心のしこりとなって消えなかった。いまおもえば、村のために何かしたいと村長選挙に手を挙げたのも、そのしこりに背を押された気がしなくもない。

「どうしてるだろう。いい爺さんになったかなあ」とつぶやくと、なに？　と恩田に聞き返された。「回天の乗り組み要員だった少年兵たちさ」

「彼らは終戦で犬死にしないですんだ。この島は沖縄や硫黄島の二の舞にならずに終わった。惨劇は免れたんだが、玉砕戦を想定して要塞化されたこの島の歴史を内地の人、いや島の若い衆もほとんどが知らんよ」

「歴史は、むかしの人の出来事というのが次世代の感じ方だろう。ことばで概略が伝わっても、体験者の心情や皮膚感覚までは伝わらない。個々人の体験は個々人の死とともに消えていく、そんなものさ」

水平線にははるか南方で沸く真っ白い雲の嶺がこの世ではない大陸のように浮かんでいた。

つぎに恩田が車を停めたのは一周道路の最高地点、登龍峠の展望台だった。戦時の駐屯中は底土港と石積の間をトラックの幌の中で二度往復した峠だった。往きも帰りも曲がりくねった急坂を登って下った記憶がある。「整備される前の道は尾根伝いの細道で、下から見上げると龍が天に昇っていく姿に見えたので登龍の名がついたといわれている。小さい島のくせに峠越えなんて用語が使われる島は珍しいだろうな」と恩田が解説した。

一周道路は島の海岸線に沿ってぐるりと走るわりに海は案外見えない。展望台からは夏の日を浴びた真っ青な海と、緑をまとうコニーデ式火山の西山、その左裾の陰に小島が霞んで遠望でき、底土港から底を這うように広がる家並みが八重根港とを結んでいる。孤島の概貌がうかがい知れ、島流しにあった人がこの峠に立てば、鬼界ヶ島に取り残された俊寛の心を知るだろう。

「昨日、磯貝とかいう行方不明のカメラマンが見つかった場所がここですね」景色に溶けて佇む老人が目に浮かぶ。

「そうだ。だが一度立ち寄ったときは姿がなかった。いったいどこから現われたか」恩田は道路のほうを振り返り、沿道の森の藪の絡まりに目をやった。「実際のところ徘徊なのか、自分の意志で山に入っているのか、見極めがつかん。自分の意志で入っているとしたら、何のためか、それがわからん。結構ボケていることは確かなのだが」

「毎回道路に出てきて無事だったのなら、記憶のしっかりした領域がまだあって、その記憶が山に誘い込むのかもな」全体は靄がかかる中、そこだけぽっかりと晴れているような領域が。

「二十五年くらい前かな、磯貝が何冊目かの写真集を出版した。小さな祝いの席を設けたんだが、そのとき挨拶で、じつは自分には別れた妻と二人の子どもがいる、だが子どもとは三十年近く会っていない、この写真集を見て自分の父親とはこういうことをやっている人だと知ってくれたら嬉しい、版元に問い合わせて島を訪ねて来てくれたらもっと嬉しい、と初めて自分の境遇を明かしたんだ。そのあとも、そう簡単に会いに来てくれるわけはないとか、もう二人とも四十代だとか、上の子はそろそろ五十だとか愚痴っていたりしたんだが、いつ頃からか口にしなくなった。ボケの症状が見られたのは二年前あたりからかな」

磯貝伸宏は独り暮らしで、週一度の掃除の女性を雇っていた。彼女から「私のことを忘れて、きみ誰だっけと言われ、名乗ると、ああそうだった、とうなずくことがたまにあるんですよ」と聞かされた以後、少しずつ進行したらしい。

「磯貝にどれほど蓄えがあるかは知らないけれど、土地建物は三十年前に購入した私物とわかっている。それで完全にボケる前に相続人を確認しておこうと、説得して私が付き添って戸籍謄本を取らせた。本籍はこの島に移してあった。ところがだ、磯貝の戸籍謄本には、彼の妻子三人は戦時中の昭和二十年一月十三日、同じ日に死亡となっていた」

「どういうこと？　子ども二人が島に訪ねてくるのを心待ちにしていたと、いま聞いたばかりだ」恩田の顔をのぞき込むと、恩田は二度三度大きくうなずき、「三河地震というのを知っているか」と唐突に聞く。

「知らない。そんな地震あったかな」

「知らなくて当然だ。最初は三人が戦時中の同日に死んでいるので、空襲でやられたかとおもった。が、インターネットで昭和二十年一月十三日を検索したら、三河地震がヒットした。磯貝の生地である愛知県西尾市を中心に起きた地震だ。前年十二月七日に発生した東南海地震の余震だが、死者一一八〇人行方不明一一二六人と記録されている。東南海地震では津波被害を含め死者行方不明一二二三人とあるから、本震より被害は大きい。もっとも、どちらの地震も軍部の報道統制で隠蔽され、正確な数字ではないらしい」

「ということは、その際死んだ三人とは別に、再婚した家族のことかな」

手すりの下の茅の茂みに止まっていた蝶が急に飛び立ち、青空に溶けていった。村長時代にアサギマダラという渡り鳥ならぬ渡りの蝶の調査に協力してほしいと、沖縄の教育委員会から県に要請があったと通達が回って来たことがあって、いまのがその蝶だったろうかとふとおもった。

「戸籍謄本に再婚の記載はない」

「どういうことかな?」

「地震が起きたさい彼が家族と一緒だったのか、兵隊に取られていて帰郷したら家族全員死んでいたのか、どちらかは確認できない。だが後者の可能性が高い。いずれであれ、悲しみは耐え難かったにちがいない。それで、心の中で妻子は死ななかったことにした。嘘にすがって彼は生きてきた。だが心の中だけでは嘘が保てなくなり、その嘘を外部に、われわれに見せて強化した。そんなことかな。家族をよほど深く愛していたのだろう」

「深く愛していたなら、それを失ったあとの孤独も深かったろうな。それで家族が死んでいないことにした。死んでいないというおもいを柱に、寄りかかって生きてきた。だがいまは嘘のおもいが薄れ、隠してきた孤独がむき出しになったのかもしれない」

「八十半ばになって、いまさら独りぼっちの現実をつきつけられるなんて、残酷に過ぎるよ」

「まだ嘘が完全に薄れていないとしたら」ふいに想像がはたらいた。「山に入るのは一人でなく、亡くなった妻と二人の子どもを連れているのかもしれない。写真を撮った場所に行って、手にした写真集を見せ、これはここで撮った、と話してきかせている」

「なんだって。こんどは幻想に取りつかれての徘徊だというのか？　とっくに死んだ家族を連れての」恩田は信じがたいと唇をへの字に曲げた。

「彼は無意識に死期を悟っているのだろう。死ぬ前に、最後に、家族と仲よく連れ立って歩いている。そんな気がする」薄緑のかげろうが淡く揺らめき立つ森の岩陰に、四人寄り添う姿が瞼をかすめた。

恩田はへの字に曲げた唇を元にもどして、束の間沈黙した。「そうさな、家族が迎えに来ているのかもしれないな。しかし、死ぬまで失った家族を慕いつづけるなんて」と大きく息を吸い、静かに吐いて、「すごいな」と目をしばたたかせた。

恩田はまだ日没まで時間があると、平九郎をせかし、町中へ入って歴史民俗資料館と宗福寺《そうふくじ》に案内した。資料館には七千年前の竪穴式住居跡や五千年前の遺跡で発見された石器や土器など考古資料、農耕具や漁具など民俗資料のほか、宇喜多秀家など流人コーナーが二か所あって、島ならではの展示に興味を引かれた。ベンガラ塗りの唐門が目立つ宗福寺には、鎌倉時代の作とされる嫋《たお》やかな木造大日如来坐像や、江戸時代の仏師による釈迦如来坐像など数体の木造仏が伝わり、村長だった自分の島に比べ、流謫民らを源流にはぐくんできた文化の違いが、目にまぶしく感じられた。

5

「赦免花」に到着したとき、陽はまだ沈んでいなかった。店は定刻に閉めて、平九郎の歓迎の席が設けられていた。

店内の二つが合わせられたテーブルに、ラップがかかった皿がいくつも縁をぶつけている。カウンターの中で手を動かす紬と剛一夫婦のほかに、水色地に白百合柄の浴衣を着た少女が空いた椅子に座っている。孫の香奈子、高二だと恩田が紹介する。香奈子は「はじめまして」と礼儀正しく挨拶して、「くさや、食べたことあります?」と平九郎の顔を心配げにうかがう。

「ありますよ、六十一年前の駐屯時代に宿営への差し入れで食べましたから」

「よかった。匂い、だめな人いるから。じゃ、裏の七輪で焼いてくる。私の担当なので」屈託なく立ち上がって裏口から出ていった。

恩田と枝豆だけでビールを飲みはじめると、カウンターからもう一品、裏口から香奈子が焼いたくさやを運び入れ、全員がテーブルに揃った。「では改めて、父たち二人の六十一年ぶりの再会を祝して」と紬が音頭をとり、それぞれの飲み物で乾杯して、料理のラップが取り払われた。

「今日はどちらへ？」と剛一が切り出す。

「むかし働かされた特攻兵器の関連施設の近くまでと、名所の裏見ケ滝、登龍峠にも。登龍峠は天気もよく絶景でしたよ」平九郎は海藻の寒天らしい皿に箸を伸ばす。

「登龍峠はむかし、島の中央低地を坂下、東山の側を坂上と呼び、その堺目とされていた場所です」と香奈子。「アズバタの木という民話があるんです」

「アズバタ？」

「椎の木のことらしいです」そう言って民話の筋をかいつまんでくれた。

嫁ぐのが遅れた坂上の村娘がよい縁があるようにと観音堂にお参りした帰り道、一人の若い男にどこの人かと声をかけられた。答えると「これをあげる」と畳紙《たとうがみ》に包んだものを渡される。家に帰って母親が包みを開けると紅鼻緒の草履が一足入っていた。島には結婚の申し入れをことばでする代わりに、迎え草履という贈り物でする習慣があり、男は坂下の住人だったが、めでたく結婚することになった。ただし島には男は毎晩一年間、女の家に通ったうえで夫婦と認められるという掟があって、坂下の男は毎晩登龍峠を越えて通ってきた。ところが三日ばかり来ない日が続いた。女は病気になったかと心配になり、四日目の晩に家を抜け出し、坂下への山道を登っていった。途中、雨が降り出し、近くにあったアズバタの大木の下で雨宿りをした。一方男のほうは公務で三晩通いを怠ったので訳を話して詫びようと、夜、坂上へ向かってアズバタの木の辺りまでやってきたが、そこで雨が降り出し、木の下で雨宿りをした。雨は止まず、降りしきって、女と男はともに一歩も歩けないまま夜が明けた。木の下が明るくなり、二人は暗い中ではわからなかった顔を見合わせて涙の再会を果たした。

「いまはない椎の木にまつわる話ですけど、迎え草履とか、男が女の家に一年間通うとか、島のむかしの習俗がわかります。飢饉にまつわる怖いような民話があるなか、これはラブストーリーですし、ハッピーエンドの珍しい民話なんです」と香奈子は締めくくった。

「飢饉の民話というのもあるの?」

「幼い娘を崖から捨てに行く『こんきゅう坂』や『トコラ』『人捨ヤア』とかあります。こんきゅうは飢餓、トコラは山芋のこと。トコラで飢えをしのいでいたのに、米を積んだ船が見えたというので、老女が掘って籠に入れたばかりのトコラを捨てて走り出し、トコラのトゲを踏んで、その傷がもとで死んだという話です。人捨ヤアのヤアは穴。むかし五十になるとその穴に連れていかれ飢え死にする決まりだったけれど、ある出来事がきっかけでやめることになったという話」

「穴はいまも大坂トンネルの近くに残っていますよ」剛一が情報を加える。

「香奈子さん、ずいぶん民話に詳しいね」感心した。

「この子は高校の観光研究会に入っているから」と母親が種明かしする。「島の自然だけでなく、もっと文化面を観光に取り入れようと提案しているのよね」と娘に笑みを向けた。

香奈子は余計なことを言うなというように一瞬頬を膨らませて、「この島ならではの歴史や伝説、民話がもっと島の人に大事にされたらいいとおもうし、内地の人にも知ってもらえたらとおもうんです。民話はたいてい『昔の話でおじゃる』で始まるんですよ」海に沈む太陽の最後の輝きが放つかすかな色の変化を感じたというように窓へ瞳を動かしながら塩レモンサワーなるものに口を付けた。

そこから話が流人たちに及んだ。平九郎はテレビの時代劇で悪人が多数送られてきたものとおもい込んでいたが、江戸時代、凶悪犯は処刑されてしまうので、実際は武士、僧侶など当時の知識人、町人、百姓、無宿人の順に、年に七人ほどだったという。初めての流人である関ヶ原合戦で敗れた宇喜多秀家は、流人といっても長男、次男、妻豪姫の実家前田家から身の回りの世話をする男女と医者ら十三人が同行した。前田家は江戸時代を通して秀家の子孫に二年に一度、米や日用品を送り続けたとのこと。また流人の生活は基本自由で、島民はとりたてて罪人扱いはしなかったと聞き、平九郎は流人の島のイメージをかなり改めざるをえなかった。

「この島の建築や産業の技術は流人が伝えたといって過言でない。いま島にある踊りや民謡の原型、民話のいくつかも流人が持ち込んだのだよな」恩田が確かめる口調で顔を香奈子に向け、香奈子は笑顔で首を縦に振った。

平九郎は歴史民俗資料館と宗福寺で感じた文化の存在をおもい重ねながら、「そういえば、佐藤克利は流人だったと言っていたな」と口にした。

「ああそのことだが」と恩田が言いかけたところで、「だれ？　その人」と紬が口をはさみ、恩田はそうかとうなずいて、家族に六十一年前の診療所の様子を簡潔に話して聞かせた。

「佐藤という人が自分で彫ったお地蔵さんともう一体の仏像とともに消えてしまったの？　ミステリーだわね。でもなぜ精神病の患者がお父さんの診療所にいたの」

「軍医にとられたおまえのおじいさんの代わりに私が島にもどって病院を引き継いだ。もどったときすでに彼は入院していたので事情は格別詮索しなかった。転地療養ぐらいに受け止めていたんだよ」

「転地療養。だから流人なの」香奈子が聞く。

「終戦になって樫立の診療所を閉め、元の場所に病院をとりあえず再建しようと準備していたさなかに父の戦死広報が届いた。それで自分の考えだけで新しい病院経営に取りかかるしかなかった。カルテを整理していて、行方知れずとなった佐藤克利のカルテはどうしようかと考えて、とりあえず袋に入れて抽斗《ひきだし》にしまっておいた。だがそれっきり忘失して、数年前にひょいと出てきた。そういえばと見たら、千葉の精神病院からの覚え書きの一行に目が行った」

「なんて書いてあったの」香奈子は若い好奇心をふくらませる。

「いや、『中華民国内従軍中に発病、第六十五歩兵連隊』とあっただけだ。もちろん前にも読んでいた」

「じゃあ、なんなの」

「第六十五歩兵連隊というのを調べてみた。南京虐殺というのを知っているか」

問いかけに一瞬座の動きが止まったが、剛一と紬は「ええ、まあ」と声を合わせ、香奈子は

「知らない」と答えた。平九郎は戦争中そういうことがあったにちがいないと漠然と信じる側で知っていた。

「一九三七年七月の蘆溝橋事件で始まった日中戦争が華北から上海、そして南京へと拡大するなかで起こったのが日本軍による南京虐殺事件だ。中国では三十万人が殺されたと主張し、日本には虐殺はでっちあげだと叫ぶ筋もいる」

「どっちなの」

「あったことはまちがいない。だが三十万人は過大だし、ロイターが流した市民が町中で死んでいる写真も本当の虐殺の証拠ではない。一方、でっちあげと言っている人の心理はよくわからん。日本民族は悪いことはしないと信じているのかな。もっとも虐殺の否定は日本にかぎらない。第二次世界大戦中ポーランド人二万二千人が犠牲になったという旧ソ連によるカティンの森の虐殺、東京大空襲や広島、長崎への原爆投下だって、抵抗できない者への不当な殺戮行為という意味で、虐殺にほかならない。加害の側はそれを正当化こそすれ、虐殺だったと認めることはまずない。後ろめたいからではなく、おそらく、それの何が悪いんだという本音の居直り、人類の業というしかない性根に由来する行為なのだろう」

そこまで言って、話がそれたと気づいたらしく、「いや、だから実際に虐殺に関わった兵士たちの証言を基に判断すべきことだろう。ただし連隊長など上官の証言は責任逃れの捏造《ねつぞう》が入り込むので当てにならない。嘘をつく必要がない一般兵の証言に信憑性を見るべきだ。南京の虐殺に直接関わった部隊の一つが、福島の第六十五歩兵連隊だった」

「佐藤克利は会津若松の出身だったな」平九郎は記憶に探りを入れる。

「どんな証言なのですか」剛一がすこしこわばった声で先をせかした。

十二月十三日に南京を攻略して入城した日本軍は、前日までの戦闘で投降した約一万数千名の捕虜を抱えこんだ。中国軍の正規兵はいち早く逃げ、取り残された大半は民間からの召集兵と見られた。食料が不足し捕虜にあてがう分はないとの理由で、軍上層から「捕虜の者どもをなんとかせよ」と曖昧ともいえる指示が下りてきたという。第六十五歩兵連隊は十六日、中国海軍の魚雷営と呼ばれる施設のコンクリート塀にひそかに銃眼を穿ち、重機関銃を何台も据え付けた。夕方、薄暗くなってから魚雷営と揚子江の間の広場に数千人の中国人捕虜が後ろ手に縛られて連れて来られた。捕虜を集め終えたところで　打ち合わせ通りの笛を合図に、重機関銃の一斉射撃が開始された。捕虜たちがばたばたと倒れ、倒れ尽きるまで何度も銃弾を装塡して撃ち止めなかった。虫の息で生き残っている者は警備にあたった兵が銃剣を突き刺してとどめを刺し、遺体は揚子江に流し捨てた。

翌十七日の夕方、別の部隊が中心になってさらに大規模な殺戮がおこなわれた。揚子江岸の前日より北の砂地三か所に陣地を築いて重機関銃を置き、連れて来た捕虜一万人以上を三方から押し包むようにして一斉に銃撃した。息のある者は前日同様、銃剣でとどめを刺した。揚子江に流した死体が岸辺にもどり着くなどしたため、痕跡を消す作業は一日で終わらなかった。

「大まかな経緯はそういうことだ。捕虜が放火して暴れたので鎮圧せざるをえなかったとか、解放した捕虜を船に乗せ対岸へ送る途中で敵の攻撃を受け沈没、捕虜が溺死したとか、上官たちのもっともらしい言い訳もあるが、内容がたがいに食い違っていて信用できない。一般兵の証言から知られる犠牲者の数は、合わせて二万人弱だな。厳重な警備のもとでの大量殺戮で、夜でもあり、外から見ていた者がいるとはおもえない。銃撃が始まった時に咄嗟に揚子江に飛び込んで生き延びた捕虜がいたとしても、逃げるのに精いっぱいで詳細はわからなかったろう。虐殺が知れたのは揚子江に接岸した大量の死体の様子からだな。第六十五歩兵連隊が関わったのは十六日だけだ」恩田は話し疲れたという顔で焼酎のロックグラスをあおった。

恩田の家族が口を閉ざしたのは驚きと、自分が生まれる前の時代に起きた出来事をどう受け止めていいか戸惑ったからだろう。

「虐殺の現場に佐藤克利がいたというのだな」と平九郎は穏やかに口を開いた。

「そういうことだ。実際に殺戮に関わったか、少なくとも現場にいた体験のせいで、その後精神に異常をきたし、治療のため内地へ送還された。最初から千葉の精神病院に送り込まれたのかどうかはわからない。症状が好転したので、転地療養の名目でこの島へ送られてきたのだろう」

「治ったのなら故郷へ帰してあげればいいのに」香奈子が素直に首をひねる。

「地元へ帰還させれば何かと戦地の様子を聞かれるだろう。おもい出すことで病状がぶり返す可能性もある。再発の危険を避けて緩衝期間を設けたということかな」平九郎は常識的な対処法ならそうだと推し量って、恩田の反応を見た。

「いや」と恩田は首を振った。「地元へ帰して万一、虐殺の件を喋られては困るから、この島に送り込まれた。たぶんそうだ」

返ってきたことばを頭の中で転がし、「なるほど」と平九郎は声に出した。恩田の解釈が正しい気がした。「そうか。だとしたら流人だな、確かに。佐藤克利が南京虐殺の当事者の一人とすれば、地蔵菩薩を彫っていたのも理解できる」

「目にした無残な死体の菩提を弔うためだろう。死んだ者たちの魂を救いたい、償いたい、そんな思いだったんだな」

ドアベルが鳴って、店の名前を名乗り出前持ちが入ってきた。紬と香奈子が腰を上げ、寿司桶二つのスペース用に皿を片付け、一つにまとめたりした。剛一はカウンター内にもどって受け取ったジャーの吸い物を鍋に移し、火にかけてから椀によそった。寿司はふつうの寿司と島名物の醤油漬けの寿司。醤油漬けの寿司はワサビでなくカラシで食べるのが島の流儀とかで、吸い物はトビウオのつみれ汁だった。

「佐藤克利だがな」飲み食いと島内の出来事へ話がそれた家族を横目に、恩田が平九郎にささやいた。「彫り上げた地蔵菩薩と毘沙門天、二つの石像と一緒に行方知れずになったのは、補陀落渡海をもくろんだにちがいないとおもうのだよ。消えた艀を使って」

「フダラクトカイ?」一瞬、ことばの響きに意味がともなわなかった。が、すぐに「ああ」と記憶の一つがよみがえった。佐藤は民俗学の研究で南方熊楠を訪ね、その足で三熊野に詣で、補陀落渡海の出発地だったなんとかいう寺と海岸に立ち寄ったと話したことがあった。南方の観音浄土をめざして船出した浜辺に立って僧侶たちの必死の行為を想像して粛然とした、と語っていた。

なるほど、補陀落渡海か、と頭にことばが定まると、恩田の手紙に潜水艇「しんかい」にまつわる海底神殿の伝説が行方をくらませた佐藤克利の謎を解くカギになるかもしれないと書いてあった意味が、殻を割って姿を見せた気がした。ベヨネース列岩北域海底の石仏に似た二つの石の塊が、行方を絶った佐藤克利が運び出した二体の石像ではないかという推理は最前恩田の別邸で聞かされたばかりだが、なんのためにそんなことになるのかが腑に落ちなくて、素直にそうかとは言えなかった。だが、フダラクトカイのひと言が佐藤の行動を一本の糸につなげて、目の前に漂う霧を払っていった。

「当初は艀を使い島のどこかに運んで据えようとし、途中、沈没したのかもしれないと想像した。だが南京虐殺の当事者たる第六十五歩兵連隊の出と知って、違う筋書きが見えてきた」恩田は平九郎の反応をうかがうように上目遣いをした。どうだ？　と。

平九郎は日本海に浮かぶ自分の島をふいにおもった。冬、雪が積もる。西高東低の寒気が居座ると吹雪が数日続くこともある。それがぴたりと止むと地上の銀世界に隠れていた鳥たちが木の枝の雪を散らせて飛び交い、羽の色を鮮やかにひるがえす。カラスの黒さえも一面の白さに映え、嵐の後の静けさに心身が清々しく生き返った気持ちにもなる。だが外へ出て海辺に立てば、まだ波頭は荒々しく、いつ凪ぐともしれない凶暴さで岩礁に襲いかかる。戦争はラジオからの一声で過去の出来事となったが、佐藤克利の苦しみに終わりはなかったのだろう。彼の心に吹き荒れる嵐は、風雪の嵐のあとの海さながらになお逆巻き打ち寄せつづけたのだ。初めから補陀落渡海を考えて地蔵菩薩を彫り始めたのではないだろう。地蔵菩薩に虐殺被害者の無念の魂を彫り込もうと思いつき、彫り上げたあとは恩田が想像したように島のどこかに祀ろうとしていたのではないか。ところが下の入り江の岩の港に荷運びの艀が係留されたままとなったのを見て、南海の観音浄土へ連れていこうと目論見が膨らんだ、ということだろうか。

平九郎の耳に佐藤が民俗学の研究をしていた学生時代の話をしたときのいつになく生き生きとした声が、さざ波のように這い寄せてきた。

地元焼酎の水割りのグラスを口に運びながら納得の意をこめて、「そうだな。きっとそうだ」と口に出してうなずくと、恩田もうなずき返して席を立ち、店の電話機へ歩いた。ダイヤルをしたあとしばらく受話器を耳に当てていたが、なにごとか喋って元に置いた。

恩田が席にもどると、香奈子が「どこに電話かけたの？　フダラなんとかって何？」と質した。家族と話しながら耳を傾けていたらしい。

恩田は「孫に電話したんだが、つながらない。昨日か今日、陸に上がっていることは確かなので、留守電にこちらにかけ返してくれるよう吹きこんだ」と平九郎に言い、香奈子には「さっき話した行方知れずとなった佐藤という人のことだ」と笑みを向けた。

恩田の追加の話を真剣に聞く香奈子を見ていて、平九郎はふと、看護婦だった菊子の面影を重ねた。佐藤克利の顔はいまや曖昧だが、六十一年たってもはっきり目に浮かぶ菊子の顔に懐かしさとうろたえるおもいが混じる。骨折の治療に入院した二十歳の平九郎にとって美しい看護婦は当たり前に気になる存在だった。菊子の姿が目に入ればつい後ろ姿を見つめてしまうし、脚の処置をしてくれるときは髪の匂いに息を熱くした。とはいえ憧れにとどまったのは、軍人の一人として任務を離れた先でウツツを抜かすような醜態があってはならないとの自戒と、恩田から菊子は佐藤が好きらしいと聞かされたからだった。

そういえば菊子の胸に糸トンボが止まったことがあった。気づいた菊子がその糸トンボを掌ですくうように空に放った。そのとき下から上へとなぞった胸の膨らみにおもわず目が行ったものだ。平九郎は突然おもい出した場面にまばたきして、若いのだから目が行かないほうがよほどおかしいと自分に言い訳して、そんな昔の感情を気づかれるわけはないと香奈子を見て、香奈子にえっという視線を返されたが、見なかった振りをして顎をさすった。

6

行きとは違い、島の空港を離れた最終便の機内から海を眺めることはできなかった。午後に入って小笠原付近を西進する台風のいちばん外側の雲がかかり、夜半にかけて強まる予報の雨が降り出し、窓の外は白、灰、黒と綿飴の広野が這いつくばっている。没しかかる太陽の裏から差す光で橙色に焦げる一隅に目を向けた平九郎は、自分は北へ、故郷へ向かうのだと勃然とおもった。南へ、故郷とは逆の浄土へ漕ぎ出た佐藤克利とは反対に。

この日は朝食が終わるのを待って恩田が迎えにきた。西山に雲がかかる前に案内する、と前夜の酒の澱《おり》のない笑顔で部屋に入ってきて、チェックアウトの支度を急がせた。西山中腹のふれあい牧場へ向かう車中で、恩田は「孫と連絡がとれた」とおもむろに切り出した。

「ベヨネース列岩北方域の海嶺というだけでとりとめないのだから、潜水艇をどこで潜航させるかの判断に苦労したらしい。それでもそれらしい海底地形があったことはあった。だが、道路や門の痕跡と見えるようなテラス風平面、まして仏像が倒れているような石の塊は確認できなかったとのことだ。似た海丘もあってそちらも調査したが結果は同じだったとさ」とさすがにがっかりした口ぶりながら、「まあ、それはそうだろうな」もとより結果は想定の内、運がよければの期待だったとばかり、合点半分の表情で口をつぐんだ。

「確認もなにも、昨夜の恩田さんの推量で、『しんかい』が目撃した二体の石像は佐藤克利とともに消えた地蔵菩薩と毘沙門天にちがいないと確信しました。われわれにはそれで十分でしょう」平九郎は嘘ではない本心のことばで応じた。「彼は彼の補陀落に着いたのですよ。彼が辿り着いた場所こそがわれわれには見えない補陀落なんです」

「そうだな。地蔵の像に彫り込んだ中国人被害者への懺悔ともども行き着いたってことだな。それでいいいな」

　言い交わしてしばらく共に黙り込んだ。

　ふれあい牧場では山頂まで草ばかりの緑で覆われた西山のふくよかな山体を仰ぎ、直線の赤土道の左右に広がる牧野でのどかに憩う牛の群れを眺めた。そこから溶岩が固まってできた千畳敷の海岸へ下り、植物公園に立ち寄り、搭乗二時間前には空港出入り口近くのレストランで遅い昼食をとった。

香奈子がそこへ合流した。

恩田が薄い水色のポロシャツにプリーツスカートの孫に「学校に行ってきたのか」と問いかけたのは、装いが制服に見えたからだろう。香奈子は「学校でなく、町立図書館へ行ってきた」と応じて祖父の椅子の横に座った。「きのうおじいちゃんたちが話していた補陀落渡海について調べに行ったの。忘れないうちに詳しく、とおもって」

「おお、そうか。勉強熱心だな」恩田は孫の向学心に目を細める。

「町立図書館に観光研究会の顧問をしている司書の方がいて、参考になる本を教えてもらった。井上靖という作家が書いた『補陀落渡海記』という短編小説と、新しい研究書も出ているというので、それを読んでみた。でも研究書のほうは最初のほうだけで時間がなくなったから借りてきた」香奈子はそう言ってトートバッグからカバーの外れた茶色い表紙の本を取り出した。

恩田が受け取り、平九郎にそのまま回してきたので見ると、背に『補陀落――観音信仰への旅　川村湊』と表題と著者名が記されている。平九郎は井上靖の名前は知っていて若いころ何作か読んではいたが「補陀落渡海記」は知らなかった。手渡された本の初めて目にする名前の川村湊という作者は、奥付ページのプロフィールに法政大学教授で文芸評論家とあった。

「『補陀落渡海記』というのは補陀洛山寺の住職金光坊が六十一歳、これまでの住職が補陀落渡海を行なった年齢に達して、自分も当然実行せざるをえないと思うのだけど、これまで渡海を行なった何人もの先人を思い浮かべ、上人の一人は海の果てに補陀落がはっきり見えると言っていた、別の上人は広い青海原で死ねるのはいいものだ、海の底へ沈んで行っていろんな魚の友だちになるのだとにこにこ笑っていた、しかし自分にはそこまでの悟りも覚悟もない、と惑い暮らすようになるの。その一方で外出すれば周りから生仏様と拝まれ、賽銭を投げられたりして、渡海への既成事実が着々と積み上げられ、準備もどんどんはかどって、ついにその日がやって来る。それでしぶしぶ小さな箱部屋に押し込められて船出するのだけど、夜中、襲い来る波濤の音に怯えて箱部屋に何度か体当たりすると横板が壊れ、その勢いで海に投げ出され、板子一枚にすがって翌朝、小島に漂着する。ところが小島には見送ってくれた僧侶たちが留まっていて、驚いたその人たちは新たに漁船を探してきてまた金光坊を乗せ、こんどは箱部屋をしっかり釘で打ち付けて海へと押し出した……と、そんな話」

香奈子は読んできたばかりの小説のあらすじをよどみなくまとめて聞かせ、すこし間をおいて続けた。「途中まで読んだ研究書の始めのほうには、イエズス会の宣教師たちが書き残した渡海の目撃談や伝聞記が取り上げられていた。それによると、渡海者当人のほかに同行者というのがいて、彼らはみな歓喜して船に乗り込み入水、投身して、それを見送る人々も狂信的に賛美するのだけれど、宣教師たちの目には悪魔に魅入られて虚偽の天国に行く行為としか映らなかったとして、嫌悪するのね。でも著者は、この歓喜して死に赴くという観音信仰者の信心ぶりは、キリシタンの教えに従って発現した殉教者の歓喜と変わらないと論じているの」

そう言っていきなり腰を浮かして上体を平九郎のほうへ伸ばし、本を奪ってページを繰ると、「ほら、ここを読んでみてください」と開いた箇所に指を当てた。

示されたページには歴史教科書で馴染みの宣教師ルイス・フロイスが一五九七年二月五日に

長崎で処刑された二十六聖人の殉教を報告した『日本二十六聖人殉教記』の一文が引用されていた。

〈慰めになったことの一つは、処刑に立ち会った異邦人達、役人であってもその他の人々も深い影響を受けたことを確信したことであった。人々は彼らが死ぬ時の歓喜を目の当たりにして驚嘆した。彼らが死を耐えることによって、私達をも驚嘆させるほど不屈さと今まであれほどの喜びを見たことがなかった。これは彼らに対して我らの聖なる教えが真実であるという証であり、そこに救いがあることを示していた〉

さらに、

〈私達が気がついたのはこの二十六人が天国に行くという確信を抱いていたことであった。信者に別れを告げる時、彼らは『そこでお待ちしています。パライソで貴方方のためにお祈りしましょう』などと言っているのを聞いたこともあった〉

しかし引用したうえで著者は、「このキリスト教の神、あるいはキリストの住む『パライソ』を、観音の住む『補陀落』という言葉に変えれば、補陀落渡海僧とその同行者、またそれを見送る人々の関係とほとんど異なるところはない」と指摘する。

禁制のキリシタンの教えに殉じるキリシタンと、補陀落世界を求めて海に飛び込む仏教徒たちとでは、信仰のありかたに少なからぬ違いがあるにせよ、死に至るまでの信仰心、信心の強さという点では同質で、命を惜しむことなく信仰に全身全霊を賭ける態度は共通しているというのである。

平九郎が活字を追っていた目を上げなかったのは、そうした文章に続けて段落を改め、「補陀落渡海とキリシタンの殉教とで、本質的な意味で一つだけ違うところを挙げてみれば」と、キリスト教のもっとも根源的な教えである「自己犠牲」という観念が補陀落渡海にはなかったことだ、と書かれた一文に引かれたからだった。

キリスト教が日本にもたらしたものの一つが自己犠牲という考え方なのだという。著者は文芸評論家らしく森鷗外の「山椒大夫」と原話である説教節「さんせう太夫」を例に上げ、「山椒大夫」では安寿は弟の厨子王を逃がしたあと池に身を投げるが、説教節のほうではただ残酷に責め殺されている、と比較し、入水自殺したところで弟の逃亡を助ける力にはならないにもかかわらず、そこに森鷗外が表現したのは、自らの死によって弟を救うという欧州由来の自己犠牲の観念にほかならないと断じている。そして、この自己犠牲という観念は、「近代国家の成立のために、世俗化したキリスト教的精神として、日本に『上御一人《かみごいちにん》』としての一神教的な『天皇制』を導入し、確立しようとした伊藤博文や山縣有朋などの明治の元勲たちと同じ思想」に基づいている。日本にも親が子のため、家来が主人のため、地蔵菩薩が衆生や子供たちのために自分の身を〝犠牲〟にして他者を救おうとする物語はたくさんあるが、それは世俗的な人間関係における恩や義理の関係、報恩の精神といった日本的な〝身代わり〟であって、犠牲を捧げればなにか奇跡をもたらしてくれるような絶対的な神は日本にはなかった。つまり、自己犠牲という観念は近代国家成立のために明治政府が欧州のキリスト教社会から導入したものだというのである。

さらに読み進むと、こう書かれていた。

「こうしたキリスト教（キリシタン）的な『自己犠牲』の精神がもっとも発揮され、発揚されたのは、近代日本とキリスト教国との戦争、すなわち第二次世界大戦（アジア・太平洋戦争）の末期における日本軍の『特攻精神』による神風特別攻撃隊などの場合であっただろう。『君に忠に、親に孝に』といった儒教的精神がその背景にあるように思われているが、それは違う（教育勅語や軍人勅諭は、儒教的精神そのものではない）。むしろ、これは日本が近代化によって取り入れた『自己犠牲』の純然たる発露であって、まさに一大の国家的な（民族的な）燔祭《はんさい》というべきものだった。自らの生命を犠牲にすることによって、天皇あるいは国家（あるいは家、家族、血縁）のために尽くすという考え方は、それまでの日本の思想において稀れというより、空前絶後のものであったといえよう。近代日本の為政者たちは、孜々《しし》としてこうした『自己犠牲』の精神に富む、忠良なる皇国臣民を学校、軍隊、職場、地域共同体の制度や規則を通じて育成し、養成しようとしたのである」

そこまで読んで平九郎は、底土の回天基地へ補修工事に派遣されたときに、まだ少年の面影も消えないあどけない顔の回天隊員たちを見て後ろめたく、立ちすくむ感覚に捕らえられた感覚をよみがえらせた。彼らは来るべき死は当たり前とばかりの態度で任についていた。その任を援護するために自分は回天、震洋という特攻兵器の収納壕を築かされた。一方は来るべき死を強いられ、一方はそれを免れている。後ろめたさは置かれた立場の違い、運不運の差だと漠然とおもってきた。しかしいま「日本が近代化によって取り入れた『自己犠牲』の純然たる発露」という一文に触れ、六十一年前に立ちすくんだ自分も無自覚ながらその理不尽さを見抜いたのだろうかと振り返させられた。だが、そこまで感じ取る知性は当時の自分にはなかったと平九郎は認めるしかない。ただ回天隊員たちが目指す死に渡海者や殉教者のような歓喜を想像することはできなかったことは確かで、そうした歓喜の不在が青い棘となって胸を刺したのかもしれない。平九郎は特攻という自己犠牲が強いられる時代があった現実を眉をしかめて遠くもなく受け止めながら、ぎごちなく本を閉じた。

「どうですか」読み終わるのを待っていたように香奈子に尋ねられ、平九郎は「指摘がなかなか興味深いので、あとは内地で買って読んでみます」と答え、本を返した。

ANA機の搭乗時刻まで、平九郎は香奈子に自分の島の観光政策や主産業の漁業の様子を語って聞かせた。村長選挙では嫁不足の現状を踏まえて「跡取りに嫁を」と公約に掲げたことがあったと話すと、今どきの女子高生は「そんな公約、ないですよ」と笑って信じなかった。手紙の交換でこちらの島の事情をうすうす知る恩田は、孫の反応を楽しんでいるようだった。

窓の外がいつのまにか淡い暗がりに支配されていてわれに返った。機体は雲の空域を外れ、下降を始めている。

平九郎は恩田と香奈子と言葉を交わすあいだに、看護婦の菊子についておもい出したことがあったが口には出さなかった。

戦争が突然終結し、佐藤克利が二体の石像とともに消える二日か三日前の昼休み、菊子が前庭から近道へ向かうあとを、平九郎が追ったことがあった。佐藤が完成させた地蔵菩薩像をもう一度じっくり見せてもらおうと気が向いての行動だった。

杖一本で板葺き小屋近くまで着くと、佐藤も菊子も外には見えず、置きっぱなしのリヤカーが陽にさらされていた。引きずる足をひと休みさせてから数歩小屋に近づくと、中から「だめだ」と佐藤の声が洩れ聞こえ、「なんでよ」と菊子の声が続いた。平九郎は歩みを阻まれ、立ち聞きするはめとなった。

「自分には理由がある。あなたにはない」

「一緒に行きたい。それが理由だわ」

「あなたには悲しむ人がいる。私にはいない」口渋りながら優しく説得する口調だった。

「いえ、いるわ、故郷の福島に。私こそ家族は東光丸で沈んでもういない」

「福島に？　帰れないさ。どんな顔して帰れというんだ。恩田先生は元の場所で病院を再建すると話している。先生のお父さんも復員してくるだろう。あなたはそれを助けるべきだ。島の人の気持ちがわかる看護婦としてあなたは貴重な人材だ」

「ずるいわ。なんでそんなこと言うの。ばか」

ふっと言葉が途切れ、ごとりと小物が倒れる音がして突然小屋全体が静まり返った。菊子が佐藤を押し倒したのかもしれず、平九郎は二人との間をいきなり遮断された気がしてそっと踵を返していた。

佐藤克利が姿を消して六日目、平九郎は隣村の国民学校校舎での駐屯継続を余儀なくされた部隊に合流することになった。その朝、まだ見るだけで行けなかった岩の港のある入り江へ降りてみることにした。杖はまだ必要だが、膝や足首も無理さえしなければ支障なく動くまでになった。台風の接近で黒雲が低さを増し天気はあいにくの荒れ模様だったが、風は強いものの、雨が止み雲間から陽も差す時間もあり、合間をみて、近道から板葺き小屋の前を左へ曲がり、やや急な坂道を下った。入り江には大小の岩石を積み上げて固めただけの小さな突堤が築かれていた。入り江の真ん中でいくつかの小さい岩礁が押し寄せる波をかぶっている。突堤の裾に憶えのあるリヤカーが置き捨てられてあった。

緩い弓なりの波際を慎重に左側へ歩き、一段高い岩へ這い登って、気持ちのよい熱がこもる風になぶられた。いつのまにかまた新たな黒雲から雨粒が降りかかったりやんだりを始めたが、衣服にしみる自然の息吹が長い療養の疲れを洗い流してくれるようだった。

入り江左端の岬に黄色くにじむ人影を見たのは、そんな息吹に全身をさらした顔にいちだんと荒々しい雨粒が吹きつけ、おもわず掌で顔を拭って細目を開けたときだった。

菊子さん？　岬あたりは雨粒の膜で薄白く濁っている。だが二か月も身近にいた相手を見間違えようはなかった。黄色くにじんで見えたのは、菊子が黄色っぽい着物をまとっているからだった。

岬の先端は崩れ落ちた荒い岩がいくつか黒く重く腰を据えている。菊子が立つ一つにも波が激しく打ち寄せては砕け、しぶきを空に高く舞い上げていた。こちら側からは途中に崖の裾の部分が海水に浸かって行くことはできない。反対側から来たにちがいなかった。菊子は雨にも波しぶきにもひるまない固い立ち姿で両掌を胸の前で組んで沖を見つめているようだった。何を考えてか、十分、十五分とずぶ濡れもかまわずにそうしていた。雨の勢いにつれて淡く濃く霞む菊子の立ち姿は雨中で揺れる消えない焔のようにも映り、平九郎は岩上にうずくまる恰好で見とれていた。

菊子を見失ったのは、強い風に脇に置いた杖がさらわれ、まだ杖なしでの不安からあわてて下へ降り、拾ったあとに視線を岬のほうへ返したときだった。一瞬で消えた、とぎょっとしたが、もたもたして目を離した一分ほどの間に引き上げてしまったようだった。数分待っても姿がもどることはなかった。平九郎もまだ自在には動かせない脚をおもんぱかって入り江を背にし、ぬれねずみで診療所へ帰った。午後には着替え、風雨がさらにひどくなる前に二か月余を過ごした診療所の建物を後にしたのだった。

部隊に合流後、菊子の姿が見えないとの話が耳に入った。しかし島娘の一人の姿が見えなくなった、兵隊のだれかが襲ったかもしれない、といったまがまがしい詮索は、部隊内では早々に埋もれていった。諸島がひとまとめに内地から切り離され独立国にされるらしい。諸島北端の島では政権構想が動いている、結局独立は沙汰止みとなった、などと終戦直後の混沌とした情報が日ごとに変転、関心が移ったからだった。目にした光景を平九郎が口にしなかったのは、瞼の裏に再生すればするほどなぜか幻めいてきたことと、島の女のことなど些事にすませる部隊内の粗い雰囲気に、言いそびれた面もあった。

二つのよみがえった場面を接ぎ合わせると、佐藤と菊子の上に流れた濃密な時間が浮かび上がる。

閃くことがなくなってきた平九郎の頭に閃きが落ちてきた。

――男は戦争に行き、中国大陸での捕虜殺害に加わり、手を汚してしまいました。犯した罪の恐ろしさに精神が破滅して、治療のため南の島の病院に送られてきました。殺害への贖罪の気持ちと不当に消された無辜《むこ》の命への救いを、自ら彫った石の地蔵菩薩に託して、観音浄土へ旅立とうとおもい立ちました。男と好き合っていた女は男の気持ちを知り、男とともに行くことを望みました。女は看護婦で、家族は乗りこんだ疎開船が魚雷で沈められて死に、身寄りがありません。しかし男に断わられてしまいました。男が出発する朝、女は観音菩薩と手本にした毘沙門天の石像を岩の入り江までリヤカーで運ぶ手伝いをしました。男が沖へと漕ぎ出した艀をじっと見送り、水平線に消えるまで立ち尽くしていました。島に取り残された女に別れの悲しみがひしひしと襲ってきました。病院でこまごま働くときも、家族がもう帰らない石屋の家宅でくつろぐときも、日がな一日、観音浄土へ海原を漕ぎゆく男の姿を瞳に映して、人知れず狂おしさに耐えていました。ひとり泣き暮れてろくに眠れずにいたのです。

台風がやってきました。男の航海に危機が迫っていると女は察知しました。女の目に激しく重なり合ううねりにもみしだかれている艀の様子が浮かびました。波しぶきが頭上から打ちそそぎ、びしょ濡れの男が石像を落とすまいと抱え、突風に這いつくばってあえいでいます。女はなんとか男を救けなければ、とおもいました。岬へ向かい、岩場に立って荒れ狂う海、逆巻く波濤に立ち向かい、祈りました。一心に、一心に祈りました。どうかどうか、あの人に力を貸してください。あの人の観音浄土への旅が成就しますように。せめてあの人が行く海路だけでも雨風が鎮まるようにしてください。祈りを終えると女は、自らの意志で嵐の海へ身を投げました。オトタチバナヒメのように。自分を犠牲《いけにえ》にして、祈りがかなうと信じて、深い紺碧の波間に消えたのです。

「昔の話でおじゃる……」

島の民話は多くがそんなことばで始まると女子高生の香奈子は語った。たっぷりと観光に引き回してくれた恩田はむかしどおりに清廉な心優しい紳士だった。平九郎は閃きの残像を遠くにみつめながら、両肩を上げて首を回し、息をすこし長く吐いた。

どんと小さな衝撃がきて、機体は六十一年前の記憶の島からきらびやかな都会の夜の空港へ滑り立った。

〈参考〉

山田平右衛門『改訂版 八丈島の戦史』（郁朋社　二〇一二年）
浅沼良次編『八丈島の民話』（未來社　一九六五年）
川村湊『補陀落——観音信仰への旅』（作品社　二〇〇三年）

わたつみ

1

長崎県田平町にある縄文時代の〈つぐめのはな遺跡〉から出土した長大な黒曜石製石鏃は、鯨類の捕獲に使ったと考えられている。

七世紀の壱岐郷ノ浦〈鬼屋窪古墳〉の横穴式石室には、櫂八本で漕ぐ平船が大型の魚にモリを打ちこみ縄でひっぱる線刻画が残存する。大型魚は鯨とみられ、捕鯨の様子を描いたものと推断された。

村川正午《せいご》は以前読んだ論考を記憶から引き出し、緑茶の缶をあおって口を湿した。新幹線やまびこの席は、斜め横の三人席が四列、停車駅を二つ三つと過ぎても空いたままだが、ほかは埋まっている。荷棚はキャリーバックや旅行鞄、リュックの隙間を厚手のコートや濃い色あいのダウンジャケットが裾や袖をはみださせて塞いでいる。車輛出入口のドアの上で電光ニュースの文字列が流れ、外国人献金問題で辞任した前原外相の後任に松本副大臣を起用、塩竈市で昨夜男性が銃で撃たれて死亡し犯人は逃走した、などを伝え、最後の天気予報で仙台地方に曇りマークを表示する。正午が向かう牡鹿《おじか》半島の鮎川が仙台地方に含まれるかどうかは不明だが、東京とちがって東北の三月はまだ寒いだろうと、車窓を飛ぶ霜濡れた稲株の冬田に目を落とした。

正午は大学院の博士課程に籍を置いて、古代海人族を祖にもつ氏族と大和王権との関わりかたを学んでいる。古代の鯨漁が海人族の日常的な業であったとはおもえないが、古墳発掘の報告書には矢じりや土器作りの台座など鯨骨製品の出土が記されているので、捕獲し解体する技術を備えていたことはまちがいない。正午はこの春、映像でしか知らない鯨をじかに観察しようと高知のホエールウォッチングに参加する計画をたてた。その前に鯨の骨格標本や資料を展示して以前は「鯨博物館」と称した「おしかホエールランド」を訪ねる途中だった。

旅のかたがた大学卒業後故郷の女川町役場に勤める熊谷みどりと会う約束をした。年賀状は交わしてきたものの暮らしぶりを問うことなく年月が過ぎた。牡鹿半島の沖に島に変じたとする鯨の伝承を語っていたとおもい出し、詳しく知りたいと十日ほど前に手紙を書き送ったところ、書き添えたメールアドレスに返信が来た。伝承は仲の悪い兄弟が二つの島を拠点に船戦をくりかえし、殺生で海をけがしたことに怒った鯨が大波を起こし、二つの島を沈め、その場所で自ら別の島になった、というもののとのこと。せっかくこちらへ来るのなら立ち寄ってください、海の幸料理のいい店あります、と追伸があったことから、明日夕方五時半、港に臨む〈海岸公園〉にある高村光太郎文学碑の前で落ち合う段取りを決めた。なんで女川に高村光太郎文学碑かと問うたが、高村光太郎の紀行文に女川に来た記事があるから、となんだか縁の深くなさそうな答えだった。

東北への旅は初めてではない。

大学時代、毎年夏休みにワンタッチ式の簡易テントを背負い、東日本の太平洋沿い、日本海沿い、九州の東海岸をめぐった。子どものころ父親に連れられ、茅ヶ崎の海でサーフィンを習った。商社勤務の父親がその後福岡、札幌へ転勤して、正午も中学高校は地方校に通い、海との縁は切れたが、大学に入って始まった都内の一人暮らしで海と撚りをもどす気がめばえた。サーフィンのクラブは遊び人と見られかねないと避け、スキューバ同好会に所属、かたわら夏休みに日本を取り巻く海を見てまわる旅をもくろんだのだ。

一年の時、東日本の太平洋側へ向かった。東北新幹線で延伸した八戸へ、八戸から八戸線で久慈港へ行き、たまたま漁を終えて上がってきた北限の海女たちと数分ことばを交わす幸運に恵まれた足で、国道45号に沿う海寄りの道を選んで三陸海岸を南下した。

岩手の北部海岸は海岸段丘が海蝕されてできた絶壁が多く、見はるかす海は黒ずんだ色で空との境へ広がっていた。北山崎の断崖は波風の荒々しさをかたどる奇観で、長い階段を下りた波打ち際の岩場では、波にえぐりぬかれた岩の門が澄んだ海水を涼やかに迎えていた。鵜ノ巣断崖の展望台で手すりに身をのりだし、屏風に切り立って連なる断崖をながめやると、夏草の抹茶色の襞が裸の岩裾へと垂れ落ちていた。

三陸鉄道の鉄路沿いを警笛とのどかな走行音に足を止めては南下し、三王岩の佇立《ちょりつ》を一望して田老町に入った。路面が急に暗く陰って見上げると、防潮堤の影が覆いかぶさって道を塗りこめている。港には作業場らしい建屋以外の建物は見あたらない。改めて防潮堤を見上げると、黒ずむコンクリートの巨大な楯の威容で海をにらむ。

内側に入り、防潮堤に登った。見回すと巨大防潮堤は海側のみならず、陸側にもう一本、二つの弓を背合わせにしたXの形に築かれている。防潮堤が仕切る四区画のうち東側が港、北側が集落、西は町の中心地らしい集落、南側はおもに畑地を形成して、いずれも壁囲いの底に沈められているように見える。

漁網の手入れをする日焼けした若者が正午に気づき、「要塞みたいだべ」と先に声をかけてきた。防潮堤の壁の上は海風がさわやかで、日差しの熱を和らげる。

「いつ、できたんですか、この堤防」

「昭和八年の三陸津波のあと、国の復興策で昭和九年に工事が始まり、戦争で中断したけど、関口松太郎という当時の村長が国にかけあい、町の予算のほとんどをつぎこんで昭和三十三年にできあがった。おれの生まれる前です」すらすらと答えが返った。

「詳しいですね」

「小学校で習うから、町の人間はだれもが詳しい。執念の甲斐あって、昭和三十五年のチリ地震津波でほかの地域がずいぶんの被害だったのに、ここだけ無傷ですんだ。それが町の自慢さ。それでいっとき、全国からいろんな自治体が視察に来たらしい。いまはどこも来ない」

「これだけ頑丈なら、ちょっとやそっとの津波にも耐えられますね」そうおもわせる厚みだった。

「ところが、うちの婆ちゃんが言うには、こんな十メートルの高さの防潮堤じゃ、本気の津波にかかったらひとたまりもねえべって」

「本気の津波ですか。この堤防、高さは十メートルしかないんですか」

「そうだ」

「二十メートルはあるように見えますが」

「だから婆ちゃんは、大きな地震があったらおらはすぐに逃げっから、おめえもおらのことは放って一人で後ろの山へ逃げろと言っている」

「お婆さんはこの防潮堤では心もとないと考えているのですか」

「どうだか。明治二十九年にも大津波があって村人の八割以上が死んだってこった。つぎの昭和八年の津波までは三十七年しか経ってなかったのに、地球の裏側で起きたチリ地震津波を外せば、今年まで六十何年か大きい津波が来てねえ。そろそろだべと言ってる」

「防潮堤に隠れて、住宅からは海が見えませんね」

「婆ちゃんがそれを言うな。おれたちは生まれたときからだから感じねえけど、防潮堤がないころを知る婆ちゃんには違った記憶の風景もあるんだべ。それで婆ちゃん、海を見るにはここへ来るしかねえからって、よくここで海を見ている。遠くまで見えるしな。婆ちゃん、満月の夜に来て、沖から上がる月で波がきらきらするのを飽きず見ている。迎えに行ったとき、子どものころ先生から聞いた話をおもい出して、婆ちゃんは人魚を食ったっちゅ八百比丘尼《やおびくに》さんかとぎょっとしたことがある」そう言って笑い、すぐに妙なことを喋ったとばかり、「子ども騙しの話だっけが」とことばを濁した。

田老町から宮古市街まではすぐだった。浄土ヶ浜は白砂の渚と青々とした松をいただく奇岩が大小まばらに海中に点在し、龍安寺の石庭を無限にひろげた情景を想像した。砂地にテントを張って波音を枕に一夜を明かした。

三陸海岸は岩手から宮城へ向かうにつれてリアス式の地形が顕著になり、陸地に深く切りこむ内海が風景の中心となった。正午はＪＲ山田線、三陸鉄道南リアス線を利用していくつかの港町や岬をめぐった。大船渡線で気仙沼に入ると、たまたま「みなとまつり」に遭遇した。着いた日は祭りの二日目で、集落ごとに異なる法被姿のいくつもの住民グループが、保存会の幟を立てて横一列に埠頭に競い、それぞれ大きさも形も違う太鼓を打ち合う最中だった。乱打に合わせて獅子舞を舞うグループもある。「打ち囃子というんだわ」と地元の人らしい老婆に耳元で言われた。大きなザックを背負う正午はだれが見てもよそ者の旅行者なので教えてくれたのだろう。

「戦後に起こった祭りだけんど、こういうのは後で始めたんだ。むかしは何隻もの漁船が湾に入ってきて、先頭は舳先のほうに立った鉢巻姿の何人もがカジキマグロを突く突きん棒を一斉に、どん、どん、どん、と甲板に打ち立てるんだ。その音が湾から山ん中まで響いて壮観だった。続く船はふなべりに漁師どもが座り、カツオの一本釣りの様子を再現してみせた。カツオは木だけど、勢いよく釣り上げては海にもどし、また勢いよく釣り上げるのを全員でくりかえすんだ。空中で何十匹、何百匹ものカツオが乱舞し船さ落ちる様子に興奮したもんだよ。それが目玉だったもんだが、いつしかやんなぐなった。時代が変わって、催しも変わった。いまの目玉は夜に浜っこらが船の上で太鼓を打ち鳴らす『海上うんづら』って行事さ。うんづらは、運を連ねるの語呂だ。ぜひ見ていきんさい」老婆はそう話して正午の手を握りゆすった。老婆のぼってりとした手のひらの厚みが、港町の年輪を感じさせた。

近くのキャンプ地にテントを張り、生産日本一とテレビ番組から得た知識のフカヒレラーメンを中華店で食べ、また埠頭に出向いた。暗い湾の入口方向をみつめていると、岸壁にできた人垣のざわめきを一瞬吹き消して闇に明るく赤い光が膨れ、太鼓の乱打音とともに大型の船がみるみる寄って来る。船の頭上に真っ赤な塗りの大きな提灯をいくつも密着させてかかげ、その下に青森のねぶたそっくりの張り子を据え、左右になにか不明の絵入りの巨大帆をたなびかせている。三段に組まれたやぐらでは揃いの法被、黒や白の股引、ねじり鉢巻の男たちがびっしり乗りこんで太鼓を激しく轟かせている。太鼓の音に絡めて、〈ああよいよいよい、よいよいよいやさー〉と大きな掛け声が夜闇を揺るがす。大漁旗を大きく振る者、ふなべりに立って演者たちをあおりたてる者、提灯の赤や幔幕の赤、太鼓を飾る布の黄、張り子や帆の絵に施された緑など原色の色彩が何基かの強烈なライトに照らし出され、見る者の興奮を盛り上げる。最後に花火が盛大に打ち上げられた。狂騒といっていい祭礼だった。

翌日早く、大島合同汽船の船で大島へ渡り、リフトで登った亀山の山頂から陸地に複雑に入りこむ気仙沼湾を見渡した。前夜の殷賑《いんしん》は魑魅《ちみ》どもの夜会だったとでもいうように、海面は牡蠣やワカメの養殖筏を蓋にして凪ぎ、動きを捨てた沼のように静まり返っている。頂上に遊びにきた男の子四人が気さくに、みんなで山へ植林に行ったのだと話しかけてくる。山の環境が海の生態系を豊かにするからと気仙沼の漁民がだいぶ前に植林に取り組みはじめた話は知っていた。正午は湾を囲む緑の山並みを一望しながら、男の子たち口々の体験談にうなずいて話を合わせた。そのあと市内へもどり、気仙沼線の列車に乗りこみ、大谷海岸駅で降り、弓なりの長い砂浜に立ち寄った。

八月上旬にもかかわらず海は土用波が立って、めくれた白波が近くで乱暴に落ち、海水浴客のほとんどは浅い波打際で遊んでいる。弓状にたわむ砂浜は高さ一八〇センチ、幅五十センチほどのコンクリート板と背後に盛った土手が堤防になっていて、土手にはたくさんの松が植えられている。さざ波の寄せ引くきわに沿って歩いていくと小川の河口にぶつかった。波がしらの白い帯が沖へ退き、小さな三角波がせわしげに出没する。

正午はサーフィンボードに乗って波と遊んだ小学生時代を思い浮かべた。サーフィンを教えたのは父と、父の会社で部下だった女性だった。母が車のひき逃げ死亡事故を起こして逮捕され、交通刑務所に収監されてから、女性が家事の手伝いに来はじめ、夏は三人で何度もサーフィンをしに茅ヶ崎へドライブをした。女性は日本海の島の出で、いまは漁師の幼馴染からサーフィンを習ったという。母が刑期を終えて家に帰ると、必然、部下の女性の訪問は途絶えた。その年の夏、女性は海へ行ってもパラソルの下でぼんやりしていた。秋が来て父の福岡への転勤で一家が引っ越し、女性とはそれっきりとなった。女性と父の関係は、大学生ともなれば想像は可能だ。母の復帰がその関係を押しつぶしたのだろう。父の地方への異動も母の出所を待って会社が温情を打ち切ったと勘ぐられなくもない。

小川の流れに断ち切られた堤防の端に胡坐をかくポロシャツ姿の男が一人。組んだ足のジーパンのそばに脱いだ紐付きのスニーカーが転がる。五十過ぎとおもえた。川をまたぐ鉄橋に、気仙沼線の二輛列車がちょうど差しかかった。ゴトンゴトンとトンネルへ消える鉄輪のひびきを目で追うと男も目で追い、音が消えるまで耳を澄ませた。男は切りをつけて振り返り、話しかけてきた。

「もう四十年以上も前、私は小学六年生だった。この路線が津谷という町の本吉駅まで開通して、祝賀行事をやったんです。四年生以上が鉄橋からトンネル手前までの線路わきで日の丸の旗を持って一番列車を待ち受けた。列車が来たときは歓声を上げて旗をばたばた振りまくって、あっというまに走り去るのを見送ったものです」

「地元の方ですか」

男は逆に「学生さん？」と問い返し、正午がうなずくのを見て話を継いだ。「私は当時、近くのほどなく閉鎖される鉱山の部落から一日に何本か来るバスで、この小川沿いに建つ小学校に通っていましてね。下校後はバスを待つ間、よくこの砂浜で遊んでいたんです。何人かでゴムボールの野球をすることが多かった。軽石や得体の知れない漂流物が珍しくて拾ったり、小さい磁石で砂鉄を集めたり、打ち上げられたマンボウの背中をおっかなびっくり踏んでみたりした。遊びに夢中なうちに潮が満ちて、足元まで来た泡波に気づかず、靴を濡らしてしまうことが何回もあった。むかしはズックと言った靴の中に乾いた砂を何度も入れ、水気を吸わせて乾かそうとしたものです。時間がきてバスが遠くに見えると、停留所にいる女生徒たちがいっせいに『バスが来るよう』と叫んでくれる。乗り遅れたら二時間歩いて帰らなければならないので、停留所まで必死に走ったなあ」言うだけ言って先刻車輌が消えたトンネルの手前の小高い丘に建つ瀟洒なホテルを見やった。近辺にバスの停留所があったのだろうか。「鉱山は全国から集まってくる社員の集落なので、地元の人にはよそ者です。私は中学二年のときに父の転勤でこの地を離れ、いまは埼玉に住むサラリーマン。今日は夏季休暇をとって車を走らせ、数十年ぶりに来ました」

「ふるさと探訪、ですね」

「うーん」と男はうなり、「鉱山自体は閉山でいまは跡地。この松林をふるさとといっていいのだろうか」

「立派な松林。防砂林の役目もあるのでしょうね」

「私がいたころは丈は二メートルぐらいしかなかった。四十年たって、ここまで大きく育ったんだなあ」

「では、戦後の植林」

「昭和の津波後であることはまちがいない。小学校校舎が建つ高台に津波記念館という名の講堂があって、津波はそこまで到達したと教えられた。だとしたら、この辺りの草木は根こそぎ薙ぎ倒されたはずです。行ってみたら津波記念館は校舎同様、新しく建て替えられていた。いまはなんと呼ばれているかわからない」消えた記憶の建物を惜しんでか、物足りなさげに目じりに皺を寄せた。

陸前高田には浜田川河口に突き出る砂嘴《さし》に七万本あると旅行ガイドが書く松林が、枯れ松葉の茶色い地面に暗緑色の影を這わせていた。海水浴と憩いを求めて集った若者や親子連れが東北の短い真夏を楽しんでいた。気仙沼に入る前夜、テントを張った大船渡のキャンプ地、碁石海岸にも松林が広がっていた。

男がまた郷愁に駆られたように切り出した。「ドライブの途中、志津川町を通ったんです。隣の歌津町と合併して南三陸町なんてつまらない町名に変わっていたんだが、小学五年のときの夏休み、父親に連れられて志津川の海へ蛤採りに行った。蛤は腰や胸まで海に浸かって、足の裏で砂をぐりぐり掘って採るんです。固い殻が触れたら潜って拾う。鎌で底砂をまっすぐ切っていって、カチンと当たったら採る人もいた。懐かしいその海を見に向かったら、記憶とすっかり違う。記憶ではバス停から八幡川の左岸を歩いていって、白い砂浜に出た。当時の八幡川河口は葦が生い茂り、父親がここはウナギの棲み家だと指さしした。ところが一円コンクリートで護岸され、葦の代わりに建物が並んでいる。砂浜は海水浴場になって、実際海水浴客であふれていた。ところが、通りすがりの人に蛤は採れるかと尋ねても、知らない、蛤が採れるなんて聞いたことがないとだれもが言うんだ。志津川はチリ地震以後、牡蠣、ホヤ、ホタテ、ワカメ、銀ザケの養殖に力を入れ、一時湾底がへどろ化、水質悪化を来したというぐらいやってきたというから、湾岸や河口域に街並みが押し出る過程で海中の生態系が変化した可能性はあるんだが、急に、蛤採りに行った海岸は違う場所かもしれないとすっかり自信をなくしちまった。記憶というのは、時が経った現実の場では、幻想と同義なのかもしれないなあ」

正午は男の過去への陶酔とも嘆傷ともつかぬ声をぼんやり受け流した。視界を占める松林と渾然の防波堤は、日を浴びてかがやく海と一体ののどかさを宿している。津波が地球のいとなみであるからには、この辺りは何十回何百回と押し潰されたにちがいない。海辺の植生はそのたびに壊滅し、しかしいつしか復元して海岸線を緑に彩る。そこへまた津波が押し寄せて破壊する。一瞬の暴威と再生の永い歴史を秘めて、海辺は悠久の時を刻む。田老町の巨大な防潮堤は、工事現場の安全第一の看板が緊張を強いるのに似て、日常ののどかさを住民から奪っているのではあるまいか。海岸線の景観が海辺に住む東北の人々に与える毎日の安寧は、いつか来るべきものが来るとしても、かけがえのない心の糧となっているのだろう。正午はそんなことをおもった。

仙台で仙石線に乗り継ぎ、石巻からはバスを利用。石巻駅に降り立ったとき、すこし強い地震があった。ちょうど昼時だったので駅近くの食堂に入り店員に聞くと、津波注意報が出たけど、と慣れっこなほどのわけもないだろうに、気にしない様子。バス会社の窓口では、警報ならまだしも注意報ぐらいじゃたいしたことない、通常どおり運航するとのこと、乗車することにした。

バスは牡鹿半島を一時間半かけて走り、鮎川の街中に入った。乗客は乗るより降りるばかりで、終着の鮎川港に着くだいぶ前のバス停からは正午ひとりの貸し切り状態となった。低い雲がどんよりと空をふさぎ、冷たい海風のせいか、シャッターの下りた店舗が目立つからか、窓の外を通り過ぎる町全体がひっそりと感じられた。昼時なのに人影がない。捕獲した鯨の水揚げ場がまだ港の片隅に残り、もしや捕鯨船が入港したりしまいかと一抹の期待をいだいて来たが、痕跡が見あたらない。

事前に下調べして、鮎川の盛衰は理解していた。明治期、百戸足らずの集落にすぎなかった鮎川は、一九〇六年に下関を本拠地とする東洋漁業が乗りこんできて、初年度に三十三頭の鯨を捕獲した。もともと金華山沖は鯨の群遊する海域で知られ、江戸時代の後期には外国捕鯨船が頻繁に出没した。東洋漁業の成果が伝わり、以後九社が牡鹿半島に進出、労働者の大量流入が起こる。缶詰や肥料をつくる加工工場や、鯨肉の卸問屋、歯や髭を使った工芸品を販売する商店、映画館、ビリヤード場、キャバレー、飲食店が建ち並び、全盛期の一九五〇年代後半には、捕獲量は年間二千頭、人口は一万三千人を超えた。

大型、小型の捕鯨船は捕獲した鯨を船尾につないで引いて帰港する。会社によって異なる回数の汽笛を入港の合図に、それを聞き分けて解体作業員が加工場にかけつける。解体はナギナタに似た刃物、大《おお》包丁とウインチで、背びれの皮、体側の皮を剝ぐことから始め、その下の脂肪層、さらに下の鯨肉を取り出していく。それが昼夜を問わずおこなわれるので、死肉や内臓が発する強烈な悪臭が一年中町をおおい、町の手前の峠の先までも届くほどだった。それでも悪臭に耐えて三年住めば家が建つと語られるぐらいの繁栄ぶりだった。捕鯨会社の幹部エリート家族がもちこむファッションや教育で最先端の文化にも事欠かない。一九五四年には町立鯨博物館が造られ、日本で唯一の鯨に関する資料館を謳い、捕鯨の町をアピールした。

しかし七〇年代にＩＷＣ、国際捕鯨委員会の規制が始まり、捕鯨会社の撤退、縮小が相次ぐと、とたんに町が寂れはじめる。その衰退がやむことなく進んだらしいことは、シャッター商店街のわびしい佇まいで明らかだ。正午はダウンジャケットの襟を立てながらバスを降りた。

おしかホエールランドは、展示館の前が金華山を意味する黒い岩のモニュメントと捕鯨砲を一基据えた円形の広場になっていて、広場の片端には舷側を青みがかったグレー、船底を真っ赤に塗装した本物のキャッチャーボート第16利丸を展示している。館内に立ち入ると、吹き抜けのエントランスホールに吊り下がる八メートルの実物大ザトウクジラなど何頭もの鯨の模型が客を迎える。ダイナミックな泳ぎを海底から見上げる仕掛けで、鯨の鳴き声や水音が頭上にひびきわたる。案内のマークに順って奥へ進めば、第一展示室は鯨の体内をかたどるトンネルで、左右の壁に鯨の進化過程、人間との関わり、環境変化の歴史が色鮮やかな絵で解説されている。第二展示室ではテレビモニターの大型パネルに鯨の分布や回遊コースが表示され、鯨の活動のスケールが示されている。頭上空間に十六・九メートルのマッコウクジラの骨格標本を吊るした第三展示室は、子どもの遊び場を兼ねる。その先に捕鯨と鯨の加工技術を紹介する収蔵展示室、鯨の内臓など実物標本を並べた生体標本室があった。二階には、捕鯨船が鯨を追い大海原を航海する様子と捕鯨のシーンをＣＧの３Ｄ映像で見せる大画面シアターと、捕鯨基地として栄えた鮎川の歴史や文化の資料を集めた展示室の、二つの部屋があった。

ほかに客のいない館内を一巡りし、二階から第16利丸の甲板に上がり、アッパーブリッジへ出る。正午は自分の迂闊さに鼻白むおもいだった。かつて鯨博物館といわれたことから、鯨の骨や髭を使った道具類など古代の遺跡から発掘された品々、江戸時代の図絵、たしか佐賀県呼子の網取り式捕鯨の絵があるはずで、本物とはいわず模写を含め、縄文時代から現代までの学問的な資料が収納されていると思いこんでやって来たのだ。ところが案に相違、おしかホエールランドはアミューズメントの館なのだ。捕鯨船が港から消えたときに町は生き残りを策して鯨博物館を観光施設に作り替えたらしい。正午が期待した資料はその際どこかへ分散したか最初からなかった可能性もある。正午は溜息をつき、アッパーブリッジから港を覗いた。

栈橋にどこからか一艘の船が接岸して数人が下り、栈橋の門を示す一対のポールのほうへ歩いてくる。濃い空色の二本のポールは崩れ落ちる寸前の波がしらの形で立ち、てっぺんで小さい鯨が跳ねる。アーチ門よりトーテムポールを連想させ、もしかすると鯨文化を共有するイヌイットへの連帯の意味もこめたのかもしれない。沖へ目を向けたとき、雲が切れて差しこむ光が海を照らした。

冬の海はときに夏の海より明るく輝く瞬間がある。

2

一晩世話になった海っぷちぎりぎりに建つ民宿での朝食後、女将に金華山行きの連絡船の時刻を尋ねた。すると、冬場は日曜しか船は出ない、何を寝ぼけたことを聞くかと訝しげに顔を向けられ、ホエールランドに抱いたと同じ迂闊さを悔いる破目になった。朝一番の連絡船で渡り、黄金山神社から金華山山頂の奥ノ院大海祇《おおわだつみ》神社へ登り、そこから親潮と黒潮がぶつかる好漁場と習った金華山沖の海をながめる計画だった。交通機関は毎日運行されているという都会暮らしの思いこみでの失敗だった。

金華山の山頂から鯨が見えないか探すつもりだったと愚痴を洩らすと、気の毒がった女将が御番所山へ車で連れていってくれた。牡鹿半島一の高山で、江戸時代に仙台藩が見張り所を設置して唐船監視に当たり、十九世紀に入ると捕鯨目的で出没する外国船の動向に目を配る重要な役を担ったという。現在は一帯が公園に整えられている。

六角形の展望棟に正午を案内した女将は、「自分も久しぶりに来た。むかしはこの瀬戸を鯨が通ったと聞いたものだがな」とお椀を伏せた形の金華山と半島の間の狭い海域を見下ろした。「ほらあそこに黄金山神社が見える」指差す先に島の緑と冬枯れた色がまだらな山肌に白っぽい箇所があり、寺社特有の屋根がのぞく。そして女将が「金華山に渡りたければ女川から行ったらいい」と当然の知識のように勧めた。

「女川からも行けるんですか。知りませんでした」

「毎日出ているはずだよ。女川は金華山観光に力を入れて、乗船客用の立派な待合室を作り、きれいな桟橋も設けた。寂れた鮎川とは月とスッポンさ」

「女川は開けた町なのですか」

「大きい町ではないけど、財政が豊かで、事業がなんぼもできる。ほら、原発があるから」
「ああ、原発があるんですね」それなら豊かに決まっていると、正午は女川という町を理解した。

御番所山からは案内されるがまま観音寺という寺にある鯨供養碑に立ち寄った。鯨供養碑は鯨墓、鯨塚などの名称で各地にある。飢饉のさなかに寄り鯨、流れ鯨と呼ばれる漂着鯨のおかげで飢えをしのげたという理由のもの以外は、江戸時代以降に作られた捕獲鯨の慰霊碑だ。観音寺の供養碑四基も捕鯨会社と関連会社が昭和になって建てた碑で、鮎川盛衰のひとこまをしのばせる。

二十四時間ぶりに舞いもどった石巻駅前の観光案内所で地図の付いたパンフレットをもらい、時間つぶしに日和山へ足を向けた。二十分ほど歩き、小山の頂上に建つ鹿島御児神社に参拝した。鹿島御児神社は福島県より北の東北地方沿岸部に多く、常陸国一宮鹿島神宮のタケミカヅチの子、カシマアマタリワケを祭神とする。正午が読んだある本の著者は、奈良時代に鹿島神宮の祭祀権を中央勢力の中臣氏に奪われた氏族が北進して土地を開拓、本来の奉斎民として鹿島の神を再興させたことに由来する、と推理していた。

大きな鳥居のそばからは石巻の市街が一望できた。旧北上川の河口をまたぐ日和橋の向こうに海原が見え、水平線が空と海の青を色違いの青に切り分けている。河口の右岸には白壁の大きい建物が数棟うかがえ、右方向に南浜と地図にある市街地が平坦に広がる。赤や橙色の屋根が目立つ街並みが蟹の背のようにびっしりと這いつくばって、日本製紙の広大な工場エリアに突き当たっている。

場所を変えて上流側を見ると、中瀬と呼ぶらしい中洲が橋で両岸と結ばれている。いちばん上流部に丸く白い建物、手前に芝生の広場、建物群、使ってなさそうなガントリークレーンが見える。パンフレットによると昭和三十年代まで造船業など石巻の産業の拠点の一つだった地域で、いまは造船所の跡地を活用した公園が整備され、幕末に創建された岡田劇場という映画館、地元出身の漫画家の仕事を記念する石ノ森萬画館、ハリストス正教会、自由の女神像が設置されたマリンパークなど文化施設が集まるという。パンフレットの写真から、丸く白い屋根の建物が石ノ森萬画館だろうと察しがついた。

石巻線女川駅に降り立ったのは、みどりとの約束時間に一時間以上早い時刻だった。

改札口へ向かうホームの右手に鉄道マニア向けにしては平凡すぎるオレンジ色の車輛が一輛ぽつんと置かれ、ホームの端から改札口までの高低差を二十段ほどの階段がつなぐ。天井や柱、手すりの鉄柱が純白によそおうなか、下りて五段目六段目の階段、左右の手すりと柱も同じ高さの部分だけが青く塗られ、横に一九六〇年のチリ地震津波で到達した地点であることを示す立て札が立つ。

駅舎を出た正面に、町のカラーマップを上面に嵌めこんだ石の台座と女川町立病院の方角を示す案内板が据えられてある。タクシーのターミナルでもある路面をはさんで広場がしつらえられ、丸く太く剪定された数本の樹木とツツジなど低木を植えた垣囲いで駅前らしさが造り込まれている。隅になにかのモニュメントとおぼしき細い塔が突き立ち、藤色に塗られたてっぺん部分を四個の鐘が囲む。海側は、緑字の看板が屋上に見える仙台銀行などの建物が密に建って、湾の水面をのぞき見ることはできない。

駅舎は寄せ棟の屋根を持つ待合室と切妻屋根の駅員室が一体の平屋で、待合室の出入口に神社の向拝の屋根さながらに張り出した二間間口の分厚い庇を、左右の太い煉瓦柱が支えている。屋根は和風の黒い平瓦、外壁と庇は白い塗装、庇の上奥の外壁をうがつ三つの小窓には黄、青、赤が組み合わされたステンドグラスが嵌まり、色のついた光が室内へ落ちる仕掛けらしい。駅員室の壁面に広くとった窓は枠色を赤茶に統一、上部にYの字を横並びさせたような意匠が施してある。

車外に出て煙草を吸うタクシー運転手に、「きれいな駅舎ですね」とことばをかけた。

「え、ああ。建物は以前のままだけども、最近外装を改修してこうなった。以前は壁は薄いピンクで庇は茶色、庇の上に女川駅と書いた大きな看板が載っていた。いまは駅名が庇の軒面にロゴで記してある」

軒面を見ると、群青色のやや崩し字で女川駅、下にローマ字の綴り、それらが錨を模した一筆書きの線の袋に収まる形。線の袋の外側には三匹のサンマが左右一対、やはり線で描かれている。

「ところで、あの鐘は鳴るんですか。クリスマスにでも使うのかな」ついでに聞いた。

「あれはからくり時計。列車が着くと鳴る仕掛け」運転手はつぎの列車が着くまで暇をかこつのをおもい出させたとばかり不機嫌そうに答え、「時間があるなら、温泉に浸かってったらどうだね」と言って駅員室の裏手を指差した。

「温泉？」意表をつかれた感じで隣側へ数歩足をはこんでみると、屋根の下の白壁に〈女川温泉ゆぽっぽ〉の看板が掛かる大きな建物が場所を占め、入口らしい所にオレンジ色の暖簾が下がる。手前に葦簀囲いの衣笠を立てたような円形の施設は足湯らしい。

「五年前の四月に町が始めた。混むと、駅にタラコ色の車輛があったとおもうが、あれが待合室」

豊かな財政にまかせて町が源泉を掘削したにちがいないと正午は想像した。

予約したホテルの場所を石の台座のマップで確かめ、道草しながらのんびり歩いた。斜面に幅広の長いコンクリート階段がのび、上ってみるとそこが町立女川病院だった。駐車場は広々として見晴らしがよく、病棟の規模も一町村による運営にしては過大と見えなくもないが、近隣市町村からの患者受け入れも担うのだろう、駅前に立つ道順の案内板に合点がいった。階段に一か所、駅で見たのと同じ青い線が太く塗られ、チリ地震津波の到達点と説明する立て札もあった。こうすることで津波への警戒を日々喚起し、事あらばこれより上へ逃げよと教える道しるべとして、階段自体が避難道を兼ねるのだろう。

坂を下りきると町をつらぬく国道三九八号線。向かいに「ようこそ女川」とどっしりした立て看板が見え、その先に海に面して駐車場がのぞく。左に牧野金物店、右に石巻信用金庫女川支店の建物。右へ曲がると国道の両側はさまざまな店舗が軒を連ね、滝川つり船店、山田屋、第一生命、女川ゴムなど、看板がつづく。海から遠ざかる前にサワダヤの信号で左へ折れ、ホテルを目指した。

チェックインしたホテルを、約束の時間より少し早く出た。薄闇が漂いはじめている。並びにある茶色い壁色の七十七銀行女川支店の角を曲がって海へ向かうと、右手エリアは町立のマリンパル女川が占め、シーパル1とシーパル2の茶褐色の建物がどっしりと構える。シーパル1は近海の魚類を遊泳させる大水槽や水産業をビジュアル体験できるコーナーがメインの観光センターとのこと。正午は〈おさかな市場〉と称するシーパル2のほうへ回った。一階の内部は来客用の通路がまっすぐ奥へのび、通路をはさんで鮮魚や干物、蒲鉾など加工品を載せた平台が、店舗の境がないぐらいに肩を並べている。天井に張り渡された鉄線に〈丸一丸〉と縫いこまれた大漁旗、〈鮮魚正平〉と書かれた看板などがぶら下がり、テナント十五店舗が商うという店名が確認できる。商品の搬入用だろう空らの発砲スチロールやダンボール、ブルーのプラスチックケースが雑然と積み捨てられ、夕暮れとあって土産を求める観光客の姿はまばらだが、昼間のにぎわいを彷彿とさせた。

マリンパル女川と港の間には三叉のヤスの形の街灯が並び、それより海側は駐車スペースになっている。女川港は中央に長い観光桟橋が突き出て、港がEの字に南北に分かれて見える。桟橋の先端には二つ屋根のあずま屋が築かれている。

桟橋の南側には金華山への乗船券販売所を兼ねる観光案内所があって、その前に船が二隻係留中だった。桟橋の北側は、ベンチや一本植えの樹木列を境界に海側を埠頭が長々とのび、遠く突き当たって右になびく山並みの下の区域に漁船がひしめく。魚市場があるのだろう、漁船群の合間に「さんま直売所」の大きな看板が立ち上がっている。

正午は桟橋の北のほうへ埠頭を歩いた。左斜めの角に機械工具・配替資材とある三重商会の白い社屋、新田薬局の大きなリポビタンDの看板、すこし行くと女川消防署の灰色の四角い塔が朝顔型のスピーカー四個を四方の空に向けている。〈海鮮ハーバー〉〈串焼きたろう〉という飲食店、商業施設らしい〈女川サプリメント〉という四階建てが並び、その先に大きな駐車場が広がる。駐車場への出入口に面するファミリーマートの緑、白、青三本の横縞が目の端をよぎる。海岸公園とはこの縁辺のことだろうか。

駐車場が行き詰まる一画に高村光太郎文学碑が設置してあった。高さ二メートル、幅十メートルの青みがかった大きな石板に五つの枠面が刻んである。中央の茶色い面に光太郎の短歌、両脇の黒い面に紀行文「三陸廻り」から抜粋した文章、その外に「三陸廻り」に使用した自筆の挿画が彫り込んである。薄闇が濃さを増して読みにくい碑面の文字を指でなぞっていると、突然後ろから背中をつつかれ、はずみで額を軽く碑に打ち付けて、「いてっ」と声を洩らした。するとと、あらごめんごめんと、詫びるより笑い声が頭上ではじけ、腰を伸ばして振り返ると、昔と変わらないみどりの笑顔が目の前にあった。

「久しぶり」軽く手を上げる。

「ああ、元気そうでなによりだよ」額を大げさに撫でてみせながら言い返した。

3

案内された店は、町の名前となった川の手前のほとりで営まれていた。スレート瓦の屋根の鱗模様と漆喰壁の外観が古さをにじませる平屋造り、太い縄のれんがかかる引き戸の玄関窓から透きガラス越しに室内の灯りが洩れ出ている。みどりは無造作に戸を開け、「こんばんは、よろしく」とだれにともなく挨拶して、正午を請じた。中はテーブル席が四卓とカウンター席、奥に襖で仕切られた炬燵式の畳部屋が二間、布のれんが目隠しに下がっている。黒ずんだ太い梁を露出させた天井が外観との関連をにおわせるほかは、カウンターをはじめ全体が白木で統一され、テーブル席の横壁に切られた丸窓には、九つ菱のように桟を組んだ障子が嵌めこんである。

みどりはさっさと奥の畳敷きに入りこみ、コートをハンガーに掛け、炬燵に足を入れて正午を促した。

「いいのかい。勝手に席を決めちゃって」

「言ってあるから」

「スレート瓦の家を初めて見たよ」

「隣町の雄勝《おがつ》で採れる雄勝石が材料。いま修復中の東京駅丸の内駅舎が屋根の一部にスレート瓦を使っていて、新しく何万枚だか何十万枚だかの注文を受けたと聞いたわ。雄勝は国内の硯の九割を生産している町よ」

「知らなかった。ま、とりあえずビールで乾杯しよう。食べるものも注文しないと」

「食べるものは適当に見繕ってくれることになっているから心配しないで」

そのとき簡素な和装に白襷の女性が顔をのぞかせ、正午に愛想よく挨拶してからみどりに目配せした。「料理、ちょっと待ってね。いま浩一さん、裏で電話していて。なんだか長電話なの。すぐもどるでしょうけど」

「仕事放り出して長電話はダメでしょう。じゃあ、先に紹介するわ、大学時代の村川正午さん。こちらは兄嫁の万智《まち》さん」手のひらを右へ左へ向けた。

「兄嫁って」

「この店は伯父が経営していたのだけど、いまは引退して兄が継いだの。女川漁港から直接仕入れる魚の新鮮さが評判の店よ」みどりと万智が当然という笑顔で大げさにうなずき合った。

正午は意外な光景に戸惑いをおぼえた。スキューバ同好会の先輩でみどりの一つ上の女友だち遠藤翔子に、「正午くんさあ、みどりを好きなら諦めな。彼女には結婚したい人がいるの。五つ違いのお兄さんだそうよ」と聞かされていたからだ。

正午はスキューバ同好会の顔合わせコンパでみどりに惹かれた。といっても、茅ヶ崎の海で父親とともにサーフィンを教えてくれた女性の名が〈翠〉といい、同じ〈みどり〉だったからなのだが、以後は近からず遠からずの関係を保ってきた。それを「好きなら」と決め付けられ、「諦めな」と押し付けられると反撥心を呼び起こされ、ましてお兄さんと結婚したがっている

との暴露にたじろぎ、「どうして翔子さんがそんなこと知っているんですか」と声を上ずらせ
てしまった。兄妹の結婚はあってはならないことだろう。
　すると、「女ってね、恋愛についてなんでも話し合うことのできる友だちが一人いるものな
の。正午くんがだれか女の子と寝たりしたら、その子からそのことを聞いた女友だちが必ずい
るってこと」と年下に因果を含める口調で片眉をしかめられた。翔子は年齢以上に大人びた雰
囲気の先輩で、みどりとよくお茶を飲んでいた。正午が男女の秘めごとも親しい女同士なら話
してしまうのかと怖さのようなものを感じつつ押し黙ると、「ああごめん。お兄さんといって
も血は繋がってないの。みどりの母親とお兄さんの父親が子持ち同士で再婚したのだそうよ。
みどりが六歳のときだったって。だから近親ナントカには当たらない」
　そう補足して正午の懸念をあっさり払った。それなら支障ないと、諦めろといわれても仕方
ないと、思いもしてきたのだ。
　それなのに、みどりの兄が別の女性と結婚している。みどりがその女性と仲よさそうにこと
ばを交わしている。その様子に、事情が変わったのかもしれないが、兄と結婚したいと言って
いたという話はどこへ行ったと、釈然としない感情に駆られたのだ。
　万智がカウンター内の調理場へもどり、「鯨が島になった伝説だけど、郷土史の先生に電話
して詳しく聞いてみたわ」とみどりが視線を向けた。手間をかけさせて悪かった、とねぎらい
を述べると、「女川湾の東南の沖に江島《えのしま》群島と呼ぶ八つの島があるの。江島は奥州藤原氏が滅
亡した際に藤原基衡の孫の日詰五郎という人物が逃れて住み着いたとされる島で、ほかは無人

なのだけど、その江島と金華山の中間あたりの沖にもう一島、いまは磯島と呼ばれる小さな島があって、鯨が島になった島というのはその島のことだろうと先生はおっしゃっていたわ」話すときのみどりの小さい口つきはむかしと変わらない。桜色の口紅が社会人の証のように目を引いた。

「伝承の島が実際にあるわけだ」

「島の形がほぼ楕円形で、片側の丸い山となったところが頭、そこからなだらかに斜面が海まで続く姿が鯨に似ているのでそう呼ばれるらしいの。金華山の神社にのこる古い文献に『いさじま』が北に浮かぶと記されているそうよ」

「いさじまね。イサナが鯨の古名だから『な』が脱落して、さらに『いそじま』に転訛したってことか。なるほど」

「ただ、兄弟が船戦をくりかえして海を殺生でけがしたことに怒って鯨が成敗したという話は、鯨が島になったという地名の起源説話に、後世、兄弟同士が戦う愚の戒めを付会させたのだろうとも言っていた」

奥州藤原氏の滅亡で逃げてきた祖先の伝承をもつ江島という島は、頼朝と義経兄弟が争った経緯を負う。もともとの地名説話に近隣の島である江島の歴史的事情がかぶさって、兄弟喧嘩を諫める箴言《しんげん》みたいな話が出来上がったとしてもおかしくない。

「翔子さんはいつか孀婦《そうふ》岩の海に潜るのだって、スキューバを続けているそうよ」話は大学時代の知り合いの消息へと飛ぶ。

「ソウフガンってなんだよ」

「私も初耳で聞き返したら、伊豆諸島南端の鳥島と小笠原諸島の間の絶海に一本、ロウソクのように屹立する百メートルぐらいの黒い岩があるんですって。古い火山が水没する過程で取り残されたマグマ部分らしいの。その周囲は透明度が高く、サメもいるけど魚影も濃いというので、最近ダイバーの話題になっているんだって」

「そんな岩、聞いたことなかった。でも挑戦欲が強い翔子さんらしいや。絶海の孤島なら行くのに最低大きめのプレジャーボートは必要だろうから、前提にそういう船の持ち主の玉の輿、狙ってるのかもしれないな」

「あるある。それよ、きっと」

笑っている間に生ビールのグラスとお通しが運ばれてきた。みどりの兄の浩一も長電話を切り上げて板場へ入ったらしく、舟盛の刺身をはじめ料理があれよと運ばれ、最後に牡蠣鍋が卓上に据えられた。いつしかテーブル席とカウンターも客で埋まり、大きな笑い声が時折店内の空気を膨らませた。

「正午くんは学者になるの。なんで古代史や考古学に興味を持ったの」興味深そうに尋ねられた。正午は文学部、みどりは経済学部で統計学を学んだはずだが、在学中卒業後のおたがいの進路を話題にしたことはなかった。四年のときみどりから「地元の町役場に就職が決まった」と聞き、おれは大学に残ることにした、と答えたのがすべてだ。

「七年前かな、都美術館で四川文明展という中国四川省の三星堆遺跡と金沙遺跡から出た文物百点余の展覧会があった。金の杖とか金の仮面で顔を覆った人頭像、青銅器、玉器などが出展されていた。図録の解説を読んだら、その展覧会には来ていなかったけれど、三星堆遺跡の特殊性を象徴する出土物の一つに青銅製の『神樹』があるという。山の形をした台座からまっすぐに四メートル近い太い幹が伸び、梢の部位は欠損していたが、九本の枝が残って付いていた。枝先には花と花の蕾に止まる鳥が装飾されていた。解説では、中国の神話を集めた『山海経』に十個の太陽が交代で世界を照らす十日《じゅうじつ》神話というのが書かれているというんだ。扶桑という木の梢に一羽、枝に九羽が止まっていて、十個の太陽は順番にその鳥の背中に乗って天に昇るというもので、神樹はまさにその扶桑を表現しているのではないかって」

「いったいいつの時代の遺跡なの」

「紀元前十一世紀。黄河文明では殷王朝の末期に当たる」

「いっぺんに十個の太陽が出て地上が炎熱地獄になり、弓の名人が九個を射落としたって話がなかったかしら」

「それは『淮南子』に出てくる羿《げい》神話だ。関連する神話だろうな。解説には神樹には扶桑のほかに若木、建木というのもあると書いてあった。若木は扶桑と同様に太陽運行の反復に関わる木、建木は天まで届く高さで世界の中央に立っている。この木を使って衆帝、つまり神々が天と地を上下しているのだという」

「中国の古代神話に触発されたってこと?」

「いや、そういう中国の神話が日本に伝わっていないのだろうかと考えた。そしたらふっと出雲大社のことが頭に浮かんだ。古代から中世まで出雲大社の社殿は他を圧して高く築かれたけれども、なぜそこまで高さにこだわらなければならなかったのか。それと神無月さ。陰暦十月に日本中の神々がこぞって出雲に集まるとされる。なぜ集まってくるのか。それは出雲大社の社殿がかつて建木の意味を体していたからではないか。春に天から降りてきた神々は、この年の役目を終え、いったん天に帰るために建木たる出雲大社に集まってくる。だから象徴的に天まで届くような高い社殿を築く必要があった。神々が集まって宴会を開くとかの説や神在月ということばは後世の作為ではないかな」

「興味をそそる話ね」

「いまの出雲大社のあるあたりに建木と目された樹木が実際にあったということではないよ。中国神話由来の扶桑や建木に擬する樹木信仰、高木信仰の文化を持つ人々がかつて住み、その人々が国譲りをさせられたときに、譲った相手から捨てる信仰の代償として建てることを許された。それが出雲大社の失われた謂れであってもいいと考えたということ。あくまでも仮説。『日本書紀』の一書には出雲の祖神であるスサノヲの息子イタケルが樹木の種を大八洲《おおやしま》に撒いて繁茂させたとか、別の一書にもスサノヲが髭と胸毛と尻毛と眉毛を抜いて杉と檜と柀《まき》と楠を産み、船などの用材にせよとイタケルに伝えた、種々の果樹も繁殖させたとあって、スサノヲの親子に樹木神話が付きまとう。出雲大社の祭神オオクニヌシも『日本書紀』『古事記』でスサノヲの御子とか六世孫とされているのだから、樹木神話、信仰と繋がっていておかしくない」

「そういう信仰、文化は許されなくなったの」

「だろうな。新しい支配者にとって古い信仰、文化は被支配者を団結させる道具になるので、弾圧して消し去ろうとする。信濃の諏訪大社で七年に一度、御柱祭というのがおこなわれるけど、あれはそういう弾圧の歴史を再現するものではないかとおもうんだよ。信濃は山国だから、夏至と冬至に、昇りそして沈む東西の高木四本を扶桑あるいは若木と決め、どこかのいちばん威厳のある高木を建木に見立てて信仰したということがあっても不思議ではない。それで国を譲りうけた側はそれまでの信仰対象だった四本の木を伐り倒して凌辱した。いまの行事では御柱は神木の扱いだけど、そうだったら引きずって泥まみれにしたり、崖から叩き落としたり、川にわざわざ沈めたりするのはおかしい。あれは殺された神なんだ。だから凌辱して見せしめにする。社殿の四隅に立てられる御柱は本来は殺された神がさらし者にされている姿であって、時代とともに主神の護衛神、門神《かどがみ》に変貌したということだろう。信濃は出雲と密接な関わりがある」

「『古事記』が書くオオクニヌシの子タケミナカタノカミね。タケミカヅチノカミとの力比べに惨敗して信濃の国に逃げ、そこでも殺されかける。でも、信濃から外に出ないと誓約して許してもらった」

「そう。天まで届く高さへのこだわりと旧暦十月に神々が集まってくる出雲大社。諏訪大社の御柱祭に秘められた神殺し。どちらも葬られた高木、神樹の信仰に照らせば理解できなくない。伊勢神宮の社殿建築でもっとも重要視されている心の御柱は、扶桑信仰の名残と考えられなくもない。神樹の考え方は、薄められて御神木という形で後世にのこったともいえる。証明はできないけどね」

「古代史に興味を持ったのは、そういうことを考えたからなの」

「古代史にはまだたくさんの謎が眠っている。考古学、民俗学、宗教学がからむのでおもしろい」

そのとき板前姿のみどりの兄、浩一がデザートの皿を両手に部屋に入ってきた。苺数個にバニラアイスが添えてある。「だいぶ話がはずんでいるようで」と笑顔で頭を下げた。

「私の将来を心配してもらったところです」

「考古学者をめざしているの」みどりが正午と兄をそれぞれに紹介した。

「末は大学教授ですか」浩一はそのまま正座して話に加わった。店主の礼儀上、炬燵に足を入れないつもりだろう。賑やかに声を交わし合っていた客はいつの間にか姿を消し、万智がテーブルを片付けている。

「精いっぱい論文を書いて研究の場に残りたいですね。ただ博士課程を終えて学問の場に生き残れる人はごくわずか。国からの研究費が削られ続けて、教授や准教授の数が減っているのが現状なので」高校日本史の先生に就ければ御の字かとかすめたことばは喉にとどめた。

「大学に残れなかったらどうするの」ことさら心配している口ぶりではない。

「そのときは漁師になるかな」なにげなく言ったのは、子どものころ茅ヶ崎でサーフィンを教えてくれた翠さんから同じ日本海の島出身で漁師だと紹介されて知り合った貴英さんを思い浮かべたからだった。大学二年のとき日本海側の海岸線巡りをしたときその島へ渡って訪ね、四日ばかり世話になった。その後もときどきメールの交換をして、祖父の平九郎さんは八十半ばを過ぎてなお健在、早朝の自転車散歩を続ける元気な老人ということで県のテレビにも取り上げられたと聞いている。

だがふいに、浩一が唇の端に浮かべていた笑みを引っこめた気がした。みどりも戸惑う表情で兄と目配せを交わした。なにか気に障ることを言ったかと内心うろたえると、「漁師は命懸けの仕事ですよ」と浩一が諭すように言う。

わずかなぎごちない間があった。

「私たちの両親が、父は浩一さん、母が私をそれぞれ連れ子に再婚したことは知っているよね」とみどりが口を開き、正午がうなずくと、「正午に話したことなかったかな。浩一さんのお父さんは漁師だったの。母も再婚後はがんばって漁師の妻になりきった。一緒に船で漁に出ることも多くなって、私たちは漁師の家の子どもで育った」

浩一がみどりの説明を引き継いだ。「もうすぐ十年になります。仲良く沖へ漁に向かった父と母ですが、いつまでも港へもどらなかった。転覆した船が発見されたのは二日後です。三日後に遺体も見つかって運ばれてきました」

正午は「えっ」と息をのみ押し黙った。漁師だった両親が遭難死した家族の前で、漁師になるかな、などとわきまえもなく口を利いたまぬけぶりに、顔に火が燃えのぼった。つくろうことばが見つからなかった。

両親の海難事故が起きたのは、みどりが十五歳、浩一が二十歳のときだったという。穏やかな日和が続いた五月末の朝の三時に、夫婦はいつもどおり女川漁港を出船した。幹縄から何十本もの釣針を付けた枝縄を流してタイやヒラメなど高級魚を狙う延縄漁だった。馴染みの海域が何か所かあって、父親は潮の動きや風の強弱を見てその日の漁場を決めていた。無線が繋がらないと漁業組合が騒ぎ出し、海上保安庁に捜索を依頼したのは昼ごろだった。関東の沿岸部まで来ている低気圧が近づく以前にどの漁船も帰港せよとの組合の警告を知らないはずはなかった。ただ港にもどった他の漁船への聞き取りから、ほんの四、五分、海上につむじ風のような突風が吹き荒れた時間があったとわかり、そのときになにか不運が見舞ったにちがいないと推量された。海は午後になって強まった波風に加えて雨も激しく降り出し、捜索は巡視船に頼るしかなくなった。二日後にやっと赤い船底を上に向けて海面下に揺らぐ船影をヘリコプターがとらえたのだという。

「翌日、浩一さんが車を運転して、女川原発の北側に突き出す大貝崎に行って、きょうだい三人で海を見ていた。湾口の外まで、そこからがいちばん海が遠くまで見える。雨が止んでもまだ波風が激しい海を、じっと見つづけた」

「いま、三人と言いましたか」

「うん、葵という妹がいたの。母と父が再婚してから生まれたので私より七歳下。五人家族のなかでただ一人全員と血の繋がりを持っていた。でも彼女も三年前に病魔に取り付かれて、十五歳で死んじゃった」涙の日々は遠のいたのかもしれないが、淡々と明かした。

両親の海難、妹の死。立てつづけに告げられた正午は砂漠の真ん中に立ち尽くすおもいだった。大学時代、いかにみどりについて知らずに付き合ってきたことか。何も知らない自分に腹が立ち、なおさら黙りこむしかなかった。

「ああ、ごめん」みどりは正午の沈黙を家族の出来事を一方的に喋ったせいと誤解して謝り、

「それにしても開店してからの長電話はないでしょう」と浩一に苦言の矢を射て、空気の淀みを振り払った。

「ああ、それがな」浩一は話してよいか迷い顔で正午を見た。正午が顎を引いて見返すと、まあいいかという顔付きで、「バイク仲間だった坂崎が殺されたというので、彼の近所に住むやはりバイク仲間の野村が電話してきたんだ」と言い、一文字に口をつぐんだ。

「殺されたって、どういうこと」みどりが目を丸くして高めの声を出した。

「昨日の朝、銃で撃たれたそうだ。今朝の新聞に記事が載っていたらしいが、見出ししか見なかったので被害者が坂崎とは気づかなかった」

「そういえば昨日、塩竈市の男性が銃で撃たれて死亡したと新幹線の電光ニュースが流していた」正午がおもい出して口をはさんだ。

「野村が現場に行って警官に被害者の友人だと名乗り出たら、刑事のもとへ連れていかれ、あれこれ質問を受けたらしい。報道では単に銃と公表されたが、凶器はライフル銃だそうだ。それで、坂崎は暴力団と関わりがなかったか、何かトラブルに巻きこまれていなかったか、ここ何年かを遡って思い当たる出来事はないか、と執拗に聞かれた。それで三年前に帰国中国人の

三世四世中心のゾク・グループと自分たちバイクツーリングのグループが乱闘になって警察の厄介になったことがあると話したら、刑事が興味を持った様子だったというんだ」

「そういえばそんなことがあったわね。たしか向こうの女の子が一人死んだのだった」

「だがあれは事故死と認定されているし、警察にこちらと向こうとで調書を作らされたとき、こちらに非がなかったことは確認されている。その調書に向こうが二人、こっちはツーリングリーダーのおれと坂崎が署名した。それで懲りてこっちは集団ツーリングをやめたし、あっちも解散させられたと聞いた。だからいまさら蒸し返す意味がない」

三年前の春、浩一たち高校時代からのバイク仲間は蔵王温泉までの一泊ツーリングを企画した。ホンダやモト・グッティ、スズキの愛車にまたがった十四人が国道4号を南下し、県道12号を経て遠刈田《とおがった》温泉で蔵王エコーラインに入った。滝見台で不動の滝と三階の滝を眺め、刈田峠を越えて蔵王温泉に到着、乳白色の湯を楽しんで一夜を過ごした。翌日はルートを逆に走りはじめ、刈田峠の駐車場でバイクを停め、リフトで蔵王の山上へ向かい、青い湖水を湛える御釜の絶景に見入ったあとは、ひたすら解散地点へと風を切った。背後から騒がしい爆音が迫ってきたのは国道4号に入ってまもなくだった。浩一たちは制限速度を守って走行していた。バックミラーに映る一団の風采や蛇行運転、けたたましく吼える改造マフラーの音で、一目瞭然暴走族とわかった。浩一は刺激しないよう道の端に車列を寄せるよう指示した。ところが暴走族の二十台は獲物を見つけたとばかり車列を並行させ、旗や角材を突き出して徴発を始めた。奇声を上げて意味不明の罵声を浴びせてくる。角材でホイールを叩かれた一台がはずみで内側により、暴走族の二人乗りの一台と接触した。後ろに乗っていた男の旗が飛んで後続ライダーの顔を打ち、その瞬間バランスを崩して横滑りに転倒、煽りで数台がたてつづけに横転して、浩一らのバイクも数台巻きこまれた。急ブレーキの音がきしみ、そのあとマシンを降りた者同士、どのように乱闘に至ったかは定かでない。収拾が付けられたのは、暴走族を後方から監視していたパトカーが何台も駆けつけ、両者を分けたからだった。二人乗りの後ろに乗っていたマシンが転倒して投げ出され、側壁に頭をぶつけて意識不明になった族側のレディース一人と角棒を振るわれ怪我をしたこちらの三人が救急車で運ばれたあと、二つのグループが集められ、一時間近い事情聴取を受けた。さらに二人ずつが警察署に連行され、それぞれ調書をとられたという。

「調書にサインさせられる段になったとき、救急車で運ばれた女性が死んだと報告が入った。そしたら向こうの二人が急に怯えた顔になって言ったんだ。その女は母子家庭の三人家族で、貧しいけれど結束力が強く、彼女を溺愛している恐い兄がいる、と。いまは傷害致死事件で有罪となり服役中だが、彼女の死を知ったらどんな八つ当たりをされるかわからない。刑務所を出る前に遠くにずらからないと殺されると、冗談じゃない様子でつぶやいていた。あとでみんなが集まったとき、そういうことらしいから注意しようぜ、なんて半分冗談で報告したんだが」そのときの場面をおもい出したからか、急に眉間に皺の谷をつくった。

「その人が刑務所を出たらなにかすると言うの。なんのため」みどりが不安げに浩一の顔を見た。

「妹を死なせたことへの復讐ってことかな。乱闘になったきっかけや経緯は棚に上げ、乱闘で殺されたと思いこんでこっちのメンバーに怒りを振りかざさないとはいえない」

「誤解による恨み。だったら調書を取られた二人がまず狙われますよ。ただ坂崎という人や浩一さんの住所がそう易々と突き止められるとはおもえない」正午はそこまでして人を殺しに行く人間というものに疑問を覚えた。そうなら、よほどに妹思いの兄なのだろう。

「いや、坂崎はブログを上げている。一人ツーリングの写真を頻繁に上げている。ツイッターも早くからやっている。死んだレディースの兄が事件のときのメンバーを訪ねて、調書にサインしたこっちの名前を知れば、坂崎の住所ぐらい簡単にわかるかもしれない。いまの時代、ネットを使った人探しが可能だというし」

「なによ、それなら浩一さんの住所もすぐにわかるというの。狙われるというの」

「おれはブログもツイッターもやってないからな。というか、死んだレディースの兄が坂崎を殺したと決めつけるのはよくない。余計な詮索で怯えるのもバカげている。捜査は警察に任せ、どたばたするのはやめよう。情報次第で警戒はするから、この話はここまで」浩一が不穏な会話の打ち切りを告げた。


ホテルにもどり、帰り道に体に張り付いた寒さをシャワーで排水口へ流してから、ベッドの壁に背をもたせた。四方のどちら向きかわからない窓には部屋の簡素な建て付けが映るだけで、窓を開けても夜景が広がることはなさそうだった。みどりが言った妹が五人家族のなかでただ一人全員と血の繋がりを持っていたということばをふいにおもい出した。

酒の酔いが消えないあいだに布団に潜りこもうかと考えたところにケータイが鳴った。「もう寝てた?」まだと応じると、「明日、正午の時間が許すなら鯨の島、磯島に案内すると兄が言うんだけど都合どう」意外な申し出だった。「跡継ぎのいない人から譲られた小さい釣り船を兄は持っているの。魚市場の埠頭で十二時半の待ち合わせでよければ、午前中に仕込みをすませて連れていくと」

「忙しそうなのにいいのかな」一応遠慮したが、二度とないチャンスかもしれない。

「開店時間までに帰港すればいいの。それに私もお供する。明日は十一日、金曜だけど、適当な理由をつけて役場を出てくる」

「じゃあ、ご厚意に甘えさせてもらう」正午はありがたく受けることにした。「いま、妹が五人家族のなかでただ一人全員と血の繋がりを持っていた、とみどりが言ったことばをおもい出していた。連れ子同士の再婚家族といえばバラバラ家族のイメージだけど、一人そういう人がいると逆に強い結束の家族に見える」失礼承知で言ってみた。

「そうなの。妹は私たち家族の中心だった。とてもいい子でね。父と母が死んでからは、ますます仲良しのきょうだいだった」

「どんな病気で」

「急性骨髄性白血病。私が大学四年のとき。抗がん剤治療を受けながら骨髄移植のタイミングを待っていた。でも間に合わなかった。間に合わなかったから同じだけど、兄も私も骨髄移植のドナー検査をしたらどちらも不適合で、それがすごく悲しかった」

「いい家族だよ」

「葵は遺書を残していてね。遺書といっても付けていた日記帳のいちばん最後のページに書いてあったものなのだけど。『浩一兄さん、どんどどーん。みどり姉さん、どんどどーん。葵いもうと どんどどーん。どんどん、どどーん、どんどどん』ていうの」歌うように言い、「なんのことかわからないでしょう」通話口で笑っている様子が伝わってくる。

「ごめん、わからない」

「私にはわかる。自分が死んでもがんばって生きてね、というメッセージ。じゃあ明日ね」それだけ言うと一方的に切った。

みどりとの大学四年間の付き合いでは、翔子がからんで何度か厄介事に巻きこまれた。一年時、翔子はスキューバ同好会の初心者にダイビングライセンスを取得させるアドバイザー役を引き受けていた。その年は初心者が正午とみどりだけだったため、個人教授と変わらなかった。ビル内の教習センターで学科四時間、プール講習六時間、海洋講習一日のすべてに随行、ウエットスーツやフィン、一眼マスクなど装備購入にも付き添ってくれ、三人の親交が一気にはぐくまれた。正午とみどりは東伊豆での合宿をへて、夏季の沖縄水納島《みんなしま》ツアーに初参加、メンバーに溶けこむことができた。

アパートの最寄り駅が偶然みどりと同じだったことが最初の厄介事にかかわる一因だった。大学は池袋にあって、最寄り駅は通学に便利な私鉄沿線の急行停車駅だったが、東口と西口、正反対の改札を利用するため、ホームや車輌内で出会うことはめったになかった。ところが都内のイチョウも黄色い葉を散らしはじめた晩秋のある日、午前の講義だけで帰宅していた正午に翔子から、「正午くん、住まいの最寄り駅はみどりと同じだったわね」と藪から棒に電話がかかった。それが何か、と応じると、「みどりがストーカーに遭っている。これから帰宅するみどりを改札で待ち、ストーカーがどんな男か確認するように」と命じられた。ストーカーなら警察に相談するほうがよくないか、と進言すると、「警察から注意を受けて逆上したストーカーが女性を殺害した事件があったばかりでしょう、警察は相手の危険度を確かめてからの話」と有無を言わせなかった。仕方なくみどりをふだんと反対の改札口で迎えて詳しく聞くと、駅の先に看板を出すケンタッキーの道に面したカウンターで見張っていて、自分が通り過ぎると少し離れて追ってくる。声をかけられたことはないが、たぶんその男に一度ハンカチのプレゼントを郵便受けに入れられて気味が悪い、と訴えられた。それならまずその男が本当にストーカーか確認しようと先に行かせ、ケンタッキーの手前で探偵の尾行まがいにたたずんでいると、すぐにもっさり髪のどう見ても社会人には見えない小太りの男が出てきて、みどりの後を尾けはじめた。みどりがアパート内に消えると、建物の南側に回って塀の陰からこっそりベランダに出てくるみどりを待つ様子だった。写真を撮るつもりかしきりに真新しいデジタルカメラをいじっている。しばらく背後から観察して、その男はストーカーにまちがいないと確認できたところで、みどりと翔子に電話を入れて、翌日、対策を話し合った。こっそり逃げる、男に気づかれないかたちで引っ越すが結論で、正午が別の私鉄の駅の不動産屋からいくつか物件資料を集める役目を振られてしまった。「可愛い女の子がストーカーに怯えているときに救いの手を差し伸べるのは当然よね」と翔子に睨まれ、抗弁できなかった。結局使い走りで集めた物件資料のうちから内覧して決めたアパートに、まだ夜が明けきらない早朝、意外にも翔子が運転してきた軽トラックに大した量もない荷物を三人で積みこみ、夜逃げさながらにみどりを転居させた。

二年目の厄介事も、ケータイへの翔子の電話からだった。「みどりが鎌倉に一人で遊びに行って財布を掏られたそうなの。銀行カードもPASMOも一緒に入っていたのでお金がなくて帰れないらしいから、正午くん、迎えに行かないと」と。みどりには結婚したい相手がいるから好きなら諦めるよう告げられたのがちょうどそのころだった。にもかかわらず、みどりのために行動するのは正午の義務のような言い草に、「助けを求めてきたのは遠藤さんにでしょう」と言ってみたが、「そういうことは直接男の人に電話できないものなの。私はバイトで手が放せないし、正午くんから連絡させると言っておいたので、がっかりさせないでよ。いいから、ちょっと行ってらっしゃい」とにべもなかった。鎌倉はちょっと行くほど近くではない。みどりのケータイに迎えに行くと連絡を入れ、大学キャンパスのある池袋から湘南新宿ラインで向かい、鎌倉駅南口の改札へ近づくと、正午を見つけたみどりが泣きべそをかいたあとのような顔で手を振っていた。「ごめんなさい、迷惑かけて。助かった」と何度も神妙に頭を下げられ、正午もほっとして、当然の義務を果たした気になったものだった。

同好会の会長を引き受けた三年生の夏休みは、沖縄慶良間の渡嘉敷島へ四泊五日のダイビングツアーをおこなった。ところが大型台風の接近が報じられ、やむなく予定を一日縮める決断をした。撤収を急ぎ、那覇泊港までの船便は問題なかったものの、空港は慌てて帰りを急ぐ旅行者たちであふれていた。正午がキャンセル待ちに率先して並び、取れた席を順に女性から割り振って搭乗させたが、正午ともう一人男性の分は手立てがなく、台風が通過した翌日夕方まで空港にとどまるはめとなった。そんな憂き目を見たことも正午にすれば、面倒見がいいから適任と会長役に強く推薦した翔子とみどりのせいと恨んでいいことだった。

短縮された慶良間ツアーだったが、宿や船、インストラクターの手配、なにより慶良間諸島は温暖化でサンゴが死滅した海域が出たにもかかわらず、ケラマブルーの美しいダイビングスポットをよく選択したと、正午は帰ってから同好会メンバーに褒めそやされた。海の底まで降り注ぐ日の光にとりどりの色を競うサンゴと熱帯魚たちの艶やかな競演を堪能したうえに、マンタの群れとの思いがけない遭遇も体験できたからだったろう。

ツアー二日目の夜のことだった。夕食のあと、前夜同様宿の前庭に集まりテーブルを囲んで喋っていたメンバーだったが、朝から活動した疲れに囚われてか一人二人と抜けて、気がつくと正午と翔子、みどりだけが居残っていた。満月が中天に届き、空は紺から黒へ裾の輪を広げ、銀や橙の星々がいまにも零《こぼ》れんばかりに光っていた。

「下の浜に下りてみない。皓皓《こうこう》たるってこういうのを言うんじゃゃない。月明かりで足元も見えるし」翔子が誘った。宿は崖の上に建って、崖下にサンゴの粉がつくった白いプライベートビーチを擁している。前庭には風よけにフクギの生垣が分厚く植えられ、満月下の海辺全体を眺めるには浜へ降りるしかない。正午も気持ちが動いて、整えられた階段を共に下った。夜の海のささやきが高まる途中にベンチが設置されてあった。正午はその場所で月下の海と心を交えることにし、女たちを先へ行かせた。翔子とみどりは浜まで降りて、さらにビーチの端へ移動していった。引き潮の時刻らしく海面に現われたサンゴ礁が波の動きとはちがう黒い陰りを海面に貼り付けていた。翔子とみどりの行った方角に視線を伸ばし、むき出しになった岩の上で楽しげにじゃれ合う様子を確認した。

そのうちになにやら話し合っているので目を凝らすと、服を脱いでいるとしかおもえない動作が見えた。脱ぎ終わると二人並んで両手両足を大の字に広げ、沖へ体を向けて姿を固定させた。水着は着けていないはずで、とすれば青く透明な月光下に不動のシルエットはどう考えても裸だった。何やってんだあいつら……。だれか来たらまずいだろうと、遠目とはいえ浜全体に注意を払って、目を離せずにいた。十分ぐらい経っただろうか。ようやくふたりは大の字の形を壊し、また服をまとったように見えた。

「何をなさってたんですか」階段を上ってきたふたりに敢えて丁寧に尋ねた。

「月光浴よ」とみどりがあっさり答え、翔子と顔を見合わせてくすりと笑う。

「こんな満月で、きれいな海、爽やかな風。光と水と空気の三重奏。服なんか着ていたら勿体ない。裸で月光浴しようと私がみどりに提案して、やってみたの。自然のなかで素っ裸になれる機会はめったにないからチャンスだった。気持ちよかったわ」翔子らしい発想と行動だった。

「そんなことしているとは、遠目にもわかりました」

「あら、私の裸体、見られちゃった？　大きな胸、見えた」楽しそうに正午の表情をねめる。

「見えません。からかいはやめてください。いかに満月でも明るさが足りないので、ぼんやりとしたシルエットでしかわかりません」覗き魔にされてはたまらない。「もし誰か見ている人がいて、襲おうとやって来たらどうするつもりだったんですか」

「ビーチへの降り口はこの階段だけだから、だれか来たら正午が阻んでくれるか叫んでくれるはず。翔子さんがそう断言するので、そうだねって私も思い切っちゃった」

「海から船が寄って来たかもしれない」

「目を皿に確認してから脱ぎました」

「でも正午くんが監視しているから大丈夫と考えたのは本当。正午くんなら、みどりを絶対守ろうとすると信じていたからね」翔子に真顔で言われ、返すことばに窮して憮然とする正午の横を、ふたりはさっさと部屋へ上がっていった。

　思い返せば、翔子は自分とみどりの仲を取り持とうとしたのかもしれない。みどりには結婚したいと言う相手はいるけれども、その相手から奪い取ってみどりの恋人になれ、と焚きつけていたのかもしれない。翔子がお節介な女とは考えもしなかった。けれども正午は翔子の気遣いに応える器量もなく、みどりに好きな相手がいると聞いた時点で自制の柵を築いてしまった。自分は不甲斐ない男だったのか？　正午は室内の灯りを消した直後に窓ガラスにうっすら映った自分に問いかけ、首をひねった。

4

寝起きにテレビを点けるとちょうど朝のニュースの時刻で、総理大臣が横浜在住の在日韓国人から献金を受けていたという新たな嫌疑をめぐり野党自民党が追及の構えであると報じた次に、塩竈の銃撃事件を取り上げた。待機していた乗用車に銃撃犯と見られる人物が乗りこんだとの目撃情報から二人組の犯行と想定され、不安に陥った塩竈市内の小中学校は児童生徒の送迎に父兄が同行、警官が警戒に当たっているとのことだった。

正午は朝食を済ませて部屋にもどり、待ち合わせの十二時半までどう時間をつぶすか思案した。予定外の費えになるが、雄勝までタクシーで往復してみると決め、チェックアウトの際フロント係に、雄勝でスレート屋根の家が固まっている地区はないか尋ねた。するとレジを操作していた女性が自分は雄勝小学校の卒業生だと名乗り、「水浜という地区にスレート葺の家がとくに多いといわれていました。雄勝石のことを詳しく知りたいなら雄勝硯伝統会館という三角屋根の青い壁の建物があるので訪ねるといいですよ」と教えてくれた。

タクシーに乗りこみ勧められた二か所を急ぎ回りたいと告げると、運転手は、雄勝硯伝統会館は雄勝湾の嘴口のような形の先端の奥にあって、水浜はそれより手前の海辺の地区だから水浜が先ですね、と地理に明るかった。ホテルの前から国道398号に出、右は駐車場へと分かれる三叉路の角に突き出るスポーツセンター、女川交番のがっちりした構えの白塗りコンクート二階建て建物と左手の本屋、東北電力女川事務所の間を抜け、リアス式の沿岸道路らしく右に左に余分に曲がりくねって走ったあと、横道へ入って海にぶつかると、その辺りが水浜だった。正午は運転手にしばらく待ってくれるよう頼んだ。

堤防からわずか離れて平行にのびる道に沿って、櫛の歯の抜けた並びながらスレート葺の建物が数軒、古さをにじませている。驚いたことに、二階建てほどの高さの一階建ての家には屋根のみならず、切妻の破風の部分にも、窓のある外壁の上半分にもスレートがびっしり貼りめぐらされている。分厚い下見板の下半分に「谷風わた」と大書したプレートが掛かる。綿にかかわる建屋かもしれないが、いまも営業中かどうか見極めはつかない。下見板にはボクシングジムの広告など三枚の色褪せた琺瑯《ほうろう》板も釘付けされている。

足の向くままぶらぶら近くを歩いてみると、海から離れて国道へつづく狭い路地の両側に軒を接する家々にもスレート壁が見られた。単に地元の材だからか、断熱性や装飾性で根拠のある意匠なのか。もし地域全体が同じ建築様式で黒々と統一されていたら壮観だろうと空想した。

神社があるらしい丸い小山へ足を向ける。石の鳥居から階段が急傾斜でそれなりの高さまでまっすぐにのび、登り切ると柱と壁板の赤い社殿が立ちはだかった。扁額に〈作楽神社〉とあった。寺でないのに隣に鐘楼があって梵鐘も重々しく下がる。見下ろした水浜の集落は今にも降り出しそうな雪雲の下に人けもなくうずくまっていた。

腕時計をのぞいて案外時間を食ったと気づいた。硯伝統会館へ行って帰るほどの余裕はないと判断、女川へ引き返すことにした。タクシーの運転手がなぜ神社に鐘楼があるのか教えてくれた。神社名はサクラクではなくサクラ神社でコノハナサクヤヒメを祭神とする。江戸時代までは観音堂だったが、明治の神仏分離令で拝む対象がなくなっては困るというので神社に鞍替えし、祭神をでっち上げた。石巻界隈には作楽を名乗る神社が多いので、だれか智恵をつけて回った明治人がいたにちがいない。雄勝には雄勝法印神楽という羽黒三山の修験者が伝えた伝統芸能があって春と秋、それら神社に奉納する。観音信仰の痕跡が祭礼の伝統に刻まれているということだった。

待ち合わせた漁港の埠頭にみどりは先に着いていた。ブラックの合羽上下にオレンジのサイドベルトが付いた長靴という漁師さながらの装いに正午が目を丸くして足を止めると、「波風しだいで飛沫がかかるし、雪も降りそうだから完全装備で来いと言われたの。この合羽は防水性抜群の優れもの、兄と万智さんと三人で沖釣りに行くときに着ている」と裾をつまんでみせ、「正午は何着ているの。防寒大丈夫かな」と心配そうに顔を向けた。

「上はふつうのダウンジャケットで下は冬用トレッキングのズボン。靴はキャラバンの登山シューズ、いつもの旅の格好だよ。雨に見舞われた場合用にザックにアウターレイヤーが入っているけど、そっちに替えたほうがいいかな」着衣のチェックを任せた。

「着ているダウンは防水なの?」そのはずだけどと答えると、「じゃ、とりあえずそれでいい。海上で寒いと楽しくないからね」

「浩一さんはまだ」と正午が埠頭を見回すと、

「あそこ」みどりが指差す先に小さな釣り船が舫い、操舵室の横の胴の間にみどりと揃いの、おそらく万智も同じだろう、パープルの合羽を着た浩一が、しかつめらしい顔でケータイを耳に当てていた。

みどりは舫い綱に結わえられた船尾へ歩み寄って馴れた動作で縁板をまたぎ、正午にも飛び乗るよう手招きして、「また何かわかったの」と浩一に問いかけた。

電話を終えた浩一は、「野村からの続報だ。今朝こんどは県警の刑事がやってきて聴取されたそうだ。乱闘事件のときの経緯と調書を取られた者の名前を聞かれ、向こうの名前は知らないと答えたら、その場でどこかに電話して詳細を調べさせていた。レディースが死んだことと恐ろしいらしい兄の存在も伝えたという。ライフル銃は、銃弾とともに県内猟友会の人の家から盗まれた事件が三週間前にあって、報道もされたというんだがな」

「確かにそんなニュースがあった」みどりがおもい出したと大きくうなずく。「でも盗まれた銃が塩竈での銃撃に使われたとはいえないでしょう」

「野村はやはりレディースの死への復讐としか考えられないと言うんだ。仮にレディースの兄が出所して、向こうの暴走族の誰かに詳細を聞いて調べ、銃を盗んだとすれば計画的だ。ツーリング側で調書を取られた人物をリーダー格と見てまず坂崎を襲った。坂崎は近くで撃たれたというから、そのときおまえの住所を吐かされた可能性もある。だとしたらつぎに狙われるのはおまえだから、しばらくどこかへ雲隠れしたほうがいい、とさ」合羽の肩をすくめてみせたが、信じられないのかあまり切迫した感じではない。

「妹という人は乱闘になる前に転倒して亡くなったのでしょう。復讐だなんて理に合わないわ」みどりが憮然と言い放つ。

「誘因さえあれば、道理でないことをしてしまう人間は珍しくないよ」正午にも不安がわいた。

「どんな誘因？」

「溺愛していたというから、妹の死を受け入れることができないとか。刑務所にいる間の出来事で、自分が塀の外にいたら助けてやれたと思いこんだ。思いこみが高じることで悲しみや辛さが極まって」

「復讐しようっての？」

「まあいい。警察が調べて本当なら警告なり保護なりをしてくれるさ。とりあえず出発しましょう。幸い海の上にいる間は逃げていられる」舫い綱を外しに行った。

空はどんより、いつ雪が降り出してもおかしくない雲行きだった。浩一は船尾側に付いたドアから狭い操舵室に入った。舵と最小限の計器があるだけの古い船で無線も壊れたままだが、ケータイがあれば心配ないとみどりが気楽に言う。操舵室の後ろでフラッグをはためかせるスパンカーのそばに正午のザックを置き、背当てにしてふたり並んで座った。スクリューがくりだす泡波とともに遠のいていく女川の町と違い、左右の低い山並みはしばらく同じぐらいの近さで伴走した。陸地沿いの静かな海面を牡蠣やホヤの養殖筏が途切れながら埋めている。やがて急に広く開けたところでみどりが舳先へ誘った。後ろ向きに開けたと見えた海は、前に出ると右手にまた、大きく反り返った岬を出現させていた。

「あれが大貝崎。両親が遭難した翌日、私たちきょうだい三人は車で行けるところまで行き、降りて海が見える突端まで歩いていって、海を見ていた」

「うん、昨日聞いた」

「低気圧の雨はやんでいたけど、風がまだ強く吹いていた。私たちは遠くまでよく見える岩に肩を寄せ合って腰かけ、心を一つにして無事を祈ったの。まだ八つだった妹の葵はときどき立ち上がって、『お父さん、お母さん、帰ってきてー』と叫んでいた。岬には大きな波が打ちつけて、葵の声は発するそばから掻き消されたけど、負けずに遠くまで届けようとした。声が嗄《しわが》れて涙声になってもやめなかった。私たちは必死に、必死に祈ったの」

正午は黙ってうなずいた。

「暗くなるまで何時間いたのかな。でも波は私たちきょうだいの祈りを無視するようにいつまでも収まらなかった。どんどどーん、どんどどーん、てね」

「どんどどーん、て」

「そう。葵の遺書が伝えたのはそのこと。両親の無事を祈ってきょうだいがいちばん一つになったときのこと。私が死んでも忘れるなって」

昨夜みどりが電話口で口にした『浩一兄さん、どんどどーん。みどり姉さんどんどどーん。葵いもうと、どんどどーん。どんどん、どどーん、どんどどん』の音律が耳によみがえる。両親に呼びかける少女の涙声が波間の冷たい風に乗って吹き抜けていく。

大貝崎を過ぎるとほどなく、お菓子箱に似た石膏色の四角い建物が数棟と二本の鉄塔が目にとびこんできた。女川原子力発電所の身を潜めるような佇まいだった。

操舵室で鳴ったケータイ音を耳聡く聞きつけたみどりに袖を引かれ、胴の間から船尾へ回った。開いたままのドアからのぞき、片手で舵を操る浩一がもう片手に握ったケータイを耳から離すのを待った。

「だれから」みどりが声をかけた。

「万智だ。交番の警官が訪ねてきて、おれがどこに行ったか聞かれ、事件に巻きこまれる危険があるから、もどるときは上陸する前に連絡を入れるよう伝えてほしいと言われたそうだ」

「懸念が現実だったのかな」

「警察が来たのは少なくとも可能性を想定したからだろう。坂崎を襲った犯人が女川に現われたら、飛んで火に入る夏の虫で捕まってくれるのが一番だが」舵を両手に握り直した。

磯島へはまだ四十分はかかるという。湾から外海に向かって浮かぶ島々のうち江島は一見断崖絶壁に囲まれ、人が本当に住んでいるのかと疑って聞くと、集落は見える反対側に偏っているのだという。

時間潰しにみどりが浩一夫婦のことを語った。万智は一つ年上だが小学、中学と同じ学校に通い、小さい頃からの幼馴染だった。石巻の高校では万智が属していたバレー部に一年遅れて入り、必然帰りの電車も一緒のことが多くなり、交友を深めた。万智は高校を卒業すると女川郵便局に勤めるようになり、東京の大学へ行ったみどりは帰省すれば必ず会って、四方山話に花を咲かせた。

「万智さんが私と仲良しだったというだけで兄のお嫁さんになってほしいと願ったわけではないわよ。私たちの両親が亡くなり生命保険が下りて生活は安泰だけど、きょうだいだけの淋しくなった暮らしに気をかけてよく遊びに来ていたから、兄とも親しかった。私と兄と葵と万智さんの四人で仙台の七夕祭りに行ったりもした。乱闘事件が起きてバイクに乗らなくなる前に、私に内緒で万智を後ろに乗せてどこかへ行ったこともあったりして、ふたりはとてもいい感じだった。ところが兄がなかなかプロポーズしないのよ。伯父から任された店のこともあって余裕がなかったのだろうけど、男って肝心なことがダメなのよね。それでいっそ万智さんのほうからプロポーズしてしまおうと一計を案じたの。兄にほかに気にかけている女性がいないことは私が知っているので、それで一件落着と」

「いまどきですね」女は強くなったのだとか。

「作戦を立て、兄が開店準備を終えて、縄のれんを出す前に私と万智さんとでなにげなく行って、私は店の前に自転車が倒れているので片付けてくると断って万智さんを残して外に出、少し開けたままにした玄関扉の透きガラス越しにのぞいていたの。そしたら万智さんが、浩一さん、とはっきりした声で兄を振り返らせ、えっなに、と顔を向けたところですかさず、私と結婚してください、と頭を下げた。兄は一瞬びっくりしたようだったけど、姿勢を改めて万智さんにしっかり向き合い、頭を下げたままの万智さんと同じように頭を下げて、言ったの。ごめんなさい、って」

「えっ」

「そうでしょう。考えもしない返事だったもの。私は固まってしまって異議申し立てに飛び出すこともできなかった。万智さんはいったいどんな気持ちだったのかしら。そしたら兄が続けて言ったの。万智に先に言わせてしまってごめん、おれが言うべきだった、だからごめん。改めておれから言わせてくれ、万智さんおれと結婚してください、って。一瞬時が止まったわね。万智さんが頭を上げて、兄が頭を上げて、見つめ合ったとたんに万智さんの目から涙が噴き出すのが見え、ふたりはぴったり抱き合ったの。見ていられないので私は家に帰っちゃった。帰ったら私も涙が出て止まらなかった」


磯島は江島の沖の足島《あしじま》のさらに沖でぽつんと風濤に晒されていた。楕円形の島は片側が急勾配で海面から盛り上がって小山をつくり、放物線をなだらかに伏せる傾斜で裾を没し、数メートル先に突き出た黒い岩礁を尾に見立てれば鯨に似てなくもない。無人島なのに鉤型の小さな港が築かれている。

「漁船の緊急避難用を理由に、たぶん原発資金で町の土建屋が建造した。上陸してみますか」

浩一がコンクリートの岸壁に接舷させた。

島は篠竹がびっしりと生え、暗褐色の岩が所々に顔を突き出している。正午は人の踏み入らない荒涼とした景色になぜか胸が躍った。篠竹の原に分け入りたい衝動に誘われたものの、言い出すことはためらわれた。

「伝説では鯨が二つの島を沈めて、自分がこの島になったのよね」篠竹の原に視線をあずけてみどりが言う。「だったら、この近くに沈んだ島が二つあるのかしら」

「沈んだ島が本当に二つあったらおもしろい。鯨に似た形の島と、沈んだ二つの島という二つの事実が伝説の要素となったわけだから」

「地震が多く津波も来る地域だ、沈んだ島があってもおかしくない。海底地形図を調べてみたらどうだろう」浩一は科学的な探求心をはたらかせる。

「二つの島を沈めたあと、鯨はなぜ自分が島になったのかしら」みどりが疑問を投げる。

「鯨は兄弟が争って殺生で海をけがしたから怒って拠点の二つの島を沈めた。でも島には兄弟の争いごととは関係ない住民と女子どもがいる。島を沈めっぱなしでは無辜の民も滅ぼすことになる。だから生き残る両島の民のために自分が島になって再出発の場所になろうとした」

「滅ぼしたうえで、やり直す場を与えたわけ？　いよいよ作り話めくわね。二つの島が沈んだという出来事は伝説のかたちでかろうじて記憶にのこった。一方そこにどんな生活があったかは一欠片《ひとかけら》もなく忘れ去られてしまったってことか。儚《はかな》いわね」

島をぐるりと一周して帰ることにし、船に乗りこもうとしたとき、背後で羽音が立った。黒い体毛の二羽が空を舞う。「何の鳥かな。ウトウが足島を南限の繁殖地としていると聞いたけれど、この島にも棲息していたとして、ウトウなら昼間は海の上で過ごすはずだし」と浩一も空の黒い影を不思議そうに追って目を細めた。

足島から江島に近づいたところで、また浩一のケータイが鳴った。再度、万智からだった。

漁協に浩一の今日の予定を問い合わせる電話が入って、一応届けがあったので磯島へ行ったようだと伝えてしまった、畠山の爺さんが船外機の船で筏を見に行く準備をしてキーを付けたまま食堂で遅い昼食をとっていたらその間に船が消えた、そんなことがあったのだという。そして、警官が何人も来て、畠山さんの船を盗んだのは浩一のバイク仲間を銃撃した犯人かもしれず、磯島へ向かう可能性が高いのでその船を見たらとにかく逃げてほしいと言っている、対抗の手配をすると慌てている、と困惑の口調で訴えたというのだ。

「船外機の船といっても畠山さんの船は収穫した牡蠣を陸揚げするのに使っている新型船だから馬力がある」と浩一は眉をひそめ、「軽合金製で、白い船体に太く塗られた黄色い帯が特徴だ。見えたら教えてくれ。そのときはとりあえず沖へ逃げよう」そう言って見張るようにみどりに指示した。何が起きつつあるのか、みどりは不安を隠さない表情で兄とうなずき合った。みどりの隣で正午も見張りにつく。上空を覆っていた厚い雲が痺れをきらしたとばかり雪を撒きはじめ、時計を見ると二時半だった。

二分とかからずに対象の船が目に入った。海上にほかに船影はなく、平たい船がゆっくりと向かってくる。一人が艫《とも》で船外機を操作し、一人は縁板に手をかけて前方を広く見つめる様子だった。二人組、と今朝のテレビニュースが報じていた。みどりが浩一に伝えに行った。船は船速を変えずに面舵を切り、船首を江島の裏側へ向けた。ところが相手からも見える船影は一艘だったからだろう、手すりの男がこちらを指さし、艫の男になにごとか叫んだ。

みどりがそばへもどり、「北東に全力で逃げる、陸地も島も見えないところまで行けば、向こうは漁師ではない、方向感覚を失って追って来られないはずだ、と兄は言うの。雪の降りがもっと強まって視界が霞めば紛れるのにね」と空を見上げた。

みどりの願望に反して、雪の降りは視界を遮るほどにならなかった。にわかに両船の追いかけっことなった。十五分も続くうちに距離が徐々に詰まった。潮をまたいだからか海面がざわつき、もはや陸地も島も見えない外海に出たにもかかわらず、相手はこちらが見えるかぎりは追跡を諦めないつもりのようだった。距離が後方三十メートルに迫ったとき、舳先で黒いフードの男が棒状のものを肩にかまえ、先端から火花を二度ひらめかせた。スクリュー音に吸い取られて発射音は聞こえなかった。弾もどこへ飛んだか知れなかったが、あれがライフル銃かと正午は一瞬棒立ちになり、慌ててみどりの手を引き操舵室の陰に移った。

いつの間にか二つの船は十メートルの間隔で並走していた。浩一は引き離そうと右に舵を切ったが、船外機を操る茶色い革コートの男は馴れているようで、簡単について来る。フードの男がまた銃をかまえ、こんどはむやみに放つ銃声が聞こえ、びし、びしと二発、舟板に食いこむ衝撃音が伝わった。銃口をだれに向けているのか、操舵室の横窓の透明ガラス越しに浩一を狙っているにちがいないと気づいた。正午は胴の間から手を伸ばしてドアを開け、「左の窓、狙われているので頭下げてください」と叫んだ。浩一はちらりと目を向けてうなずいたものの、狭い室内は腰を屈められるほど幅が取られていない。注意喚起はあまり役に立たなかった。それほどうねりが高いわけではなかったが、二隻が刻々と上下にずれて揺れ、高さが合う瞬間を見計らってフード男は銃撃をくりかえし、次第に命中度が上がってきた。正午はこのままの並走状態ではいずれ浩一が銃弾の餌食になる、そうなればみどりも自分も命の保証はない、どうしたらいいのかと智恵をしぼり、操舵室のドアの下から浩一に大声をぶつけた。「浩一さん、向こうの船にこちらの船をぶつけましょう。隙を見て船首を向こうの横っ腹に向け、突っこんでください」

「そんなことしたら、転覆するだろう」

「何、のんきなこと言ってるんです。そうしないとこっちがやられるんですよ」

みどりが背後から正午の腰のベルトの背中部分を摑んでのしかかり、「浩一さん、正午の言うとおりにして。ほんとにそれしかない」と加勢した。みどりの切迫した声の効果で、「そうか、そうだな。わかった。どうなるかはわからないが、やってみよう」浩一も腹をくくったようだった。雪が激しさを増してきた。

五分、三分、もっと短い時間だったかもしれない。船はジグザグを何度かこころみたあと不意に減速し、巧みに合わせてきた船外機の船が少し前に飛び出したタイミングで、取り舵を切った。舳先が向けられて相手もこちらの意図を察したからだろう、革コートの男もすかさず取り舵で左へ旋回を計り、黒フード男が威嚇のように銃を放った。

がちゃんとガラスの割れる音と、操舵室でがたんと何かが壁にぶつかる気配がしたのはそのときだった。正午はみどりと目を見交わし、前のように体を屈めてドアを開いた。がさりと浩一の体が落ちてきた。足先を残して全身が外に飛び出した格好だった。ねじれた姿勢を上向きに直し、声をかけようとして、合羽の左胸に縁の焦げた孔が空いていることに気づいた。はっとして背側に手を入れてみると、ぬるぬると温かい血が湧き出てきた。さっきまで喋っていたことが嘘のように目を虚空に見開いている。即死、ということばが浮かんで全身の血が凍った。背後で悲鳴が上がった。みどりは正午をかきのけて浩一の体に取りつき、浩一の名をなんども呼んだ。そして呼びかけに応えないことが不思議というようにふっと背を起こして、全身をじっと見つめた。顔色が変わり、命をたぐり寄せるかのしぐさでゆさぶると、胸が破裂したかと聞こえる声で絶叫した。だめだめだめ、と泣訴して天を仰いだ。

銃声が聞こえ、みどりがのけぞって浩一の横へ倒れたのが同時だった。相手の船が態勢を整えて間近に近づき、舳先で銃を構える男を正午は見た。目を合わせた。冷たさが勝ってかえって悲しげに見える目の色の男だった。正午は撃つなら撃てと居直る気持ちで、倒れた兄妹の前に片立膝で構えた。

銃口が赤くひらめき、左の脇腹に熱い打撃を覚えた。そのときだった。

両方の船が沈みこむ感覚にみまわれ、つぎの瞬間、突然海が壁となって立ち上がった。押し出た巨大な波に舷側を襲われた船外機の船は、丸太の回転のようにくるりと回って、人も銃ももろともに、あっという間に水面下へ飲み込まれた。

同時にこちらは舳先を波の壁にめくり上げられて直立し、うずくまった正午と倒れていた兄妹の体を船尾までずり落とした。団子状態で海へ放り出されようかという寸前、こんどは伐採された大木さながらに前方へ倒れて、何度か上下に弾みはしたものの姿勢を直して沈没をまぬがれていた。

正午はどこが痛むかわからない痛みを感じながら呆然とした。そして、おもった。船尾にずり落ちるあいだに、たしかに見た、瞼に焼き付けた、と。

激しく舞い降らせる雪雲を率いて、壁の真後ろで天高く跳ね、ゆっくりゆっくりと海中に沈んでいった巨大な黒い尾ひれ。大波を起こして争いを屠り去った鯨の、闇を凝り固めたような雄々しい姿を。

5

巨大波のあとに二度三度と続いた海面のひとしきりの乱れもやり過ごした船は、安定を取りもどすとともに漂流をはじめた。ケータイ電話はいつの間にか電波圏外となった。

揺れが落ち着くとみどりは、浩一の体にすがりついて離れなかった。正午に浩一を船尾から中央に移そうと促されてようやく、腫れ上がった瞼で振り返った。平らな舟板の上へ移した浩一の亡骸を足をまっすぐにして寝かせた。みどりは合羽の襟を引き上げて鼻までをカバーし、フードの庇を眉の下へ深く引き下げ、舞う雪に顔が濡れないようにはからった。

ほどなく夜陰が下り、正午とみどりは狭い操舵室の中に閉じこもった。スパンカーに掛けたフックで無事だったザックからアウターレイヤーを抜き出し、ガラスが撃ち砕かれた横窓にガムテープで貼り付け、ドアを閉めて風を防いだ。窓ガラスの破片の巻き添えで割れた室内灯の電球代わりに、ザックのポケットに差しこんでおいたＬＥＤ懐中電灯を吊るして明かりをつくった。みどりは弾が二の腕の肩に近い箇所を貫通して出血が多い。着衣をはぐって傷口にタオルを当て、旅にいつも数枚持参するゴミ用のビニール袋を裂いた紐できつく縛った。正午の傷は脇腹を弾がえぐったらしく、やはりタオルを押し当てビニール袋製包帯を腰にぐるりと巻きつけて止血した。ふたり共に弾が骨や動脈を外した運にすがるしかなかった。

操舵室にこもってしばらくはおたがいまったくの無言だった。一時間ほどが経って、「万智さんに」とみどりが怯え声を洩らした。兄嫁にどう告げればいいか絶望に取り付かれたにちがいなかった。帰港後にみどりが抱えるだろう苦悶が他人事でなく胸に迫った。

もぞもぞと動かした腰の下に固い四角いものが触れ、拾い上げると写真立てだった。「ああ、それ」と低い声が和んだ。みどりは手渡された写真立てをＬＥＤ懐中電灯の真ん前にかざした。「葵が小学校に入学したときの記念写真。私のアパートにも、お店にも飾ってある。浩一さんは船にも置いていたんだ」としんみりと見つめた。六歳の葵が扇の要、後ろの両親と左の浩一、右のみどりが取り囲む構図。全員が笑顔で、とりわけ大きなランドセルを背負った葵は嬉しさいっぱいの表情で、両頰のえくぼが可愛らしい。一家の成り立ちを象徴する肖像にちがいない。みどりは写真を胸に抱きかかえてうつむき、「ひとりきりになった。みんな死んでしまった」とすすり泣いて、悲しみに取り込まれていった。

間を置いて正午は口を開いた。「大学時代に翔子さんに言われたことがあるんだ」そこまで言ってためらいが出た。口をつぐんだ間合いに不審を抱いたのか、「何?」とせかされて仕方なく続けた。「みどりが好きなら諦めなさい、みどりはお兄さんと結婚したいのだから、って」

みどりが顔を上げ、一瞬目の色をとがらせて睨んだ。しかしすぐに後ろの真っ暗な横窓に視線をそらし、「それは本当のことよ」と弱々しい声で認めた。

「でも叶わなかったんだ」言うべきことではなかったが。

だがみどりは気にした様子はなく、「私は浩一さんと結婚したかった。すごく、すごく好きだったから。血は繋がってないので、問題ないはずだったから」と一語一語かみしめるように話し出した。

「葵が白血病の治療に入って半年が経ったころだった。葵は抗がん剤のせいで脱毛して変わり果てた姿になっていた。十五歳なんて楽しいことだらけなのに、必死に戦っているのに、ちっとも好転しなかった。葵は自分はがんばっているけれど、ダメかもしれないと思いはじめていたのだとおもう。実際、三週間後に亡くなったのだから。浩一さんと私が揃って見舞いに行き、病室で気分を明るくさせようと埒もない話を聞かせていたときだった。葵が突然、お願いがあるの、と言い出した」

話を切ったのは傷の痛みのせいではなく、その日の光景を瞼に映し返したからだろう。正午は小さくすぼめた口元を見つめて、つぎのことばを待った。

「『指切りをしてほしい』そう言ったの。どんな約束をしたいのかわからないけれど、私も浩一さんもいいよと即答してベッドに寄った。葵が上掛けから右手を出し小指を立てたのに浩一さんが指をかけた。そしたら葵が、『浩一兄さんは葵のお兄さん、永遠にお兄さん、葵は浩一兄さんの妹、永遠に妹』と言ってからめた指を振ったの。つぎに私と『みどり姉さんは葵のお姉さん、永遠にお姉さん、葵はみどり姉さんの妹、永遠に妹』と指切りした。それで終わりじゃなかった。浩一さんと私もしろと言うので従うと、『浩一兄さんはみどり姉さんのお兄さん、永遠にお兄さん、みどり姉さんは浩一兄さんの妹、永遠に妹』そう言ってふたりのからめた指に自分の手のひらを重ねたの。そして『きょうだい三人嘘言ったら針千本飲まーす』って嬉しそうに笑った。しばらく笑ってから急に、お父さんお母さん、とつぶやきながら泣いていた」

正午は似ているとおもった。〈どんどどーん〉ばかりの葵の遺書に。

「それで、浩一さんとの結婚は諦めた」

無言で見返すと、「だってそうでしょ。私と浩一さんは永遠に兄妹だと葵に約束したのだもの。結婚したら妻と夫、夫婦になってしまう。葵はそんなことかけらも想定しないで、きょうだい三人が永遠にきょうだいであることを願ったの。きょうだいの一人だったことを忘れないでほしいと願ったの。そんな葵の、死んでしまってもう変更できない願いを、裏切ることはできない。踏みにじることはできない。約束は絶対破れない。破らない。永遠に。だから」声がぶるぶると震えた。

「みどり」もういい、わかった、と言いたかった。そしてふいに沸き起こるようにおもった。自分はみどりを好きになることから逃げてきた、と。

「だから、だから、諦めた」

みどりは語尾を萎れさせて言い切ると、一瞬の喘ぎで正午を見つめた。ゆらいだ瞳から大きい玉があふれ落ちる。正午はダウンジャケットの胸に顔を押し当ててきたみどりの背に手を回し、昂ぶりがしずまるように二度三度とさすってやった。

夜が時を刻む。体温と吐息、血の臭いがかもす微熱に包まれてまどろむ中を、みどりが歌でも口ずさむように洩らす声や、スパンカーのフラッグが千切れるほど翻る音が通り過ぎていった。小用で一度外に出たとき、澄んだ満天に凍て星がかがよい、驚いておもわず見入った。抑え隠していた浩一への恋を諦めたときといまその浩一を失ったみどりの涙が、突然ダイヤモンドダストのきらめきで天に噴き出したかの夜空だった。息をのみ、すくんだ足を釘付けにされたが、いやおうもなく寒風に追い立てられて操舵室へ連れもどされた。冷たくもおごそかだった夜空とみどりの悲しみが頭をかすめるなかで半睡をくりかえすうち、水平線の弧が白くほころんでくる。

痛みに身をよじり操舵室を出る。未明の星空は奇跡だったように空はまた灰色雲で埋まっていた。剝がれた白い鱗片がきりきりと宙を搔いて海に融ける。みどりが這い出て、浩一の上に積もった雪を払った。しかし衰弱のまま遺体にうつ伏しかかるのを抱えて操舵室へもどし、自分は漁船が見えれば助けを呼ぼうと胴の間に陣をとった。海難事故でも起きたのだろうか。風がヘリコプターのプロペラ音を何度もはこんだ。彼方に機影もよぎったが、真上へ飛来することはなかった。

午後になっても潮の流れに遊ばれていた。再度夜を迎える不安が膨らみはじめたころ、突然近くに巡視船が出現した。操舵室のドアの奥に大声で告げると、みどりは足を投げ出した姿勢で力なく笑みを返した。どきりと乱れた心臓をなだめ、「待ってろよ、みどり」と言い置いて、目の先を行く船体に手を振り、操舵室を指さして両手でバッをつくり、漂流を訴える動作をくりかえした。巡視船から下ろされるボートを目にしたとき、ほっとしたからか激痛が煌めくほどに鋭く全身に走って屈みこんだ。脇を探った手にぬるりと冷たい感触が伝わる。吹き付ける冷気が刃さながらに内臓へ食いこんでくる。

立ち上がって背中を操舵室にはりつかせる。空と海を円く切る線に視線を投げ、迫り寄る広大な海原と、分厚く立ち上がるうねりと、己が肌を食む波濤にいまさらの戦慄をおぼえる。そうか人は巨大な空洞の極微な片隅で生き、死んでいくのだなと突飛な感慨がこみ上げる。急に視界が濁って、巡視船のボートが薄墨色の霧に呑まれる。凭れたまま霧を払おうと伸ばした両手が空を切る。巡視船は幻だった気がした。幻だったらどうなる、みどりはどうなる、みどりが死んだらみどりの家族は尽きてしまう、だれもいなくなってしまうではないか、そんなことになってはいけない、みどりは、死んではいけない。

うろたえる感覚の中で意識が堕ちていく。

堕ちゆく意識の底で、そういえばあの波の壁を立ち上げた巨大な尾ひれの鯨はどこへ行ったかと、海のはるか底深くへ悠然と潜行する一匹の生物を目に浮かべた。

附

青木磨崖梵字群——実録・新宿ゴールデン街

1

二十何年ぶりか。新宿ゴールデン街といえばかつて入り浸った歳月が嘘のようにぴたりと足を向けなくなっていた。年をとるうちに、この一角に集う人々の夢か鬱屈かはわからないエネルギーの熱い渦のようなものから、気づかぬうちに弾き出されてしまった気がする。同郷の者四人と不定期の飲食会が中華屋で催され、仙台から来た一人が行ってみたいと言い出し、篤志《あつし》自身も久しぶりにのぞいてみるかと気が向き、馴染みの店はもうないが、と断ったうえで案内に立ったのだった。

ゴールデン街は背中合わせの小さい店々が密接して棒状に延びる木造モルタルの建物群と、その間を貫く路地が交互に平行して成り、売春防止法の施行前は青線と見下げられた私娼窟だった。低い屋根のバラック風二階建て構造がそっくり残り、細い外階段で一階と二階が別の店に分かれているところと、急な内階段で一、二階をつないだままの店とが混在する。内階段の店の二階は本来、一階で出会って交渉成立した男女が上がって性交するための空間で、売防法以後は店主の寝所や物置に転用されている。

むかしと変わらない安っぽいゲートをくぐった街区手前で、数人の欧米系外国人の男女が瓶ビールを片手に気勢をあげている。二十数年前には考えられない光景だった。テレビのニュースやワイドショーが、バブル期の地上げ攻勢を乗り越えて生まれ変わったゴールデン街に外国人観光客が押し寄せていると報じていたのでなるほどとおもい、しかし入り口の場所での記憶にない喧騒と汗臭そうな大きな体がたむろする違和感への怖れに突き動かされながら、横をかすめて中へ入った。

一本目の路地を花園神社の裏道へ抜け、隣の路地へ回って表側へ向かい、かつての都電線路跡を整備した遊歩道沿いに壁となって並ぶ店舗に突き当たってまた一本隣の路地へ移り、ふたたび神社裏の道へと歩いた。街は全体にレトロ感が増し、猥雑な臭いは薄れている。二十数年よりもっと前にはゲイバーも何軒かあって、はだけた着物姿で化粧をする男どもが路地に見られ、店の壁には「暴利多売でやっております」の張り紙を貼り、実際気にいらない客からは常連の十倍も払わせている場に行き合わせもしたが、その手らしい店は見当たらない。窓を付け中を覗けるように改修したり、扉を開けっぱなしにした店があって全体が開放的に変わり、狭い間取りでどうやって調理するのか、ラーメンや食事の店ができていて目をみはった。バブルの時代に地上げの餌食とならなかったのは、零細でたいした日銭にもならない大多数の経営者が死活問題だと反対したこともあるが、店のほとんどが何代も又貸しの状態できた経営者、家主、地主との権利関係が複雑で、ディベロッパーも追い込めなかったと聞く。ただし火を付けられたらひとたまりもないので、深夜から早朝まで、店主たちが交代で見廻り、そのときの結束が街を一新する機運につながったという。

開け放たれた扉の奥に顔を向けると、腰かけずに頭が天井にぶつかりそうなままグラス片手に立つ外国人が三人、陽気に手を振る。扉を開けて店の奥を覗きまわる外国人もいる。欧米系外国人の目には、ここはガリバー旅行記のガリバーが漂着した小人の国、コンクリート・ジャングルに取り残されたオアシス村なのだろう。

佇まいは同じにみえても、街の内情は変わってしまう。時代は、古きを知る者の過去を踏みつぶして刻一刻と過ぎてゆくのだ。

篤志が初めて新宿ゴールデン街に足を踏み入れたのは、出版社に就職して、当時盛況だった小説雑誌の編集部に配属されて数日とたたないうちだった。夕刻、先輩たちがみんなでちょっと行くから一緒に来いと拒むべくもなく命じられ、食事後に連れていかれた店が、ゴールデン街の「まえだ」というバーだった。酒は学生時代、ビールとトリスのハイボールぐらいしか経験がなく、夜明け近くまで何軒か連れ回された翌日はひどい二日酔いに見舞われた。その日を皮切りに、毎日のように新宿に出て飲み回る日々が始まる。毎日のように吐いていた気がするが、半年ほどたった年の暮れには、不思議にも吐かなくなった。飲み続けるあいだに体のほうが勝手に体質改善して酒に強くなってしまい、以来三十過ぎまで、給料の大半が新宿のゴールデン街と二丁目の下水道へ消えていった。酒浸りの毎日は編集部の先輩たちも同様で、要するに、無頼派作家がまだ跋扈《ばっこ》し、原稿取りや打ち合わせに酒場を介するのが当たり前だった当時の雑誌編集者の現場が、そんなだったというしかない。

バー「まえだ」はいわゆる文壇バー。作家は銀座で飲むタイプと新宿を好むタイプに分かれるが、新宿を代表する店だった。作家に限らず映画関係者、演劇関係者、イラストレーター、マスコミ関係者など、文化人といわれる広い層と関係者でにぎわっていた。流行っている大きな理由は、ママの前田孝子さんの口が堅く、客が喋った大事な内容をだれにも漏らさないと信頼されていたからだった。酒は客が請えば日本酒「美少年」や栓を開けて何日経ったかわからない安ワインも出すが、大概はブラック・ニッカを水道水で割った水割り、つまみに近所の店からの御裾分けらしい切干大根か南京豆を出すだけで、カウンターの中でじっと立っているか小さい椅子に座って煙草を吸っているかで、ほとんど口をきかない。仏頂面で、笑うこともまずない。喧嘩沙汰が起きると「おまえら、外でやれ」「もうけえれ」と怒鳴り、気に入りの客が帰ろうと腰を上げれば「もう少しいろ、帰るな」と怒鳴り、客が銀座クラブの初めての女など連れてくると露骨にいやな顔をして「もう閉店、入るな」と怒鳴った。なにかで機嫌を損ねると客の頭を手のひらでバンバン叩くので、そんなことまでされてなんであんな汚い店に通うかと自嘲口をきく者も少なくないわりには、通うのをやめる者は少なかった。年齢より老け顔で、化粧っけはなく、最初に連れられて行ったときに五十路ぐらいだろうと思い込んだが、実際はそれより十も若く、そのとき四十歳だった。最初の日から孝子さんが亡くなるまでの二十年間、篤志は常連客として「まえだ」に通いつめた。

前田さんは作家の田中小実昌さんとの関係が編集者の間でいわば公然とされていた。田中さんには妻子があって娘らもうすうす知っているようだったが、騒ぎ立てることもなく、二人の仲はゴールデン街の常識ともいえた。他の店に田中さんが来ていると客から聞くと、商売を放り出して店にのりこみ連れ帰った。「てめえは二階に上がっていろ」と追い立てられ、困ったように垂直に近い階段をのぼっていく田中さんを前田さんは嬉しそうに見ていた。篤志には男女の仲の睦まじさとも恐ろしさとも感じられたものだった。

作家の中山あい子さんは孝子さんが亡くなった四年後に、「浅き夢」という作品を「小説現代」に書き、二人の交友の様子を綴った。初めて「まえだ」に行ったのは篤志が初めて連れていかれたと同じ年で、担当の編集者に案内されたという。中山さんは戦時中に結婚するも夫は戦死、戦後は英文タイピストとしてアメリカ大使館に十数年勤めるなどしたあと、第一回の「小説現代新人賞」を受賞した。夫の死亡通知を受けたあと、乳飲み子をどこかの店の荷台にこっそり放って外に出たら、後ろから追いかけて来た人に赤ちゃん忘れてるわよと声をかけられ、捨て損ねたという逸話が編集者の間で信じられていた。だれかが吹いたホラか事実かはわからない。最初の著書『奥山相姦』が上梓され、編集者にお祝いされてから新宿へ流れたらしい。二年後、篤志は人事異動で部署が変わる先輩の女性編集者から引き継ぐかたちで中山さんの担当になった。

孝子さんは中山さんが初来店してからほどなく、土曜の夜、中山さんの家に泊まりに行くようになり、風呂に入り、中山さんの手料理をなんでもうまいうまいと言って食べたという。中山さんは神田錦町のパティオ風中庭のあるマンションの住み込み管理人をしながら、管理人部屋のほか空き部屋を自宅用に使っていた。三十歳で開店してから十年間、店の屋根裏と変わらない二階で寝起きしてきた身には、風呂付きメシ付き清潔な布団付きの待遇は、よほど気分のよいものだったらしい。野方駅に近い環七と新青梅街道が交わる丸山陸橋そばに、客の大学教授からマンションを譲り受けてマイホームを持ったのは、そんな快適体験に刺激されたからだった。といっても月曜から金曜まではやはり店の二階に泊まった。

中山さんは、孝子さんにとって「あの頃が一番充実した幸せの日々であったろう」と書いている。マイホームを持ったばかりは、だれの人生にとっても花咲き誇る節目の季節といっていい。孝子さんは着物道楽だった。銀座時代の友だちの家に預けていた着物を引き取り、新しいタンスを買って納めた。大きな冷蔵庫、ベッド、広いテーブルを揃え、日曜にはたびたび客を呼んで宴会を開いた。客の女性に「おまえ、こんどの日曜に来い」と命じて料理を作らせ、自分は寝転んでテレビを見ている。命じられた女性たちが素直に従うのはどういうわけかと中山さんは不思議がり、彼女たちも孝子さんが寂しがり屋であることを感じ取っていたからだろうと推量する。

寂しがり屋。中山さんは断定している。そうだったかもしれないと、篤志もおもう。作家の長部日出雄が直木賞受賞作を自らの監督で撮った映画の招待券を貰ったから、と孝子さんに誘われ、コマ劇場前の映画館に二人で行ったことがある。孝子さんは閑散とした客席をぐるりと見回し、座席に着くと上映が終わって外に出るまでほとんど口をきかなかった。ラーメン屋に立ち寄ると、客が少なかったがあんなものだろうなと素っ気なく言い、ラストシーンの意味がわからないと首を傾げた。ヒロイン役の女優がなにかとあったのちに旅立つ場面で、突然風が吹いて、首に巻いていたマフラーが宙に舞うというシーンだ。篤志なりに解釈を口にしてみたが、ああと生返事だけで、何を言いたかったのかなあ、といつまでも呟いていた。靖国通りで別れるとき、じゃあこれでと手を上げた篤志をまっすぐに見て、眉間を狭めて寂しそうに目を細めた。私をここで放り出すのかと恨まれた気がして、篤志自身も放り出したような罪悪感にふっと苛まれた。

中山さんは二十年の付き合いのなかで、孝子さんがぽつりぽつりと語る経歴を拾い、継ぎ合わせを試みている。佐賀県で生まれ、幼いときに両親を亡くし、姉や兄は親戚に預けられ、孝子さんは両親の家の二階に間借りしていた陶器の絵付け職人夫婦の養女となった。ところが彼女がいくつのときか、夫婦に赤ん坊が生まれた。孝子さんはそれだけを語り、養女時代にどういう出来事があったか、どんな思いで暮らしてきたかは一切語らなかったという。佐賀の高校を卒業して一、二年ほど中学校の代用教員をしたのち、家出して上京する。同じ佐賀出身の三好十郎の劇団に憧れてのことで、しかし演劇を目指す者は夜のアルバイトで生活費を得るしかなく、孝子さんは銀座の店に勤める。その経験が新宿に店を持つきっかけとなった。ただし銀座から新宿へいたる十年間については、肺病に罹って背中に大きな手術痕が残ったこと以外、男関係も含めて口をひらくことはなかった、と中山さんは書いている。劇団では演出志望だったと言ったらしい。

しかし篤志は、脚本家の大野靖子さんから、彼女は女優志望だったと聞いていた。三好十郎は一九五一年に「戯曲座」の指導者に着任していて、大野靖子さんは自分は演出志望の研修生で、孝子さんは女優志望の研修生だったと明言した。孝子さんは新宿のバーで色気のかけらもなく商売をしている自分が女優志望だったとは言えなくて、中山さんに嘘をついたのではないだろうか。

大野さんとの付き合いは、小説を書かないかと当時は荻窪にあったお宅を訪ねたのが始まりだった。学生時代にフジテレビで「三匹の侍」という時代物の人気番組があり、悪漢を背中からぶった切るといった豪快な台本に感心したところ、終わりのテロップに「脚本 大野靖子」とあるのを見て、女なんだと驚き、この方はきっと小説も豪快なものが書けるにちがいないと踏んでのことだった。そのときはＮＨＫの大河ドラマ「国盗り物語」のシナリオ執筆中で、一年間、ほかはやれないと断られたものの、姉が嫁入りの三日前に発狂し錯乱の果てに死んでいるとかで、それをいつか書いてみたいのだと聞かされた。なぜ発狂したのか、よほどの物語があったのでしょうね、いいですね、ぜひ書いてくださいと編集者の浅ましさで願い、一年半後に再訪した。このときも「国盗り物語」で待たせたたくさんの脚本執筆をこなさざるをえないと、なかなか小説に手は回らない現状を説明されて消沈したが、雑談で新宿で飲んでばかりいて体がきついとこぼすと、「あら、じゃ、『まえだ』っていう店、ご存じ？」と聞かれ、「ほとんど毎日のように顔を出します」と応じたのへ、「前田さん、孝子さんは元気なの？」と前のめりに尋ね返された。

「ご存じなのですか」

「むかし同じ劇団にいたのよ。女優志願のかわいい子だった。新宿のゴールデン街に店を出したと風の噂に聞いたけど、一度も行ってやれなくて」

「女優だったんですか」仏頂面で客の様子をにらんでいる打ち萎れたオバサンのような姿からは想像できなかった。もっとも性格俳優という筋もあるので、かわいいだけが女優の条件ではないだろう。

「こんど連れてってくれるかしら。十年ぶりに会いたいわ」

言われて否やはなく、翌週、新宿の料理屋で夕食をもてなされたあとに「まえだ」の扉を押し開けた。前夜までに大野さんを連れてくると伝えてあり、「え、ほんと。楽しみだ、それは」と嬉しそうな声をあげたので喜ぶだろうとおもってはいたが、二人は顔を見合わせて、「前田さん」「やっちゃん」と声を交わすと、カウンターがなければ抱き合ったかもしれない勢いで手を取り、「元気」「元気よ。あなたは」「私も元気よ」といつまでも取り合った手を離さなかった。十年ぶりとはいえ、そこまで懐かしがるものかと、篤志は突っ立ったまま身の置き所に困った。


中山さん、大野さん、孝子さんの三人が揃って伊豆高原の別荘へ旅したのは、翌年の夏のことだった。中山さんは、篤志が大野さんを「まえだ」に連れていった夜に偶然店に現われて、紹介すると物書き同士だからか、たちまち意気投合して交流が芽生えた。三人に篤志、「まえだ」の客で熊のような丸っこい巨体と濡れたような目の表情からベアと呼ばれているフリーライターの五人が伊豆急で向かい、別荘の持ち主である建設会社社長と連れの女性は車で来て、一行七人が洒落た造りの一つ屋根の下に合流した。大野さんはベアさん、社長、連れの女性とは初対面、篤志も社長と連れの女性とは初対面だった。中山さんは連れの女性とはどうか知らないが、社長とは面識があるらしい。ともあれ「まえだ」つながりの気安さと、じつは社長と女性の関係をカモフラージュする役が他のメンバーに託されているので、万事遠慮のない旅の始まりだった。別荘に着くとさっそく社長と彼女とベアさんが食料を仕入れに車で出かけ、残った者が掃除、風呂洗いを分担した。テーブルの椅子に座って外を眺め煙草を吸う孝子さんを中山さんがちらりと見て、どうせやらないと諦めたか、肩をすくめて雑巾がけをつづけた。買い物の車がもどってきたところでそれぞれに着替えてくつろぎ、風呂の湯が溜まったとわかると、孝子さんはさっさと浴室へ向かい、ベアさんと社長の彼女がキッチンに立って調理を始めた。

高床になっている建物の縁側に中山さんと大野さんと三人で腰かけ、足をぶらぶらさせながら海に沈みかかる夕陽を眺めつつ、「社長さんより先に風呂使っちゃっていいんですかね」と篤志はだれにともなく言ってみた。社長はガレージで車をいじっている。

「そういう気はぜったい回らない女だから」中山さんは触れても仕方ないとばかり、吐き捨てる。「荷物だってベアに持たせて当たり前なんだからさ。ベアの大きなリュックの中身大半はママの荷だよ。注意したって、ベアがそうするって言うんだからいいんだって返ってくるだけ。去年も夏に山中湖の別荘へ行ったのだけど、ベアが料理担当。そのために連れて来たんだ、あいつは料理が好きだからいいんだって、いいように使っている」

「ベアさんは、わかっているんですか」

「もちろんよ。でもむしろそれが嬉しいみたいでさ。ベアも変わってるんだ」

のちにわかったことだが、ベアさんは広島の生まれ、父親は早く死に、昭和二十年八月六日は縁故疎開中だったが、次兄が原爆死した。高校卒業後に東京に出て、新聞配達、遊園地の切符のモギリ、皿洗い、社会団体への就職など職業を転々とし、住まいも転々とした。やがてスポーツ紙や週刊誌のライターとなって、竹中労の手下にもぐり込むと、光文社の「女性自身」で芸能記事を担当した。しかしライターに落ち着くまでの暮らしぶりを自ら語ることはなく、語らないだけの苦労をくぐり抜けてきた人らしかった。詩を書いているらしいというのが、唯一プライバシーの情報だった。

入れ替わりで風呂を貰い、日が沈んで薄明かりがまだ残るタイミングで夕食が出来たと声がかかる。社長さんはすでにテーブルに着いている。よいしょと中山さんが腰を上げ、篤志も立ちあがると、NHK大河ドラマの二作目、「花神」のシナリオ執筆前の最後の息抜きになると言ってやって来た大野さんが、「ここに集まった人たち、どういう御縁なんでしょうかね」と耳元で囁き、テーブルを囲むメンバーを興味深そうに見て、いたずらっ子のようにふふふと笑った。

食事中に社長の奥さんから電話が来た。中山さんが受話器の手を替わって、「たくさんで押しかけ、楽しませてもらっています。ありがとうございます」とそらとぼけた。

翌朝、起きてテーブルへ行くと、卵焼きとパンとコーヒーカップがセットされていて、大野さんは日本茶をすすっていた。「昨日は本当に楽しかった」と篤志に話しかけ、「中山さんと前田さんは食事をすませて、下の庭でくつろいでいるわよ」

前夜の宴を盛り上げたのはベアさんだった。じつに物知りで、雑学のみならず経済や科学の専門的な知識も豊富だった。特に週刊誌の芸能欄を担当していたぶん芸能界の裏ばなしがおもしろかった。あれ、何だっけとだれかが詰まると、それはですね、と付随するどうでもよい知識まで披露してみせた。それぐらいの幅広い知識を身につけなければ、メディアの下っ端扱いのライターの世界は生き抜けないのだろう。

高床の縁側に出ると、下の庭にビニール製の寝椅子を並べて、中山さんと孝子さんがそれぞれに寝そべっている。薄曇りなので日焼けを気にしていないのだろう、中山さんはグリーンと赤の太い横縞のタンクトップと白の短パンに茶色いサングラス、頭は真っ白髪だ。孝子さんは店での装いとは打って変わって金色の唐草模様が入ったオレンジ色の薄地ワンピースに黒サングラス。モナコかフロリダのリゾート地でヴァカンスを楽しむ上流階級の中年女性みたいで、ふてぶてしくも見える。食後の歯磨きに行っていた大野さんがもどってきて、「ふたりとも凄い迫力。ゴッドマザーだわ」と口に手をあてて笑いをおし殺した。

社長さんから、一碧湖と城ケ島海岸へぐるりとドライブしませんかと誘いが来た。だが孝子さんだけ行かないと言う。部屋で高校野球を見ている、と愛想もなにもない。じゃあ私も残るわ、と中山さんが気を変え、出発するドアのそばまで送りにきて、ああもう、協調性ゼロなんだから、と震える息の声を上げた。それでも一人残して寂しいおもいはさせたくないと、中山さんの気遣いはだれにもわかった。

半年後に大野さんから写真が二十数枚送られてきた。いつシャッターを切っていたのか、往きの列車内で篤志とベアさんが並んで生真面目そうに椅子に凭れている写真には、ラフな格好だったからか、「パリからミラノあたりへ走る汽車の中みたい、ステキ！」なんて付箋に書いてある。ビニール製の寝椅子を並べて寝そべるゴッドマザー二人の写真もある。ドライブで行った一碧湖の温室植物園内では撮る人を替えて撮ったものが何枚もあり、社長と彼女が笑顔で寄り添うものは、愛人関係とはいえ似合いのカップルに見え、二人きりになる時間を自分たちが奪ってしまったのではないかと申し訳なくおもった。大野さんの水着姿も一枚あった。城ケ島の入り江で大野さんが「泳ぐ。水着、下に着込んできたから」と言い出して突然服を脱いだときに篤志が撮ったのだが、「間違って入っているんじゃないですよ。僅かに残っている私の可愛さが自然に出ているから、記念に上げます。面白がって他の人に見せたりしちゃいけませんと記されていた。ゴッドマザー二人に大野さんが加わってポーズをとった三人の立ち姿のスナップもあった。三人共に家庭の主婦たちとはかもしだす空気が違う。欧米風の風采にサングラスと、周辺を追い散らすような貫禄がみなぎっていて、大野さんだって十分にゴッドマザー、いや三人揃って女ギャングだよと笑ってしまった。

大野さんはNHK大河ドラマ「花神」のシナリオを脱稿させたあと、小田急線の梅が丘駅前の古い平屋の一軒家に住まいを移した。最初に訪ねたとき、肥りすぎて動きも緩慢なデブ猫がいた。二度目に行くと、そのデブ猫が行方不明になり、張り紙も貼って、もう一か月も近所を捜しまわったが見つけられなかった、と憔悴しきっていた。デブ猫のねぐらだった編み籠の内側が丸みの形をかたどっていて温みさえ感じさせる。外に出て車に跳ねられ、運転手がどこかに運んで捨てたのだとおもう、と諦めきれない様子に、お姉さんが発狂した話に取りかかってくださいとは言えなかった。

「伊豆高原に行ったときの社長さん、亡くなったっていうでしょう」

「え、そうなんですか」突然切り出されて、篤志は驚いた。まだ何年もたっていない。当時、五十前のように聞いたはずだ。建築会社を率いてるぐらいなので、体もがっちりしていた。

「前田さんから聞かなかったの」

「いいえ、数日前にも飲みに行きましたが」

「死んだら本人が行かないのだから知らないのかもね。文化業界の人ではないから、だれも教えてくれないだろうし」

「大野さんはどうして知ったのですか」

「彼の彼女から聞いたのよ。あの旅行のあと、彼女が手紙をくれるようになって。愛人の立場も苦しいみたいで。向こうには子供、女の子が二人いて、もし自分の存在を知ったら傷つけることになる。別れたほうがいいだろうか、と悩みを相談されたの」

「いつのまに連絡先を」

「だから伊豆高原で。相談したいことがあるので教えてほしいとこっそり頼まれて。でも彼女、彼を本当に好きだったのね。自分との関係がばれたときに、彼が奥さんに責められたらかわいそうだとか言いながら、やっぱり別れられない、いや別れたほうがいいはずだ、の繰り返し。彼女の父親が女にだらしなかったらしく、なにか心に傷があるのではないかしら。だんだん鬱になって、病院に通うようになってもいたの」

「どんなアドバイスをしたんですか」

「奥さんにばれたときはばれたときに対応すればよいから、あまり悩むなと言ったぐらい。いい感じの二人だったでしょう、別れろ、なんてとてもとても。二週間前、突然訪ねてきたの。彼が死んだって。虚血性心不全だったって。げっそりしてたけれど、もう悩まないですみますって、私の前で一時間ぐらい泣いていた。お世話になりましたと丁寧に頭を下げて帰っていった」

大野靖子さんは時代劇から現代劇まで幅広く手掛けられる脚本家としてテレビ局に重宝され、「花神」のあとも文化庁芸術祭大賞を受賞した「天城越え」や「火の記憶」「ザ・商社」といった松本清張作品をはじめ井上靖「蒼き狼　成吉思汗の生涯」、吉村昭「ポーツマスの旗」、宮尾登美子「序の舞」など文芸作品をテレビドラマ化、オリジナル脚本「鹿鳴館」「樋口一葉　われは女成りけるものを」の執筆もあって多忙だった。山口瞳原作の映画「居酒屋兆治」では日本アカデミー賞脚本優秀賞を受賞した。

中山あい子さんと大野さんと三人で上山田温泉へ足を運んだのは、中山さんから前年に受賞した日本アカデミー賞のお祝いを遅ればせだがしてあげたいと要望されたからだった。酒を飲まない大野さんを酒席に招くのもどうかと考え、いっそ予定している「雨宮御神事《あめのみやのごじんじ》」取材での温泉行に同行しませんかとうかがうと、二つ返事で乗ってきて、三人旅が実現した。雨宮御神事は三年に一度、四月二十九日に更埴市（現千曲市）の雨宮地区でおこなわれる五穀豊穣、厄除けを願う祭礼である。

四月二十八日の午後、戸倉駅に降り立つと、中年女性三人組の旅行者が「中山さん、サインしてください」と駆け寄ってくる。中山さんはテレビ番組に出演する機会が増え、男問題で悩む若い女の相談に「そんな男とは別れなさい」と一刀両断するなど気っ風のよさが人気で、顔を知られている。この日は黒のレザーコート、黒いシャッポから白髪をはみ出させて、薄茶のサングラスをかけている。大野さんも黒のレザーコートに無帽だが茶髪で、おしゃれな着こなしだけでも目立つ二人だった。私は芸能人じゃないよ、と照れながらサインする中山さんを楽しそうに見る大野さんのそばに立って篤志は、大野さんもすごい人なのに一般の人には脚本家は黒衣でしかないのだなと、小説家と脚本家の立ち位置の違いをおもった。

旅館の温泉に浸かり、女性部屋で夕食をとり、敷かれた二組の布団に寝転んで夜中まで喋った。大野さんは梅が丘の駅でベアさんにばったり出会ったと言う。

「ベアさんは世田谷のアパート住まいって聞いたことがあります」と篤志。

「伊豆高原以来だったけど、すぐにわかった」

「そりゃ、あの体だもの、すぐにわかるでしょう」と中山さんは、頭上に両手で大きく熊の輪郭をなぞってみせる。「大野さんは中国で受けに入っているってNHKの人から聞いたわ」

「五年前、テレビ朝日で放映した『蒼き狼　成吉思汗の生涯』や徳間書店の徳間康快さん制作の『未完の対局』で日中合作が続き、それであちらの映画界や文化庁の高官の方と親しくしてもらっていることは確か。中国はステキよ。広大無辺だし、四千年の歴史だし、宝物の題材がごろごろ転がっている」そう言って、これからやろうとしている概略を打ち明けた。「孫文の辛亥革命の時代に、国民国家の樹立をめざして、命を賭けた無名の日本人と中国人、彼らの物語を考えていて、NHKにラフを渡してある。たぶんやれるとおもう」

一年後に制作発表される日中合作の大作「その人の名を知らず」のことだった。大野さんは体はほっそりと華奢で穏やかな性格。生活はきわめて質素で控えめだが、仕事ぶりは大違いで、骨太で男まさりの作品構成が巧みだった。ナレーション、導入や場面転換での語りのうまさにも定評があった。

中山さんと大野さんが喋り合うのを篤志はときどき口を挟みながら聞いていた。中山さんが「テレビ出演なんてただ座っていて、一度か二度適当なこと言っていればいいんだから不労所得のようなものよ．『笑っていいとも！』のタモリは頭がいいし人望があるし、天才かもね」と言い、大野さんは「『蒼き狼』のとき原作の井上靖さんにお会いしたら、『小説は知的娯楽であって芸術ではありません』とおっしゃっていたわよ、『花神』のあと司馬さんにご馳走になったの、珍しく二次会に大阪のクラブへ案内されて司馬さんとダンスをしたのよ。この際とおもって体のあちこちに触ってみたらガリガリだった。栄養は全部頭に行っているようだったわ」と明かしたりして、テレビ界や出版界の裏話、俳優や作家の評判、政治への批判など世間話に毛が生えた無害な話題が中心だったものの、二人は意見が合い、ぴたりと気が合う様子だった。考えれば中山さんが数年年上とはいえ共に戦前の生まれ育ちで、戦争を体験し、敗戦後の混乱真っ只中を生き抜いた世代で、中山さんは、おんな焼跡闇市派とはやされているぐらいだった。とくに語らない時代体験が、二人に共通の人間観、人生観、心の地盤をはぐくんできたにちがいない。「まえだ」のママもそうだと、篤志はおもいをめぐらした。

翌日、祭りは午後一時の開始、クライマックスは夕方と知って、朝食後にもう一度温泉に浸かり、チェックアウトぎりぎりに旅館を出て、駅前のコーヒー店で時間をつぶした。正午過ぎに雨宮坐日吉《あめのみやにますひよし》神社の社頭までタクシーで乗り着けると、地元の人らしい何人ものんびりと鳥居の奥へ石畳の参道を歩いていく。鳥居は朱色の両部鳥居。篤志らも人の流れを追い、石造りの二の鳥居、その先、紐注連縄が一本張られた境内の入り口らしい門の前に出る。門の左右は板の垣根が延びている。それをくぐって、拝殿の前庭を囲うような人群れの中に潜り込む。拝殿は入母屋造りで、向拝の左右に陣幕が張られ、向拝前の左右には「五穀豊穣」と「天下太平」と書かれた白抜き文字の赤い幟が揺れている。拝殿の内陣でなにか式がおこなわれているらしく、聞き取れない声が絶え絶えに耳に届いた。式の終了した気配とともに触れ太鼓が打たれ、祭り装束の子供も含む者たちが人垣を掻き分けて現われ、舞が奉納された。

篤志は笛、太鼓、歌一体の舞を見ながら、コピーしてきた資料を開き、中山さんの耳元で「これは神踊り、御神事踊りとかいう一つで、正式には朝踊りというらしいです」とか、面を付けた六人の踊りは「これは『御鍬《おんくわ》』というらしいです」、獅子四頭の舞には「これはそのまんま、『獅子』です」と教えていたら、「いいから。あとでそのコピー、私にちょうだい」とうるさがられてしまった。

拝殿前庭での奉納舞が終わり、武者姿の氏子や烏帽子姿の子供たちに神輿が加わり、場所を摂社や町中へ移してそれぞれに踊りが繰り返される。篤志たちはだらだらと適当に付いてまわったが、朱の鳥居へもどったところで、待ち構えていた氏子の一団が四頭の獅子に襲いかかった。何事かと見ていると、獅子頭の白い紙で作られたふさふさの鬣《たてがみ》や鬚《あごひげ》がきれいさっぱりちぎり取られていく。「ああ、これが『化粧落とし』ですね。氏子の一団は『おかしら』と称して、奪った紙は川に流すか、家に持ち帰って虫よけ、厄除けの呪符にするらしいです」と言うと、中山さんと大野さんは顔を見合わせ、「獅子の丸坊主なんて初めてみたわ」と可笑しがった。

食堂を見つけ、遅い昼食を兼ね、クライマックスの神事は六時頃からというので、店で時間潰しをさせてもらった。中山さんのテレビでの顔がものをいい、「遠慮なくぎりぎりまでここで待ってください」「『橋がかり』は若い衆でないと無理。うちの旦那もむかしやったけど、苦しくて二度とやりたくないとさ」「帰りのタクシーは呼んでおきますから、ご安心を」と言う店の人の好意に甘えた。

生仁川《なまにがわ》の下流の岸辺に陣取って「橋がかり」を見物した。斎場橋と呼ばれる橋から獅子に扮した四人が、足首と胴回りをロープで縛られ、逆さまに七メートル下の川面まで吊るされる。獅子頭には鬣があるので丸坊主にされた用具とは別物なのだろう。その格好で橋上の笛と太鼓のリズムに合わせて踊るという運びで、獅子役は上体を繰り返しゆすって前後に鬣を水面に叩きつける。腹筋背筋が強くて柔軟な若者でないとできない所作で、ここでも鬣を流れにたくさん奪われることに意味があるらしい。時代物も多く手掛ける大野さんが「水責めの拷問ね」と洟らし、「あら、獅子が髪洗ってんのよ、お浄めじゃないの」と中山さんがふざけ、篤志はむかし雨ごいで生贄の動物を川に沈めた名残、あるいは人柱かと想像をめぐらしたが口には出さなかった。見ているうちに夕闇が落ち、三人はあたふたと見物を打ち切り、帰路についた。

二か月後に篤志は十五年いた出版社を退職して、仕事がらみで飲む機会がなくなったぶん、「まえだ」にはしばらく足を運ばなかった。同業者や知り合い、むろん辞めた会社の人も多く来るので、なぜ辞めたのかと聞かれるのがわずらわしく、故意に避けた面があった。

退職直前まで仕事は詰まっていて、田中小実昌さんの原稿を貰いに新宿の区役所通りを内側に入ったスナックで待ち合わせた。雑談を三十分ほど交わして田中さんが席を先に立ち、飲み残しの水割りをからにして支払いをすませ夜食を買いにスーパーに立ち寄ったときだった。田中さんの姿が目にとまった。また顔を合わせるのはバツが悪い気がして、棚の陰に身を隠した。田中さんの隣には女がいて。そういえば田中さんが立ち去ったあと。カウンターの端で独り飲んでいて追うように出ていった若い女がいたっけと気づいた。見るともなく様子をうかがっていると二人は弁当を二つ買って手をつなぎホテル街へ消えていった。あれが静岡からやってくるという女かと耳にしていた噂を思い出したが、知らなくていいものを目撃したと肩をすくめた。「まえだ」に言いつけることは無論ないにしろ、見たことを見なかった顔をして行くのに後ろめたさを覚えて、間遠をかこった面もあったかもしれない。

数か月ぶりに早い時間に顔を出すと、ほかに客がいなかったからか、孝子さんがいきなり「ベアが死んだよ」とぼそりと口にした。原稿の締切が過ぎたのに届かないので編集者が訪ねて行って亡骸を発見した。死後一週間、まな板に切りかけのワカメと、鍋に豆腐が用意されていた。味噌汁を作ろうとしている最中に倒れたらしい。ひと月も前の話で葬式も済ませたという。四十九歳だった。

大野さんとは数日前に長電話をして、梅が丘の駅前の家が地上げにかかって、その保証金で千葉山中の競売物件の一軒家を買い、引っ越しすると聞いたばかりだったが、一応知らせるべきとおもい、電話をいれた。ええっと驚きの声を洩らし、どうして、と聞かれ、「まえだ」で聞いたとおりに亡くなったときの状況を話すと、「なんて悲しい死に方をするのよ」と声を高め、絶句する気配だった。

一週間後に電話がかかってきた。近所とわかっていたので、交番でベアさんの住所を聞き、アパートを訪ね、部屋を見せてもらった、と語る。どういう行動力なのかと篤志が返答につまると、「死後一週間なら変死扱いになるわよね。警察は調書をつくるから、交番へ行ったら、住所は簡単に教えてくれた。ベアさん、松岡繁って名前なのよ。ワンルームの部屋はすっかり片付けられていて、あの巨体が小さな部屋で、どんな楽しみ、苦しさを抱えて生きていたのかと考えて、一時間ぐらいいたの。詩を書いていたらしいけど、どんな顔で詩句をひねっていたのかしら。キッチンはガス台もそのままで、この前で味噌汁を作っていて、一瞬だったのか、何か感じて倒れたのか、大きな姿が床に倒れていく瞬間を何度も想像してしまった。ベアさん、もっと生きてほしかった」と、しみじみと話した。

大野さんにとってベアさんは伊豆高原が初対面で、あとは梅が丘の駅で一度ばったり会っただけの人にすぎない。それなのにアパートの部屋を訪ねてまで故人をしのぶとは過剰ではないのか。そういえば社長の愛人だった女性の悩み相談に応じていたが、彼女も一度会っただけの相手でしかない。それなのに彼女は大野さんの懐にとびこんだ。大野さんには人の生きるつらさに感応し、互いに共鳴しあう能力があるのかもしれない。だからつらい生き方をしている人を引きつけ、自分も引き寄せられていく。ベアさんに対しては太った大柄な風貌にひそむ孤独を感じ取っていて、どこかで救われてほしいと願っていたのかもしれない。ところがベアさんは救われることなく逝ってしまった。大野さんはベアさんの生前を感じられる部屋にとどまり、耐えていただろう孤独をより深く共有しようとしたのかもしれなかった。

千葉に行ってからの大野さんとは一年半、会いに行けなかった。フリー編集者として契約した会社に出勤するかたわら、一冊ごとに頼まれる原稿の整理、新人文学賞応募作の下読みなど、来る仕事は拒まずすべてやる方針で業界の裏方仕事をこなすかたわら、離婚で妻子と別の暮らしを始めたばかりで環境が変わり、木更津から久留里線で平山駅からタクシーで向かうという、どうあっても一泊させてもらうしかない村落の住まいを訪ねる余裕が持てなかった。それでも電話は何度かかけあっていた。

生活はできているかと、毎度さぐりを入れられた。別れた妻は自立心がつよく、慰謝料はもちろん子供に会わせないためもあって養育費も受け取らないと主張し、退職金で銀行からの借金は完済ずみのマンションを渡していたのでまあいいかとそれを受け入れ、収入は自分の生活費だけに使えると説明はしていた。それでもフリーという職業が受ける報酬はきわめて小さいと知っていて、仕事が順調に来ているかと心配をかけさせてしまっている様子だった。

中国大陸を舞台に進めていた日中合作の大作「その人の名を知らず」は藤竜也や田中裕子、原田芳雄、中国側の女優、男優の出演で完成したが、島桂次NHK会長の意向をくむNHK幹部と対決した話も電話で聞いた。台詞に「侵略」という言葉が使われているのがけしからんとの理由で放映に待ったがかかったのである。音声で侵略を「進出」に変える、その台詞の部分を編集でカットするといった提案を大野さんはすべてはねのけ、それならお蔵入りさせるとの脅しには中国側にどう説明するのか、外交問題になると逆にせまり、サラリーマンの世知辛さから上とはたたかえないスタッフにかわって、孤軍奮闘、ついに相手をねじ伏せたというのだった。松本清張が自作のドラマ化は大野靖子の脚本が条件と公言していたのは、脚本の出来映えだけでなく、そのような理不尽とは筋を通してたたかう、男まさりの仕事ぶりへの信頼があったからだろう。

初めて千葉山中の住居を訪ねたのは、その年五月の夜九時から三回に分けて放映された「その人の名を知らず」の最終回を一緒に見るためと、前年十一月に下咽頭がんで入院、手術して三月に退院した「まえだ」の孝子さんの現況を直接伝えるためだった。

中山さんの「浅き夢」によると、中山さんは編集者の一人を介して店に呼び出された。その場でいきなりがんになった、明日入院、と他人事のように知らされたという。製薬会社に勤め病院廻りをしているHさんという常連客がいて、喉が詰まり痛くて何も食べられないと訴えてきた孝子さんを東京女子医大に連れていった。診察後すぐに手術の段取りが決められた。孝子さんはいつも咳をして、客の前で流しに痰を吐くこともしばしばで、ぜんそくだと言いつくろっていた。手術で背中を切った後遺症と考え、肺病はがんにならないと聞いていただけにその夜はなかなか眠れなかった、と書いている。孝子さんが中山さんに直接電話しなかったのは、弱みを見せたくないからで、さりとて手術から生還できるとはかぎらない。入院前の最後に顔を合わせたい気持ちがあったからだろう。九時間かかった手術で、「まえだ」のママは客を怒鳴りつけていた声を失くした。

大野さんの家の玄関にはいきなり吠えかかってきた犬が一匹、ダイニングキッチンに猫が十匹ほど、椅子や床のカーペットにそれぞれ場所を占めて丸くなっていた。引っ越し前の梅が丘に新たな猫が一匹いたのは確かだが、越してきた一年半の間に大家族に育っていた。

「この辺、野良猫が多いので拾ってきたのがほとんど。それを見ていたのかしら、田舎の人はなかなかしっかりしてるわ、頼めば引き取ってくれると見こまれたのね、都会に住む息子のマンションに移るのでと押し付けられたのが二匹と、あの犬もそう。駄犬、駄猫ばかりの、とんだ動物園ね」

「その人の名を知らず」最終回が始まるまで、大野さんがマーちゃんと呼ぶ演出家のご主人と酒を飲む合間に、孝子さんの状況を話した。入院中に篤志は一度友人を誘って見舞いに行き、そのときは大部屋のベッドに座って無言で話を聞いているだけだった。退院までの四カ月と退院後の様子は中山さんに会ったときや製薬会社の男から聞いた。見舞客が絶えず、騒がしさを病院から注意されたという。銀行のATMの使い方がわからず、見舞金の入金や支払いの出金のたび、銀行員を呼んで処置させたと聞いて、苦笑するしかなかった。退院後、野方のマンションに貸しベッドを入れ、食事の用意をする家政婦を雇い、痰を自分で取る機械と喉に当てて喋る器具を器用にこなして始まった暮らしは、規則正しく朝起きて三十分の散歩、きちんと食事をとり、ベッドで休み、テレビを見て、その日の来客を心待ちにし、訪問者がいる間に風呂に入るという用心深さで、退院後まだ二か月の段階とはいえ、どうやら大丈夫そうだよ、と中山さんは話していた。

「中山さんは前田さんのマンションにしょっちゅう出入りしているようね。それなら安心」大野さんは安堵の口調だった。

「中山さんは毎日見舞いに通ったそうです。そのために女子医大の近くにアパートを借りて、寝泊まりしていたって話です」

「娘のマリさんは呆れていましたけどね」

マリさんは舞台女優の道をまっしぐらに歩んでいる。偶然町で会って立ち話をしたとき、

「中山さんはてきぱきと体を動かして効率よく生きるタイプ。たのもしい女よ」

「わたしゃ、あの女、よくわからんわ」と母親をあの女呼ばわりし、「『まえだ』のママとはいつだって迷惑かけられ、家では欠陥女だとか、あいつと付き合うとろくなことがないとくさしていて、実際得になることはひとつもないのに、病気になったら病院の近くにアパートまで借

りて面倒みるってんだからさあ」と心から理解できない様子だった。

翌日、雨が降っていて、ご主人がドイツ車で木更津まで送ってくれた。大野さんが、この人スピード狂よと笑って見送ってくれたとおりに、コンパクトな車は細く曲がりくねった山間の田舎道をかなりの勢いで走り抜ける。「あっ」とスピードを落としたので、どうしたんですかと問うと、「子猫がいたので。雨に濡れて」と溜息をつき、「彼女がいたら『止めて』と言われて連れ帰るところでした」と洩らした。止めてと言われて止めるのがくせになっていて、おもわずブレーキを踏んでしまったらしい。「このあいだも老猫の姿が突然見えなくなって。そうなると仕事も何も手がつかない。一両日あちこち探して、最後に猫は死に場所を隠すから、もしかしてと床下に這い入って死骸を連れもどしてきたんです。ひとたび共に暮らせば猫も犬も家族。いつも、いつも、彼らのために奔走している。そういう人です、彼女は」

大野さんのいのちへの並々ならない慈しみ、哀れみは、篤志も感じるところだった。

中山さんは孝子さんの予後は年末近くまでおおむね順調だったと「浅き夢」に書いている。月に二回の通院での検査には編集者や飲み屋の主人に電話して、車で送迎させた。長い間の水商売で金はあるはずなのでタクシー使えばいいだろうとの声には、単にケチだったのではなく、頼めば応えてくれる人の情がほしかったのだと弁護している。通院のたびに中山さん宅に立ち寄り、時に泊まっていき、店に電話して、帰りに寄っていった。店は入院中はもちろん退院後も姪とその彼氏を中心に客も手伝って和気藹々《わきあいあい》と営業を続けていた。ドスのきいた罵り声の代わりに若い人たちの明るい笑い声があふれ、鬼のいぬ間に雰囲気は徐々に変わっていた。立ち寄ることはあっても孝子さん一人がカウンターに君臨して接客することはもうなく、考えると、純粋の「まえだ」は中山さんが編集者を介して呼び出された入院前夜が、最後だった。

秋口に快気祝い、還暦の祝いも兼ねて京王プラザで開かれた「まえだ」三十周年パーティは、作家の佐木隆三と中上健次が音頭をとった。中山さんは体力がもつかと懸念もしたが、見舞客へいっぺんにお礼の挨拶ができる場にもなると計算して反対はしなかった、とそれでもすこし不安そうに主役の動きに目をくばっていた。懸念に反し、孝子さんは当日、元気いっぱいに、多くの有名人を集めた客の間を、ドレス姿で喉に器具をあてがいながら挨拶して回った。出席した大野さんも、流行作家の勝目梓さんをはじめ映画やドラマの原作者、出演俳優、映画界やテレビ局の知り合いと歓談して回っていた。会の終盤、孝子さんは壇上で佐木さんと中上さんから両頬にキスをされるとこの上ない笑顔になって、傍目には全快したと勘違いさせた。人生最高の、そして最後の晴れ舞台となった。

しかし年末にかけて体調は落ちはじめ、年が変わった一月に再入院となった。製薬会社のHさんは医者から再入院のときは覚悟するようにと言われていたというのだが、実際に治療は既定方針のごとく、抗がん剤を使うこともなく、すんなり緩和ケアのプロセスで動いた。ひと月、ふた月と入院が続き、三月に入って十日ほどしたところで大野さんから電話がきた。

前田さんの様子はどうかと聞くので、いまは個室に移って、寝ていることが多いそうですと答えると、「私、もうそろそろ、あと数日で危ない、そんな気がするの。だからその前に前田さんに会っておきたい。明日、東京に出るので病院まで案内してくれる？　お時間ある？」と慌ただしい口調で請われた。

大野さんは予知能力かとおもえる勘が妙にはたらく人だった。玄関にいた犬が散歩の途中で急に森に走り込んで、それっきり帰ってこない。大野さんは一晩待ってから、犬に何かがあったと受け止め、ご主人とともに近在の森や河原を捜しまわった。三日目にふと犬が走り込んだ森とは反対側の森にいると一瞬ひらめき、ご主人がまさかと言うのを振り切り、導かれるように山道を上り下りしていくと、かすかに鳴き声が聞こえた。犬はどうしてそうなったのか理解できなかったが、木の根に尻尾を挟まれ、動けないでいたのだという。「連れ帰って、汚いので洗ってやろうと風呂場に待たせて、私が濡れてもいい格好に着替えてきたら、尻尾からぽろぽろと零れ落ちる白いものがあるのよ。ウジ虫。こすれた尻尾の皮膚に卵を産み付けられていたの。医者に診てもらったら壊死しているというので、尻尾を根元から切断されてしまって。駄犬がますます情けない姿になっちゃった」電話口で大笑いしていたが……。

仕事の打ち合わせで千葉山中から出てきたときの宿泊用に、大野さんは高田馬場にマンションの一室を事務所と称して借りていた。篤志は指定された時間に迎えに行き、タクシーで東京女子医大へ向かった。

病室は二階で、大部屋の奥に並ぶ「前田」の札が下がる個室の前へ行くと、扉が閉まっている。そっと開けてのぞきこむと孝子さんは眠っている。どうします？　起きるまで待つわ、とささやき合い、しのび足で中に入った。見るともなく部屋の建て付けや備品に目をやって、手持ち無沙汰の時間をつぶした。部屋は清潔で窓があり、外の常緑樹は剪定が行き届いている。眠る孝子さんの顔はモルヒネの効果か、化粧したように白くなり、眉をしかめると寄った皺跡が伸びて、一枚仮面が剝げたふうに見えた。気を配っているつもりでも空気の動きを感じたか、不意に孝子さんが目をさました。「あら、起こしちゃった。御免ね。私よ、大野。調子はどう?」とすかさず大野さんが声をかける。一瞬の間で、ああと小さい声を上げ、ほんとうに嬉しそうな顔をした。篤志は二人だけにしようとおもい、窓際に立って二人のなにごとか交わす会話の様子を見ていた。孝子さんは枕に頭をつけたままで、大野さんも顔と顔を接するように耳元で話しているので、声はほとんど聞こえなかった。

大野さんがベッドテーブルへ動き、手鏡らしいものを持ってまた孝子さんのそばへもどったのは、しばらくしてからだった。大野さんがそれをかざし、言葉をかけ、孝子さんがうなずいている。何をしているかわからなかった。まもなく、疲れるのだろう、目を閉じる回数が増え、大野さんは「それじゃ帰るからね」と切りをつけ、するとまた孝子さんが何か言い、「わかった。じゃ貰ってゆくね」とやりとりがあって、篤志も「大野さんが来てくれてよかったね」と声をかけて退室した。大野さんは手に果物籠を持っていて、すぐに「あなた、これ食べなさい」と手渡された。

一階に下り、長椅子に並んで座った。何を話していたのかと聞く前に、「ちょっと待って。病人との会話はそれなりに体力使うの。一服させて」と煙草を取り出し、大仕事を終えたように煙を吐いた。

「鏡を見ていたことを聞きたいのでしょ」

「ええ、何してんのかなって。薬で顔がむくんでないかと気にしていたとか」

「そうじゃないの。前田さんに、『私、きれいか』って聞かれたの」

「へっ？」変な声を上げてしまった。

「そしたら、鏡を見たいというから、取りに行ったの」

「『私、きれいか』そう言ったのですか」おもいもしない言葉だった。失礼ながらきれいな人とおもったことはなかった。客の多くも「まえだ」のママではなく、「まえだ」のオッ母アと呼ぶぐらいで、孝子さんが美人か不美人かと考える人はいなかったろう。

「そうよ。だから鏡を見させて、ほら、きれいよ、ほんとにきれい、と言ってあげたの。そしたらうなずいていた」大野さんは嬉しそうに声を小さく洩らして笑い、なぜか満足しているようだった。

　その場で篤志は大野さんから、もう数日だとおもうからと、いち早く香典を預かった。遠いから葬儀に行けないのではなく、つらいから、死に顔を見ると何日も立ち直れないから、とどこか宙に視線をさまよわせて悲しそうに言った。

　一週間後、孝子さんは息を引き取った。今夜が危ないので待機していてほしいとB社編集者で常連客のOさんから連絡を受けた深夜二時、いま身罷った、遺体を自宅に運ぶと再び電話がきた。タクシーで丸山陸橋そばのマンションに乗りつけ、和室に安置されたばかりの遺体と対面した。中山さんと作家仲間の岩橋邦枝さんがいて、もう一人、製薬会社のHさんの四人が看取ったとわかった。岩橋さんは孝子さんとは同郷の佐賀出身で、中山さんと二人、女流文学会の帰りなどによく「まえだ」に立ち寄っていた。中山さんと岩橋さんは隣室に泊まるという。通夜は明後日になるというので、男性陣は改めて午前中に集まり葬儀の段取りや連絡作業をこなすことにした。翌日田中小実昌さんがやってきて「ぼくは教会で育ったのでどう祈ったらいいかわからない」とぼそぼそ呟きながら枕辺で合掌して帰っていった。世間的にいえばバブル経済がはじける前年、逆にいえばバブル絶頂期での静かな最期だった。

2

「まえだ」の葬儀は歌人の福島泰樹さんが住職の下谷にある法昌寺でおこなわれた。福島さんは「中原中也・絶叫コンサート」など美声の朗読パフォーマンスで知られ、名物文壇バーの最期を弔うにこれ以上ふさわしい人はいなかった。葬儀委員長は勝目梓さん。中山あい子さんは佐賀から上京した親類に混じって、血縁ではないのに親族筆頭のような顔をして本殿の棺前に控えた。新聞に死亡記事が出たので、弔問客は四百人を数え、大半は通夜に来た。篤志は受付の責任者を引き受けて来訪者に礼を述べ、香典泥棒に目を光らせた。玄関横の一室では中山さんの娘マリさんら四人がつぎつぎに運ばれてくる香典袋を開き、記帳と札勘定で休む暇もなかった。受付手伝いの若い女性に、焼香が終わって出てくる人がいたら、今日が「まえだ」の最後の夜なので帰らずに飲み食いしていってくださいと言って大広間に案内するよう指示したが、だれひとり出てこないと手持ち無沙汰げに報告にきた。いつしか大広間は目いっぱいの客で埋め尽くされた。野坂昭如さんが盛り上げ役に立って、女性たちから口紅を集め、襖に「新宿の夜に咲きたる」と赤々と書いてそのあとに詰まり、どうした、もう終わりかと野次られたが、結びの句はどうやってもよくならないと判断してか、それっきり放り出して、ただの落書きにしてしまった。受付は外にいて大広間の様子はわからない。大歓声が何度か波のように溢れ出て、抜けてきたゴールデン街の若いママに聞くと、「野坂さんが『まえだ』のママも今夜がこの世の見納めだから、男のものをたっぷり見せてやろうじゃないかと言い出して、野坂さんが一方的にウムも言わせず五人を指名したの。五人はズボンを脱いで前に立ってパンツ一丁、その後ろにパンツ脱がせ役の女の子がついて、一、二、三で一斉に引き下げたわけ。集団猥褻物陳列罪もいいところだけど、女たちがきゃっきゃっ、大喜び」この集まりに清純な女だっているかもしれないのに、とおもいつつ、乱痴気騒ぎに歯止めがきかなくなることを心配した。

精進落としに用意した寿司と煮物はたちまち尽き、追加注文で、近所の寿司屋数軒のネタを空っぽにした。俳優や有名文化人が押しかけ面白いことをしているとの情報が流れて覗きに来る近所の人、いったん帰ってよそで飲んで舞い戻ってくる作家もいて、結局、六時に始まった狂宴は、手伝いの女の子たちが帰る電車がなくなるという理由で、十一時半に強引に閉会を言い渡した。にもかかわらず宴はやまず、泥酔した劇作家の唐十郎と俳優の佐藤慶が帰ろうとしてもつれる足を支え合うように肩を組んで現われ、靴をうまく履けなくてひと騒ぎし、いったん帰ったはずの長部日出雄と田中小実昌が舞いもどってきて本堂の祭壇前に陣取り、「だれか、ビールもってこい」とわめいて無頼派ぶりを発散させ、幹事たちが寺を出られたのは一時に近い時刻だった。

翌日の告別式は静かだった。山口瞳さんが早々と来て、野坂さんの落書きを見たり、通夜の様子を知り合いの編集者から聞き取っていた。福島住職は読経の途中に気づかれないタイミングで「新宿の夜に咲きたる路地裏のきみは真白き芙蓉の花か」と歌を紛れ込ませた。野坂さんが放棄した句を連歌のように受けて後始末、いや成仏させた心のようだった。みんな仕事してるよ、と篤志は可笑しかった。何万とか何十万とかの一枚がだめになったせいで大広間の襖一式分、数百万円の損害をこうむった福島さんは、ありえない乱痴気通夜のいちばんの貧乏籤だったが、それを自ら口にすることはなかった。翌年の一周忌、襖はすべて障子に入れ替わっていた。

葬儀の後も中山さんの「まえだ」との関わりは終わらなかった。一周忌に法昌寺の本殿正面の庭に前田観音を建て、形見分けを取り仕切った。その際手を通したかどうかわからない高額な毛皮コートと郡上八幡で購入した帯の紛失に気づいた。合鍵は三名に渡されていて、上限五十万円でゴールデン街のママたちに貸し付けていた十四通の借用証も消えていたので誰が犯人かは自明だったが、前田さんと親しかった誼《よしみ》で表沙汰にせずに済ませた。銀行の貸金庫に預金三千数百万円が残されていて、すでに親族に渡ってしまったと知ると、先にわかっていたら新宿ゴールデン街文学賞を設立したのに、と悔しがった。三回忌には孝子さんの遺骨が納められた佐賀のお墓に、岩橋邦枝さんとゴールデン街の店主ら二人と連れだってお参りに出かけた。

　最後の関わりが「浅き夢」の執筆だった。「まえだ」の客を描いた作品数本と合わせた『浅き夢　新宿「まえだ」物語』として出版された。野坂さんはその帯裏に、

〈朝の花園町で、怪我をしてうずくまっている鳥を、前田孝子がタオルでくるんで、かかえ上げた。『もの好きねぇ、あんたも』と中山あい子がいった。『泳ぎたいねぇ』中山がつぶやき、『いこうか』『どこへ』『唐津、わりにきれいだよ、まだ』。二人はそのまま出かけた。酒場の主人前田は、仕入れのためいつも現金二十万くらい持っているのだそうだ。鳥が、その後どうなったか知らない〉

と寄稿している。孝子さんの秘める優しさと二人の奇しき縁をよく見抜いた一文だった。

　篤志はそれを読んで、一度孝子さんに店で怒られたことをおもい出した。辞めた会社の後輩と文芸誌のあり方について議論になり、もう辞めた人がそんなこと言ったってしょうがないでしょうといなされ、おもわず目の前のグラスを平手で叩き割ってしまった。驚いた相手が帰って一人になったとき、飛び散ったガラス片を片付けたあと、孝子さんは「おめえにこんな酒の飲み方を教えたことはねえ」とうらめしそうに言い、涙を浮かべたのだ。まさかの涙にうろたえて謝ったが、そのときの場面は罪悪感を帯びていつまでも心から消えなかった。

　結局、この『浅き夢　新宿「まえだ」物語』が中山さんの最後の本となった。ミレニアム騒ぎで沸いた二十世紀最後の年に、腎臓の病を悪化させて亡くなった。死去を知らせてくれた先輩編集者に葬儀の日取りを聞くと、中山さんは献体登録していたためどこぞの医大がさっさと

遺体を引き取っていき、おこなわれないとのこと。遺骨がもどるのは二、三年後らしいよと言う。上野の精養軒で開いたしのぶ会で、娘のマリさんが「死亡の手続きで戸籍謄本をとってよく見たら、生年月日が二年早いんでびっくりした。すごい女！　娘にまで齢ごまかしてきたんだからさあ」と冗談口調で、公表された享年は七十八だが実際は八十歳だったと暴露し、それも中山さんの生き方らしくていいと、集まった者で笑い合った。

大野さんがようやく依頼した原稿に取り組んでくれたのは、荻窪の住居を訪ねてからじつに三十年後、二十一世紀に入ってからだった。『少女伝』と題された麻子という名の少女の十二歳から十九歳までを描く自伝的長編小説で、十五年前に辞めた出版社から書き下ろし作品で出版した。第一章には五人きょうだいのうち、結核を病んで十七歳で亡くなった美しい長兄、やはり結核で十九歳で亡くなった愛すべき次兄、嫁入りの三日前に発狂して精神病院へ入退院を繰り返した果てに二十五歳で亡くなった長姉、一年のうちに次兄と長姉を失った気苦労から力尽きたように息を引き取った父親と、立て続けに起きた家族の死の記録が綴られた。その間に隣家の老婆、真裏の家の主婦、一家の病人を引き受けていた医者も死に、そのありようを大野さんは「死はせわしく麻子の周囲で跳ね飛んで遊んでいるようだった」と書いている。絵を描くことが好きだった長姉がカンバスに遺した自画像は、そうっと半分ほど開けられた襖の外を覗いている異様な構図で、絶えず外界に対して怖れと不安を持っていた心の内が黄土色の色調で描かれていて、そんな「タングステンが震えるように」いつもおののいていた姉の心に気づかなかった自分を悔い、泣きつづけたと吐露されていた。あげくに東京大空襲で母親と妹を守って火の中を逃げまわったとある。それは少女が自立して生きることを決めた出発の表現でもあるのだが、火の海の中でさらに多くの死を直視したことが言わずもがなに込められている。犬や猫、人間も含めての大野さんのいのちへの徹底した慈しみ、哀れみ方は、少女時代につぎつぎに起こった家族の死、他人の死、戦災の死者体験と無関係ではないだろう。篤志は大野靖子という人物がすこしわかった気がした。

大野さんの訃を知らせる葉書がご主人から届いたのは、東北で大地震が起きるひと月前のことで、神社巡りと称して一週間ほど九州北部へ旅に出ようとしていた前日だった。卵巣がんで、享年八十二とあった。葬儀、納骨もすでに家族だけですませたと記されていた。

それなら旅のどこかで冥福を祈ろうと、香春《かわら》神社を皮切りに時計まわりに薦《こも》神社、柞原《ゆすはら》八幡宮、阿蘇神社、藤崎八幡宮といった九州北部の神社を点々と巡ったのだが、祈るにふさわしい寺なり、ここという場所には、都合よく出会えなかった。

佐賀関の早吸日女《はやすいひめ》神社に立ち寄り、石鳥居、総門をくぐって拝殿へ右に左へと曲線でくねるあまりない参道を歩いていたとき、不意に「まえだ」のママ、孝子さんが「私、きれいか」と大野さんに聞いた場面をおもい出し、ひらめくものがあった。孝子さんは店では化粧っ気もなく、打ち萎れたオバサンでしかなかった。だが、心の内ではずっと女優だったのではないか。性格俳優ではない女優。きれいだからこその女優。女優に憧れて上京し、生活のなかでゴールデン街に流れ着いたけれど、女優への夢を捨てたのではなかった。自分は女優をめざした、と幻想の矜持のなかで、彼女は生きていたのではないか。だから死を前にしても、きれいであることが大事だった。鏡を見てきれいだと確かめる必要があった。彼女は女優の死を、死んでいったのではないか。

熊本県玉名市の式内社・疋野《ひきの》神社を訪れたのは旅の四日目だった。参拝のあと、銀象眼銘文鉄剣の出土で知られる江田船山古墳へ足をのばそうと、社務所で行き方を尋ねた。ところが路線のバス停は近くになく、玉名駅前でタクシーを拾う以外ないとの答えだった。やむなく駅前へ急いでいると、窓口にいた禰宜の方が車で追ってきて案内するとのこと。禰宜の方は渡邊と名乗り、篤志は名刺を渡した。思いがけなくも親切にあずかり、すっかり公園に整備された江田船山古墳に立つことができた。そのあと渡邊禰宜がせっかくだからと、神職を兼務する界隈二十社のうちの一つに連れていってくれた。

案内されたのは、江田からは菊池川下流の元は氾濫原とおもえる深閑とした右岸に建つ、鎌倉時代後期には修験道の拠点ともなった青木熊野座神社という神社だった。人けはなく、〈熊野神社〉と縦書きの扁額が架かる石の鳥居と少ない木立ちが、かろうじて神の境域を保っている。境内にひっそりとたたずむ社殿の左側に、高さ九メートル幅六十メートルに及ぶ凝灰岩の岩壁がそびえ、岩の面にはいくつもの仏尊名が梵字で陰刻されている。

青木磨崖梵字群と称されるのだという。

そのうち高さ一・九メートル幅一・四メートルあるという梵字を渡邊禰宜が指さし、これは剣不動を表わす「カン」つまり不動明王だと教えてくれた。その瞬間、仕事では男まさりにたたかい、ふだんはいのちに限りない慈しみと哀れみを向けていた大野さんの冥福を祈るには、ここそがふさわしいとおもった。この場所に導いてくれた渡邊禰宜に感謝しながら、不動明王の梵字一字と向き合い、瞑目合掌した。

一度合掌を解いて、こんどはすべての梵字の仏尊名に向けて祈った。前田孝子さん、中山あい子さん、大野靖子さん、三人があの世の穏やかな時の中で、仲良く、楽しく、幸せでありますように、と。

〈参考〉

中山あい子『浅き夢　新宿「まえだ」物語』（講談社　１９９７年）

あとがき

収めた四編はいずれも同人誌「スペッキヲ」に載せてもらったものです。

「スペッキヲ」は一九九三年一月創刊、高橋克章（「スコラ」編集長）、西村眞（「ビッグ・トゥモロウ」編集長、山口真理子（詩人・銀座クラブ「マリーン」経営）、大橋一恵（レコード会社勤務）、中出貞二郎（グラフィックデザイナー）、石黒健治（写真家）の同人六名、会費月一万円、年二度のペースで始まりました。編集人は初代が山口真理子、3号からは西村眞、14号からは2号より参加の國安輪（「週刊新潮」編集員）、49号からは21号より参加の私が務めました。この間三十年、4号から当時流行作家の勝目梓が加わり、名篇『小説家』（講談社刊）を連載するなど順調に号を重ねましたが、古参の同人がつぎつぎ亡くなり、印刷代の値上がりもあり、二〇二三年六月の61号でやむなく休刊としました。会員数、会費の支払い方法その他の条件が整えば62号からの再出発を考えていますが。

「青木磨崖梵字群」は実録もので他と趣を画しますが、多少とも興味を持つ方がおられればと思い、加えました。新宿ゴールデン街で有名だった文壇バー「まえだ」のママ前田孝子さんと作家の中山あい子さん、脚本家の大野靖子さん三人の奇しき関係を描いています。

二〇二四年四月　成田守正

〔**著者紹介**〕
成田守正（なりた・もりまさ）
宮城県出身。出版社に15年勤務後フリーの編集者に。さまざまなジャンルの書籍編集、展覧会の図録編集、文庫の解説などに従事。
著書に小説集『光の草』（風雲舎）『セビリアン・ジョーの沈黙』（双葉社）、評論に『「人間の森」を撃つ――森村誠一作品とその時代』（田畑書店）がある。

〈初出〉
「海がなぜ好きかと聞かれても」スペッキヲ25号（2006年8月）
「海底地形学の伝説」スペッキヲ57号（2020年12月）
「わたつみ」スペッキヲ54号（2019年6月　「海街」を改題）
青木磨崖梵字群　スペッキヲ55号（2019年12月）
＊いずれも加筆しています

わたつみ
2024年6月25日　初版第1刷発行　　定価は、カバーに表示してあります。

著　者　**成　田　守　正**
発行者　**河　野　和　憲**

発行所　株式会社　**彩　流　社**
〒101-0051　東京都千代田区神田神保町3-10　大行ビル6F
TEL 03-3234-5931 FAX 03-3234-5932
ウェブサイト　https://www.sairyusha.co.jp
E-mail　sairyusha@sairyusha.co.jp
印刷　モリモト印刷㈱
製本　㈱難波製本
装幀　渡辺将史

ISBN 978-4-7791-2975-9 C0093

(電)は電子版有ります

クララ

978-4-7791-2961-2 C0098 (24. 04)

カタツムリはカタツムリであることを知らない　ヌリア・R・グラネル著／喜多延鷹訳

読み始めると、笑いこけながらも泣きじゃくってしまう、日常のなかの見えない絆の大切さへと辿り着くスペイン現代小説。作者はテレビ界の超人気司会者。テレビ番組製作の裏表，親子関係、職場での男女関係などを小説化したベストセラー。　四六判並製　2,700 円＋税

幽霊のはなし

978-4-7791-2953-7 C0097 (24. 02) (電)

ラッセル・カーク著／横手拓治訳

米国保守運動の思想家ラッセル・カークは〈闇が立ちこめた世界にふさわしいゴシック調の物語〉のベストセラー作家でもあった！　荒廃した街に、古びた屋敷のなかに、不気味な幽鬼があらわれる。おびえる女、たたかう男。恐怖とロマンが織りなす傑作6 編。四六判並製　2,500 円＋税

世界を救うための教訓

978-4-7791-2952-0 C0097 (24. 02)

ロサ・モンテーロ著／阿部孝次訳

地球温暖化、気候変動、医療過誤、幼児虐待、セックスレス、性的倒錯、コンピューターゲーム中毒、薬物乱用、内戦、爆弾テロなど、あらゆる問題が取り込まれた本書は発表当時、近未来的と言われたが 15 年後の現在ではまさに現実である。　四六判並製　2,700 円 + 税

キューバ二都物語

978-4-7791-2867-7 C0097 (23 11) (電)

越川芳明著

2009 年にサンテリアの通過儀礼を受け、2010 年、シエンフエゴス、バラデロへ旅。宗教的秘儀への参入……。白人と黒人の女性達が彼の水先案内人だった。キューバ深層文化の深い森を体感するような著者渾身の書下ろし小説の完成。　四六判並製　2,700 円＋税

夕霧花園

978-4-7791-2764-9 C0097 (23. 02) (電)

タン・トゥアンエン著／宮崎 一郎訳

天皇の庭師だったアリトモと、日本軍の強制収容所のトラウマを抱えるユンリン。1950 年代、英国統治時代のマラヤ連邦（現マレーシア）。日本庭園「夕霧」を介して、ふたりの人生が交錯する……。同名映画の原作。マン・アジア文学賞受賞。　四六判上製　3,500 円＋税

光の護衛

978-4-7791-2869-1 C0097 (23.04) (電)

チョ・ヘジン著／金敬淑訳

「セウォル号時代」を生きる者にとって切実な主題である「個人が直面する歴史的暴力」の視座からの小説集。疎外され忘れられる者の絶望と孤独を照らし、現代社会に問う。「今やっと、本当に他人について書けるようになったのかも知れない」　四六判上製　2,300 円 + 税